KB198700

연약을 위한 최저낙원

정기석

1982년 경상북도 포항에서 태어났다.
동국대학교 국어국문학과에서 박사 학위를 취득했다.
2014년 『문학사상』 신인문학상을 통해 시인으로 등단하였고,
2018년 중앙신인문학상 수상으로 문학평론 활동을 시작했다.
비평집 『연약을 위한 최저낙원』, 공저 『은유로서의 똥』을 썼다.

ARCADE 0022 CRITICISM **연약을 위한 최저낙원**

1판 1쇄 펴낸날 2024년 12월 25일
지은이 정기석
인쇄인 (주)두경 정지오
디자인 이다경
펴낸이 채상우
펴낸곳 (주)함께하는출판그룹파란
등록번호 제2015-000068호
등록일자 2015년 9월 15일
주소 (10387) 경기도 고양시 일산서구 중앙로 1455 대우시티프라자 B1 202-1호
전화 031-919-4288
팩스 031-919-4287
모바일팩스 0504-441-3439
이메일 bookparan2015@hanmail.net

ISBN 979-11-91897-96-8 03810

값 24,000원

연약을 위한 최저낙원

정기석

차례

제3장 연약한 것끼리 세계의 진창을 대신하네

제4장 세계의 상처 속에 함께 머물기 위해

일러두기

인용문 가운데 일부는 읽기의 편의를 위해 현행 맞춤법 규정에 따라 띄어쓰기를 수정했습니다.

prologue

흘러내리는 불안과 한없는 연약함들

1. 붕괴

사방에서 무언가 깨지는 소리가 들린다. 가깝게 심야 골목에서는 젊음들이 무너지는 웃음과 함께 술병을 깨고, 조금 멀리 북극에서는 곧 모두 녹아 사라질 듯 마지막 남은 빙하가 갈라진다. 그 사이로 흘러내리는 불안들이 갈피를 잡지 못하고 한없는 연약함으로 몸을 웅송그리고 있다. 세계는 지반을 상실한 채 유동한 지 오래되었고, 현재의 시간은 매 순간의 다음에 의해 끝없이 휘발될 뿐인데, 지금 깨져 나가고 있는 건 무엇인가. 그것은 목전에 다가온 마지막 앞에서 이미 붕괴된 세계를 부인하기 위한 미련 어린 기대의 되삼킴이 아닐까. 그것이 이왕의 실패를 아직 미래의 몫인 것처럼 하는 무력한 회피라면, 이 무력함에 저무는 마지막에도 시(詩)는 자라나고 있다고 말하기 위해선 또 얼마나 많은 무력을 토하듯 삼켜야 할까.

그러니 시의 현재는 어떤가. 시도 역시 깨지고 부서지며 파열음을 내고 있는가. 한 시대의 시가 와해된다면, 와해된 재로부터 새로운 시대의 시가 탄생할 것이라고, 그것이야말로 시가 생명력을 얻는 고통스러운 갱신의 과정이라고 말할 때도 있었다. 하지만 이전 시대에 유효했을 파괴적 창조와 지금은 또 얼마나 다른가. 언어가, 언어에 대한 사유와 경험이, 언어적 인간 자체가 몰락하고 있지 않나. 그러니 한 시대의 시가 아니라 하나의 종으로서 '시'가 멸종하고 있지 않은가. 아니 시 이전에, 생태적 위기 속에서 시를 담지할 종으로서 인류의 미래가 희박하지 않은가.

이 모든 불가능 속에서 지금 보이는 구체적인 현상들을 나열해 보자. 시에 대한 어떤 가능도 시의 불가능에 대한 타진 속에서만 유효할 테니, 묻자. 시는 무엇으로 불가능한가.

언어에 대한 경험은 즉각적 가독성의 임계를 넘어 순간적 이미지로 변하고, 언어와 함께 겪을 수 있는 세계는 가파르게 휘발한다. 시에 머물기 위한 지연과 불편에 대한 감각은 순간의 자극 뒤로 끝없이 회피된다. 현실과 세계에 대한 불편함은 모든 것의 '순간화'에 갇혀 증발한다. 우리 주변을 포위하고 있는 무수한 숏폼(short-form)들을 보라. 모든 것의 '쇼츠화(shorts-化)'는 순간의 삶에 머무는 것을 의미하지 않는다. 그것은 다만 다음 거래(next deal), 다음 이미지에 현재가 끝없이 내버려지고 있다는 걸 의미한다.[1]

'쇼츠화'는 비단 유튜브 등의 채널에 따른 즉각적 영상 이미지 소비만을 가리키지 않는다. '쇼츠'의 무한 자극 연쇄가 타자와 세계의 불편함을 막는 창(窓)이라면, '쇼츠화'가 만드는 시간 감각의 재배치,

---

1 바르테크 지아도시 감독의 다큐멘터리 「존 버거의 사계(The Seasons in Quincy: Four Portraits of John Berger)」(2016)에서, 존 버거는 '순간(moment)'은 인식 정도에 따라 굉장히 광활한 시간성이 될 수 있다고 하며, 이에 반해 현시대에는 '순간'을 사유하지도 못한 채 계속 잇따르는 다음 거래(next deal)를 위해서만 살 뿐이라고 말한다.

아니, 시간 감각의 점(點)으로의 무한 압축은 타자로부터(그야말로 세계로부터, 부대낌을 통해서만 가능한 '우리'로부터)의 세계, 상처와 불편과 모순을 끌어안은 채 함께 뒹굴 시간과 공간 전부를 말소한다.

프레카리아트(precariat)로 표상되는 불안정한 고용과 노동, 안정적인 생계 기반과 사회안전망이 유실된 위태로운 삶의 실재, 이에 따른 미래 전망의 부재가 현 사회의 기본값이 되었다. 이에, 각자도생을 강요받지만 개인으로서는 어찌할 도리 없는 속수무책의 무능감과, 서로가 서로에게 의지가 될 수밖에 없음을 인지하는 존재론적 연약함이 시대의 저류에 깔려 있다. "'너는 뭐든지 할 수 있다'고 부추기면서도 '너는 아무것도 할 수 없다'고 막아서는 변덕"[2] 사이, 전능과 무능의 이종교배는 무능의 압도적 우위로 가름되는 듯 보인다.

이것이 사회 속 주체의 희박함과 관계된다면, 팬데믹과 인류세 이후에는 종으로서 인류 전체에게 세계와 미래 자체에 대한 연약함이 덧붙여졌다.

2. 시류

2010년대 이후의 시가 보여 주는, 약한 것들, 희미하고 희박한 것들에 대한 감각은 모든 존재에 내재한 공통성의 사유로 이어졌다. 동시대 시에서 흔하게 목도할 수 있는 '유령'이 이 사회 속 개인이 가진 존재론적 불안에 대한 형상화인 것은 기존에 조망받지 못한 비가시적인 삶에 대한 연대의 표명이면서, 존재론적 지반이 희박한 세계에서 삶을 영위하는 대부분의 실존에 대한 가시화이기도 하다. 불안한 삶의 현재에 대한 적시와 이 세계에 가장 연약한 실존들은 여러모로 유

---

2 김곡, 『과잉존재』, 한겨레출판, 2021, 114쪽.

령을 닮은 작금의 시 안에서 만난다. 그것은 어쩌면 그 자체의 상실에 맞닿은 세계적 실존이 가진 비존재성인 것이다. '너'의 희미함을 빌어 '우리'의 연약함을 가늠하게 하는 그림자의 옅은 빛이 '유령'으로 시화(詩化)된 것이다. 무수한 '네'가 유령인 곳에서, '너'와 다르지 않은 '나'도 함께 유령일 수밖에 없는 비(非)존재들의 구체성은 역으로 세계의 위태로움을 가파르게 현전시킨다.

유령성에 대한 사유, 즉 현재의 시간성을 어긋나게 하며 틈입한 비(非)시간적, 비(非)가시적 존재가 가진 이질성의 작성은 비존재를 제거하는 자본주의 및 사회 시스템에 대한 시적 문제 제기일 수 있었다. 유령성의 시학은 비존재의 희미함에도 불구하고, 혹은 희미하지만 확실한 어긋남을 통해 현세에 존재하기 어렵던 것의 존재 증명이 되고자 하였다.

다른 한편, 연약함에 대한 다른 증거로서 숱한 '비인간'적 존재들, 예컨대 기계류나 동식물류 혹은 비인간적 혼종들은 '인간'에 대한 보완과 증강이 아니라 '인간'의 결여와 결핍을 드러내는 또 다른 환유이다. 미래 부재의 전망과 세계의 (불)가능성 속에서 '인간'의 결여, 그 연약함이 '비인간'적 존재를 현시한다. '인간'을 유지하기엔 미래와 세계가, 아니 '인간' 자체가 얼마나 연약한가 하는 물음이다. 이 물음은 애초 인간/비인간의 구분이 무의미하게, 서로의 결핍 속에 얽혀 있다는 전망만이 미래와 세계의 연약함을 겨우 지탱할 수 있다는 대답을 향해 나아간다. 팬데믹 및 인류세 담론의 증가세와 함께 뚜렷한 흐름을 가지는 이러한 시류(詩類)는 마치 이제 세계에서 가장 약한 것이 세계인 듯, 거의 희미하게 사라진 미래 이후의 묵시록적 세계와 이(異)세계를 서술한다. 다른 세계들의 이와 같은 생멸과 성패야말로 이 세계의 희미함에 대한 증거인 것이다.

세계는 더 이상 존재하지 않는다, 나는 너를 짊어져야 한다.

파울 첼란이 1970년에 쓴 시의 마지막 부분이다. 저 구절을 보게 되면, 세계 상실의 상황에서 '내'가 '너'를 지탱하는 지반이 된다면, '내'가 디딜 세계의 지반은 어디에 있을까 하는 물음이 뒤따르를 법하다. 이에 대한 대답은 일단 미해결로 안고 있자. 이 미해결이 우리를 다른 곳으로 데려다줄지 모르니. 우선, 이때의 짊어짐, 즉 세계 없는 곳에서 '나'의 역할이란 다시 '세계'가 도래할 곳까지(다른 세계에 닿을 때까지) '너'를 운반하는 것이다.[3] 이때 옮겨지는 것은 '너'뿐만이 아니다. '너'를 지탱함으로써 '세계'의 도래까지 '내'가 옮겨진다. 그러므로 세계 부재의 상황에서 '나'와 '너'는 서로의 세계가 된다. 서로를 위한 세계 되기란 상실과 무(無)의 거센 물살에 휩쓸리지 않으려 무게를 더하듯 '너'를 업고서야 건널 수 있음을 말한다. 그러므로 '너'의 짊어짐을 통해 지반 없는 세계를 건너가는 일에 있어, 상하의 위치는 역전된다. '나'는 '너'의 짊어짐을 딛고 부재의 세계를 지탱한다. 그러니까 끝없이 추락을 견디면서.

첼란은 시를 남기고 얼마 후 세느강에 몸을 던진다. 첼란의 투신이 세계 없는 세상에 '너'마저 부재했기 때문인지, 혹은 '너'를 짊어지고

---

3 르 귄(Ursula K. Le Guin)은 「픽션의 캐리어백 이론」에서, 찌르고 죽이기 위한 무기(武器)에 대비해, 무언가를 담고 옮기는 용기(容器)에 대해 서술한다. 무기를 들고 싸우는 '인류-남자(Man)'의 영웅 서사가 아닌 비인간적인 것들, 작고 연약한 것들, 소외된 것들, 말해지지 않은 것들을 전하기 위해 씨앗과 열매 같은 것을 담고 옮기는 것, 즉 무기가 아닌 용기의 역량에 대해 역설하는 것이다. 그중의 하나가 서사를 담아 옮기는 이야기이다.(Ursula K. Le Guin, "The Carrier Bag Theory of Fiction", *The Ecocriticism Reader*, edited by Cheryll Glotfelty & Harold Fromm, Athens and London: The University of Georgia Press, 1996, pp.149-154.) 이런 측면에서, 첼란의 시는 '세계 상실' 자체를 운반하는 용기이다. 하나의 세계로서의 시가 상실된 세계를 운반한다.

아직 물속을 건너는 중인지(그래서 어떤 '세계'가 도래하면 다시 '너'와 함께 첼란이, 첼란의 시가 떠오를지) 알 수 없다. 다만 시는 이미 상실된 세계를 마감하지 않고 상실을 끝없이 반복하는 실패를 통해 세계의 짊어짐을 유보해 온 것이다. 마치, 첼란과 다른 시대이지만, 근래의 시들이 '나'의 연약함으로 '너'를 짊어지고, '너'의 희미함을 비춰 '나'의 희미함이 사라지지 않게 하려는 것처럼.

3. 잔광

"죽는다는 것은 떨어져 내려 부서지는 것이다. 산다는 것은 그 중력과 싸우는 것이다."[4] 그런데, 작금의 시대에 있어 상실보다 더 큰 실패로 보이는 것은 무엇도 짊어지지 않겠다는 것, 짊어짐의 무게를 감수하지 않겠다는 것으로 보인다.

타자는 '나'와 충돌하고 '나'에게 침범하여 균열을 만드는 바깥의 최소한이다. 우리는 타자로 인해 생긴 균열의 길을 통해 타자와 만나고 비지(非知)를 경험한다. 이 최소한의 최대치를 위해 다른 세계들을 연결하고 미지를 넓히려 제 몸을 공글리고 있는 것이 시라면, 시의 희박함은 무엇보다 바깥을 향한 의지의 소멸에 따른 것일 테다.

그러므로 가깝고 먼 사이에서 들리는 숱한 균열 중 가장 큰 파열음은 '우리'로부터 비롯된다. '우리'는 이미 '나'와 '타자'가 뒤얽힌 시공간으로써의 세계이지만, 지금의 '우리'는 '내'게 무해한 '우리'만을, 타자가 소거된 '우리'만을 욕망한다. '우리'에게 '나'만 있기를, 대신 '나'도 바깥으로 나가지 않고 타자를 침범하지 않겠다는, 그러니 실은

---

4 김홍중, 「붕괴와 추앙 사이—〈헤어질 결심〉과 〈나의 해방일지〉에 대하여」, 『뉴래디컬 리뷰』, 2023.여름, 235쪽.

'우리' 없이 앙상한 '나'의 파편과 시체들만 열심히 그러모아 벽을 쌓는 무력한 몸부림이 세계를 채운다. 즉 세계를 말소한다.

> 난 널 좋아하지만 난 내 자신을 견딜 수 없어.
> 난 슬픔을 안고 태어나 실망으로 옷을 입었어.[5]

'사랑하는' 타자라도 삶의 불편으로 침범할 수 있으니, 아니, '사랑' 자체가 피로한 마음씀이니, 연결점을 차단하려는 무해의 욕망들이 비(非)세계를 만든다. '우리' 없는 '나'와 '너'의 고립 속에서 스스로를 짊어지는 것도 무거워 관계를 회피하려는 마음이 비(非)미래를 만든다. 세계에 의해 부재당한 비존재가 아니라, '나'에 의해 회피된 '너'와 '세계'이므로 이것은 '나'에 의한 '우리'의 죽음이 아닐까. 그러니까 타자에 대한 체감과 무게로부터 물러남에 따른 세계의 존재론적 죽음.

자크 마리탱(Jacques Maritain)은 '천사론적 자살'이라는 표현을 쓴다. 지상에 대한 애정을 잃고 허공으로 날아오르는 천사의 삶은 허공을 방향으로 한 추락과 다를 바 없다. 발 디딜 지반의 세계를 상실한 이에게는 '대응자'가 없다. "아무런 저항도 없고 만남도 없고, 사랑의 관련도 없고, 또 응답도" 그리고 "아무런 책임도 없다."[6] 하지만 동시에, '나'로 하여금 "[생존의] 전쟁에서 전사의 역할을 수행할 뿐만 아니라 자신의 적 노릇까지"[7] 하게 하는 작금의 세계에서 자살의 거의

---

5 2017년부터 활동한 핀란드의 MZ 세대 2인조 밴드 마우스테티퇴트(Maustetytöt)의 곡 「슬픔을 안고 태어나 실망으로 옷을 입었어(Syntynyt Suruun ja Puettu Pettymyksin)」의 가사이다. 아키 카우리스마키의 영화 「사랑은 낙엽을 타고(Fallen Leaves)」(2023)의 삽입곡.

6 R. N. 마이어, 『세계상실의 문학』, 장남준 역, 홍성사, 1981, 230쪽.

7 피에르 다르도 외, 『내전, 대중 혐오, 법치』, 정기헌 역, 원더박스, 2024, 239쪽.

대부분은 사회적 타살이라는 혐의를 벗기 어렵다.

지반이 없으므로 무엇보다 발 디딜 곳을 갈급하지만, 모든 기댐에는 기댄 무게만큼의 책임이 따른다. 중력에 몸을 맡기는 것에도 에너지 소모가 뒤따른다. 하지만 허공에 내맡겨진 듯한 추락의 상태는 가속도에 대한 체감마저 상실한 무중력에 가깝다. 즉, “포기라는 무중력 상태”[8]이다. 돌아갈 수 없는 시간에 대한 노스탤지어적 상실과, 절망의 실재를 회피하는 종말론적 센티멘털 사이를 부유하며, 창밖에서 무언가 깨지는 소리만을 듣는다.

사방의 균열들이란, 슬픔과 실망 속에서 진즉 죽은 우리에게 죽은 세계와 사라진 미래에 대한 억지와 미련의 얇디얇은 포장을 찢으라고 종용하는 파열음이 아닐까. 혹은 ‘우리-세계’의 죽음 앞에서 우리 없는 세계가 남기는 마지막 인사인 건 아닐까.

그렇다면, 시는 여전히 무언가를 짊어지고 있는가. 시가 ‘우리’의 지반이 되거나, 혹은 ‘우리’가 시의 기반이 되고 있나. 시적 전위는 소수 취향이 되고 어떤 저항의 방식도 금세 상품으로 탐지된다.[9] 신자유주의 시대에서 예술이 행하는 저항의 의지를 폄훼하지 않더라도, 그 결괏값은 자본주의 시스템의 밑거름을 위한 국지적 갈등 상품으로 쉽게 환수된다. 시는 인터넷 속 전쟁 기사처럼 위험을 잃고, 시가 야기하고자 하는 불편은 감수되지 않는다. 위반과 저항은 진통제로 환수

---

8 마리아 투마킨, 『고통을 말하지 않는 법』, 서제인 역, 을유문화사, 2023, 185쪽.

9 “신자유주의 시대에 예술이 맡은 책임은 라이프스타일의 생산과 크게 다르지 않으며”(마텐 스팽베르크, 「포스트댄스, 그 변론」, 『불가능한 춤』, 김신우 역, 작업실유령, 2020, 193쪽) “상품의 형태에 저항하는 방식이었던 경험이 이제는 또 다른 종류의 상품”이 되었고(테리 이글턴, 『시를 어떻게 읽을까』, 박령 역, 경성대출판부, 2010, 37쪽), 시는 일종의 (가격이라기보다 필요의 측면에서) “사치품”에 가깝게 된 것이다(에이드리언 리치, 『우리 죽은 자들이 깨어날 때』, 이주혜 역, 바다출판사, 2020, 413쪽).

되고, 불편함을 야기할 수 있는 것들은 액정의 창(窓)에 막히며, 시간은 순간 속에서 점점이 휘발되는 세계. 세계의 상실, 그러니까 비세계에서, 이러한 숱한 불가능들 앞에서, '그럼에도 불구하고' 시가 발생한다는 말은 물론 무척 허약하기 그지없다.

디디 위베르만은 이 희박한 세계의 끝에 잔존하는 반딧불의 연약한 미광에 대해 "가장 덧없고 가장 미약한" "반딧불의 춤"에 대해 썼다. 이 희미한 영역이 시가 존재하는 자리임에는 틀림없다. "비록 틈새의 공간, 산발적인 공간, 유목적인 공간, 희소하게 위치한 공간이더라도", 그럼에도 불구하고 기대면 금세 바스러질 듯 연약한 "그럼에도 불구하고(*malgré tout*)의 공간"[10]에 대해서, 한없이 미약하고 불가능한 시적 시공을 이야기하는 것은 어쩌면 말뿐인 비관론적 낙관주의이다.

위베르만은 반딧불같이 한없이 느리고 희미하게 반짝이는 것들의 잔존을 이야기했지만, 반딧불이야말로 거의 멸종에 도달해 있지 않나. 어쩌면 우리는 화면으로 이미 멸종된 반딧불의 잔상을 보며 위무하고 있을 뿐인 게 아닐까. '그럼에도 불구하고의 공간'은 얼마나 미약한가.

'그럼에도 불구하고' 어떤 '너'를, 그것이 세계이건 미래이건 쥚어지려는 시들이 써지고 있음은 사실이다. 쥚어질 '네'가 부재한 계속된 실패 속에서도 '그럼에도 불구하고'를 이야기하는 재(灰)의 시들이 있고, 누군가는 자신을 포함해 모든 것이 소멸하는 끝의 끝까지도 시를 쓸 것이다. 우리가 무중력 속에 부유할 때도 여전히 누군가 우리를 쓰고 있다는 확신은 붙들 수 있다. "누구에게나 '긴 밤이 끝나는' 그날, 누군가 거기서 '멈추지 않는 노래를 부르며 지켜보는 사람'이 필요"[11]

10 조르주 디디 위베르만, 『반딧불의 잔존—이미지의 정치학』, 김홍길 역, 길, 2012, 26쪽, 41쪽.
11 연구 모임 POP, 『켐섹스하는 사람들의 이야기와 한국 상황에 대한 보고서』, 연구모임 POP, 2022, 118쪽.

하고 시는 '마침내' 그 가장 끝에 있을 것이다.

4. 연약

미셸 세르는 연약함이 시간을 만든다고 썼다.[12] 연약함이 시를 만든다. 더불어 티머시 모튼은 "존재하기 위해서는 취약하고 섬세해야만 한다"고 썼다. "취약함과 섬세함으로 존재한다는 것은 결국 붕괴하고 마는 상태로 존재함을 뜻"한다, "세계는 부서지는 가운데 존재"한다는 것이다.[13] 그렇다면 시는 세계가 작금처럼 부서지는 가운데 가장 단단한 존재 의의를 얻는 건 아닐까. 이때의 시는 시대적 저항을 위한 역동성이라기보다, 타자와 세계와 미래에 대한 어두운 전망 속에서 체념과 절망의 외피를 두른 희미함으로 현재의 시간을 만든다. 한없이 희미한 시들은 희미하지만 확실하게 있다. 희미하지만 그것의 있음이 이어짐을 만들고, 그 연약함이 무언가를 함께 있게 한다. 시는 '함께 있음'마저도 모조리 깨어질 때의 마지막 파열음으로도 작성된다.

어쩌면 폐허의 진창에서, 어쩌면 이름 없는 이들의 관 없는 공동묘지에서, 카프카가 "무한히 많은 희망이 있지만" "그것이 우리를 위한 희망이 아니"라고 말했을 때,[14] 모든 '우리'들이 속한 최저낙원에서, 여기 작성된 글들은 그 모든 파열에 대한 함께 있음의 의지이자, 동시에 마지막 파열에 함께한다는 동의이다.

---

12 미셸 세르, 『해명』, 박동찬 역, 솔, 1994, 321쪽.

13 시노하라 마사타케, 『인간 이후의 철학』, 최승현 역, 이비, 2023, 17쪽.

14 발터 벤야민, 『문예이론』, 반성완 역, 민음사, 1986, 101쪽.

제1장 가장 연약한 것이 미래와 세계인 듯

연약과 희박의 최저낙원에서 소멸을 성취하기

1. 소멸 세계

SF는 결국, 어딘가 '지금-여기'와 다른 세계가 있다는 것을 전제한다. 다른 세계는 때로 '지금-여기'와 전혀 다른 시공간으로 묘사되기도 하지만, 그럴 때도 다른 세계의 미래 형상은 지금 세계의 가능 갈래로서 지금-여기를 비춘다. "미래는 현재가 어떤 것인지, 그리고 그 이상으로 어떤 시간들이 우리의 동시대들인지를 구체화하는 것과 관련이 있"는 것이다.[1] 그런데 미래가 없다면, "미래는 없다는 확신 속에서"라면(김리윤, 「작고 긴 정면」[2]), SF는 무엇을 이야기하고, 할 수 있는가.

---

1 유시 파리카, 「수천 개의 작은 미래들」, 심효원 역, 『평행한 세계들을 껴안기』, 현실문화A, 2018, 22쪽.

2 김리윤, 『투명도 혼합 공간』(문학과지성사, 2022). 이를 비롯해 본문에서 다루는 시집의 출처는 아래와 같다. 안미린, 『눈부신 디테일의 유령론』, 문학과지성사, 2022; 이원석, 『엔딩과 랜딩』, 문학동네, 2022; 이제재, 『글라스드 아이즈』, 아침달, 2021; 이지아, 『이렇게나 뽀송해』, 문학과지성사, 2022; 한요나, 『연한 블루의 해변』, 시용, 2022. 덧붙여 인용의 모든 강조는 인용자의 것이다.

SF 서사가 다른 시간의 축을 가진 세계들을 구성한다면, 2020년대의 시와 관련해 SF는 크게 두 가지 시간성을 가진다. 우리가 지금의 현재에 도달하기까지(그리고 이대로라면 분명 도달할 파국-미래에까지), 가능했을 수많은 소멸된(될) 세계-시간대가 첫 번째이다. 즉 현재의 시간성이 은폐하고 있는 '소멸의 타임라인'이다.

점점 흐려지는 것은 우리니까
조심해요 소멸 세계라는 게 있어요

—한요나, 「사람 마음」 부분

"한쪽 현실을 바라보는 사이 또 다른 현실이 흔들리며 흩어지"고(김리윤, 「이야기를 깨뜨리기」) 있고, 흩어진 세계에는 현실에서 소멸되는 존재들의 세계가 이어져 있으며, '우리'도 곧 그리로 갈 것이다. 일반의 시간성과 동시에 흐르는 소멸의 시간성은 선택받지 못한 이들의 세계이다. "무한히 많은 희망이 있지만 그것이 우리를 위한 희망이 아"닌 것처럼,[3] 소멸의 시간성은 소멸 세계의 희미한 존재들이 언제든 '우리'이고 '우리'일 수 있음에 대한 서사를 그린다. 이전엔 비존재의 알레고리로써 주로 '유령'적 존재로 묘사되던 다른 시간 축의 존재들이 거한 곳은 SF에서는 공간의 축도 함께 비튼 이(異)세계로 현현된다. 여기서는 죽은 자들이 여전히 현계를 배회하는 것처럼 인간의 시야에 없는 어떤 존재들(식물이건 사물이건 외계인이건)이 다른 버전의 세계에서 서사를 그려 내고 있다. 이것이 SF가 '유령'과 그리고 숱한 비인간 행위자들과 만나는 지점이다.

---

3 발터 벤야민, 『문예이론』, 반성완 역, 민음사, 1986, 101쪽.

두 번째는, 미래에 대한 전망이 부재함에도 시간은 흐를 것이니, 어떤 식으로든 도래한 '이후 세계에 대한 시간성'이다. 그것은 이전 시대의 SF가 흔히 그리던 미래 아포칼립스의 절망과 도탄이나 포스트 아포칼립스에서의 비참한 생존 재현이라기보다, '인간 없는' 미래, 기어코 '지금의 인간은 아닌' 존재들이 구성해 가는 어떤 미래에 대한 시적 서사를 그린다. 즉 "완전히 파괴적인 의미에서, 미래의 열린 지평선에 대한 확신도 없이, 멸종, 독성과 함께 살아갈 방법을 찾는" 것이다.[4]

두 시간성, 희박하고 연약한 존재들이 소멸되어 가는 시간성과 인간 절멸 이후의 미래 시간성은 커다란 시차 안에서 겹쳐질 수밖에 없다. 굳이 분류하자면, 전자는 사회학적 소외의 존재들에 대한 물음이고 후자는 생물학적 종의 문제에 속하지만, 두 종류의 계(界)가 기묘하게 겹치는 순간이 작금의 세계인 것이다. '우리' 아닌 것으로 배제되어 소멸되던 존재들이 결국 그 소멸과 절멸 안에서 '우리' 모두로 확장된다. '우리'는 배제의 중심이었다가, 점차 번지는 배제의 반경 안에 든다. 소멸 세계의 한 부분이 된다.

작금의 SF적 시간들은 '미래 없음'**에도 불구하고** 타진해 보는 미래(불)가능성의 시간 속에서 겹쳐진다. 두 시간성의 겹이 그리는 것, **그럼에도 불구하고**의 미래 타진은 연약함과 희박함의 가능성이다. 만약 '우리' 아닌 것으로 배제되었던 희박한 존재들, 잊힌 존재들이 소멸된 시간대에서 살아남아 여전히 어떤 서사를 그려 내고 있다면 어떨까. 예컨대, 지난 지구에 있어 왔던 대멸종들이 결국 그 시대의 지배종들의 종말이었다면, 오히려 '우리'가 기대야 할 건 '우리 아닌' 것들이며, 동시에 '우리'의 연약함과 희박함이 아닐까. 또 예컨대, '인간

---

4 헤더 데이비스, 「퀴어 자손」, 『제로의 책』, 돛과닻, 2022, 234쪽.

증강(human enhancement)' 기술과 같은 것이야말로 '인간'의 생물학적 연약함을, 또한 '인간'의 범주적 취약함을 드러내고 있지 않은가.

질문은 남은 역사의 과정에서 우리가 얻을 것이 무엇이냐가 아니라, '우리'가 잃은/잃을 복수(複數)의 세계가 무엇인지 되묻는 것으로 반복된다. 더불어 그 상실에 '우리'가 포함되는 것은 시간 문제일 따름인데, 이때 '우리'의 범주를 결정하는 것은 무엇이고 누구에게 맡겨져 있는지로 확장된다. SF가 가능 미래 중 높은 확률로 도래할 파국을 담지한다면, 시는 가장 연약한 것들의 편에서 파국의 노선에서 상실한 것들, 상실할 것들, 상실된 현재(로서의 미래)에 투신한다. 이것이 작금의 SF와 시가 만나는 지점이다.

2. 미래 없음으로부터 미래 아닌

마크 피셔는 21세기의 문화 감각에 내재해 있는 무기력(inertia)을 위태로운(precarious) 노동 조건에 따른 삶의 소진과 디지털 커뮤니케이션에 의한 과잉 자극의 결합으로 파악한다. 그에 따르면 사회적 불안과 불안정성이 미래에 대한 기대를 소거시킨다면, SNS의 끝없는 노출과 유튜브 링크의 홍수는 (새로움이 자리할 곳을 위한) 물러남(withdrawal)을 불가능하게 만든다.[5] 불안이 일상화됨에 따라 현실의 삶은 취약해지고, 취약함은 고통에 대한 역치(閾値)를 낮추며, 낮은 역치는 고통을 회피하게 만든다. 고통 회피는 고통의 진원지인 타자 및 현실 세계를 멀리하게 한다. 타자와 세계는 '나'를 지지하는 기반이기

---

5 Mark Fisher, *Ghosts of My Life*, UK: Zero Books, 2014, pp.6-16. 한편, 한병철은 오늘날 우리는 끊임없이 '자기 자신'을 생산한다고 하며, 이 자기 생산이 일으키는 소음으로부터 '물러나기', 즉 '고요 만들기'를 강조한다. 한병철, 『사물의 소멸』, 전대호 역, 김영사, 2022, 121쪽.

도 하므로, 희박해진 세계감에 따라 불안이 다시 샘솟는다. 고통을 견딜 힘을 잃었는데 고통에 대한 감각은 더 예민해진다. 그러므로 다시 삶과 타자와 사회와 무관해지고자 하는 욕망이 앞선다. 결국, "모든 고통스러운 상태가 회피"되는 사회, "고통에 대한 전반적인 두려움이 지배"하는 알고포비아(algophobia)의 사회에서는 "생의 감각이 매우 빈약해"진다.[6]

당대의 세태를 가리키는 말 중 하나인 '실감(實感) 세대'는 실감 나는 경험의 소비를 통해 지금-여기에 존재하고 있음을 감각하는 세대라는 뜻이다. 하지만 이는 동시에, 실감(實感)에 대한 상실, 삶과 현실에 대한 감각이 상실된 '실감(失感) 세대'로 곧장 번역될 수 있을 것이다. '실감(實感/失感) 세대'란 결국 '실감 나는 경험'을 '구매'하지 않고서는 이러한 감각을 얻기 어렵다는 사실을 반증한다.

"인간의 삶을 안정화하는 모든 것은 시간 집약적"[7]이다. 예컨대, 신뢰, 약속, 책임과 같은 것들이 그러하다. 이는 미래에 대한 믿음, 타자와의 약속, 세상에 대한 책임 등으로 확장될 수 있을 것이다. 이러한 것들이 삶과 현실의 단단한 지반을 이룬다. 이러한 관점에서 보면 실감(失感)이란 시간 상실이다. 이는 박상수가 2010년대의 황인찬과 송승언을 독해하며, "타자와 세상에 대한 기대 자체가 사라져 버린 시대의 '무능감'"[8]이라고 논의한 것과 연동된다. 타자와 세상에 대한 기대는 미래에 대한 기대와 다름이 없다.

---

6 한병철, 『고통 없는 사회』, 이재영 역, 김영사, 2021, 9-10쪽, 58쪽. 한편, 모리오카 마사히로는 일본 사회를 독해하며, 개인들이 괴로움과 고통을 적극적으로 회피하고, 기술 유토피아주의가 요람에서 무덤까지 인간의 고통을 관리하고 있는 현실을 '무통문명(無痛文明)'이라고 부른다. 이명원, 『담벼락에 대고 욕이라도』, 새움, 2014, 50쪽.

7 한병철, 『사물의 소멸』, 18쪽.

8 박상수, 『너의 수만 가지 아름다운 이름을 불러 줄게』, 문학동네, 2018, 57쪽.

신자유주의가 팽배해지면서 이미 미래는 기대할 만한 것이 아니게 되었지만, 몇 년 새 무언가 더 추가된다. 무기력·무능감이 (프레카리아트로 표상되는 노동 불안에 관한) 실존적 불확실성, 유동성에 따른 '미래 없음'의 감각에서 비롯되었고, 이는 한동안 '한국 사회'의 국지적 감각이었다. 노동 조건에 따른 불안정성이 전 세계적 현상이었을 때라도 '불안'은 오히려 고립을 불러일으켰다. 하지만 몇 년 사이, 팬데믹과 인류세에 대한 감각은 재난을 '행성적'으로 확대한다. 가시화된 재난의 현전은 이전의 국지적 파국과는 규모의 뿌리를 달리한다. 하지만 파국의 가파름은 그것이 가진 규모로 인해 둔중하게 체감되고, 일상의 연속성 속에서 삶의 외관은 크게 달라지지 않은 듯 여겨진다. 삶의 불안과 불안정성의 지속이 어떤 심대한 파국의 도래도 삶의 연속 안에 묶어두는 아이러니를 부리는 것이다. 하지만 그럼에도 느껴지는 것이 있다. 좀 더 다른 규모의, 뿌리를 뒤흔드는 변화라기보다 뿌리가 박혀 있는 곳의 물색(物色)이, 온도가, 혹은 뭔가 근본적인 것이 바뀐 듯하다.

하얀 연골의 크리처가 오고 있다.

빛과 불을 밝힐까.

악천후에는 유령물을 찾곤 했지. 따뜻한 미래물을 찾곤 했지.

(중략)

유령의 등뼈는 더 부서지려는 이상한 반짝임.

—안미린, 「유령 기계/1」 부분

'유령 기계'에는 "하얀 연골"의 물성을 가진 "크리처"와 "유령"과 "미래", 등뼈가 부서진 "시간"이 혼융되어 있다. 이는 앞서의 것들이 섞여 있는 단일 개체가 아니라, 이것이면서 동시에 저것이기도 한, 이것도 아니면서 저것도 아닌, 있다기보다는 부재에 가까운 무엇이다. 안미린의 『눈부신 디테일의 유령론』의 대부분을 차지하는 연작들, 즉 「비미래」, 「유령계」, 「유령 기계」는 각각 시간이자 공간이며 비(非)존재에 대한 것을 가리키면서 동시에 어느 하나로 특정할 수 없는 무엇에 대한 것이다. "시공간적으로 싱크가 나간 채 서로 어긋나 있는 이상한" '비껴남'은 특정의 정체성을 거부한다. 스베틀라나 보임이 '오프'라는 접두어로 표현하고자 했던 것, 이는 "상실된 가능성과 채택되지 못한 노선들"의 발견을 향한다.[9] 안미린의 기이한 유령성은 무엇보다 우리가 알던 '인간'에서 '비껴난' 것들로부터 수습된다. 이 수습에 있어 주의 기울일 만한 것이 있다면, (안미린이 시집에서 인용한) "다치기 쉬운 배열", 즉 연약함(vulnerability)[10]이다. 그러므로 연약함에 대하여,

> 산산이 부서진 미러볼과, 가장 빛나는 사건의 현장 사이에서
>
> 이 존재감이 존재였다고

---

9 스베틀라나 보임, 「오프모던 거울」, 『문학과 사회』, 2022.겨울, 347-348쪽.

10 안미린이 「유령계/5」에서 미술가 양혜규를 인용한 것이다. 공교롭게, 뒤에 서술할 김리윤의 시에도 양혜규와의 접점이 보이므로(김리윤, 「사실은 느낌이다」), 이에 대해 언급하자면 '연약함'은 양혜규의 작품 구상에 있어 기준점으로 삼는 윤리적 태도이다. 양혜규는 작업을 함에 있어, 문제에 대한 극복이나 분노 혹은 다른 권력을 앞세우는 것보다 "그 문제에 대해 민감한 상태, 애도와 슬픔 그리고 우울을 유지"하는, "연약한(vulnerable) 상태로서의 약한(weak) 감정"을 중요시한다. 양혜규, 『셋을 위한 목소리』, 현실문화, 2010, 19쪽.

빗나가는 것들의 우연과, 비스듬한 것들의 유연 사이에서
사라지기에 충분한 가벼움과, 은은하게 가능해진 것 사이에서
세계와 여린 세계 사이에서
당신과 더 여린 세계 사이에서

—안미린, 「유령계/10」 부분

연약한 것들, 그래서 부서지는 것들은 부서지기 전과 후의 이중적 기억으로 존재한다. 깨지기 쉬운 미러볼은 자신이 쉽게 도달할 미래로서 '파편들'에 대한 기억을 안고 있고, "부서진 미러볼" 역시 이전 형상의 기억을 담고 있다. 연약한 것들은 단단한 존재론적 기반을 "빗나가는 것들의 우연과, 비스듬한 것들의 유연 사이"으로 거부하는 대신, 그러한 중층성, 모호성을 확보한다. 그리고 부서짐의 사건 후에 무언가 희미하게 '있다'는 사실은 변하지 않는다. 하지만, 이 희미함을 존재/부재의 과거 철학적 유산에 따라 부재라 부른다면, '유령계'는 없는 것과 부재한 채로 존재하는 것이 다름을 일러 준다. 존재의 기억을 안고 부재로서 존재한다는 것, 이것이 유령의 존재론이며, '미래 없음'의 미래가 존재하는 방식이다.

'유령 기계'는 특정 의미 규정 안에 배치되기를 거부하면서, 그 연약함을 대가로 어떤 시공간성 안에 갇히지 않는다. 유령은 때로 '없는' 것으로 강제되고, 그만큼 존재론적으로 위태롭지만, 반대로 희미함으로 여기저기, 이곳저곳 모두에 편재한다. "함께 있다고 느끼면/ 모든 거리를 초월해 가까이 있는 유령처럼"(김리윤, 「사실은 느낌이다」).

A가 아닌, A가 아닌 것도 아닌, A와 B 사이라는 갇힌 자리가 아닌, 모든 (불)투명한 희박함으로 연약하게 있다. 대신 희박함으로 인해

경계 속에 갇히지 않으므로 (불)투명하게 만연한다. '(불)투명한'이라는 표현이 이상하다면, 이는 모순적인 질문을 유지하기 위함이다. 이것은 투명한 것이 '있다면' 그것의 존재감은 불투명하지 않는가라는 물음 어디쯤을 배회한다. "유령이 사라진 적 없어서 유령이 사라진 것"(안미린, 「유령의 끝/2」)처럼, 유령은 어떤 존재의 사라짐을 통해 부재를 드러내는 기제이다. 안미린의 유령론은 유령의 '때늦은(이런 시간의 어긋남 자체가 유령론이며) 사망 선고'이다. 동시에 그것의 부재함을 알리는(부재를 통해 나타나는) 유령 부활론이다. 시인은 바란다. 부재를 통해 존재하는 유령의 모순적 불편함을 간직하기를, 언제든 부재에 가닿는 연약한 것들의 존재감과 함께하기를.

세계와 미래를 "모두 박탈당한 인간의 유일한 선택지는 불가사의한 허구가 되어 은밀하게 속삭여지는 것뿐".[11] 부재함을 거듭 이야기하면서, 부재의 있음을 읊조린다. 그러므로 안미린의 시는, 정황도 서술도 아니고 유령'론'이다. 의미나 매개이기 이전에 순수한 현전(부재). 의미하지 않고 존재(부재)하므로, 어떤 존재와 의미로 다른 존재와 의미를 가리지 않는다. 유령은 당신이 당신인 것을 방해하지 않은 채, 당신을 (무수히) 투과한다. 하지만 유령적 희박함은 마냥 부재하는 것이 아니라 또 다르게 만연한 마주침을 예기한다. "백골색 머리띠를 부러뜨리고 이마에 입을 맞추는 너의 어떤 면"(안미린, 「유령 기계/1」)이 우리의 미래라는 듯, 그 생의 부재 이후에 대한 희박한 타진이 그것이다.

3. 미래적이었던 것들, 약간 더 과거적인 SF

SF는 결여와 보충의 상상이다. 무엇이 결여되어서 무엇을 보충하

---

11 레자 네가레스타니, 『사이클로노피디아』, 윤원화 역, 미디어버스, 2021, 356쪽.

는가. 타임워프를 통해 과거로 가고자 한다면 이는 현재를 수정하고자 하는 욕망일 것이고, 미래라면 미지에 대한 불안을 미리 앎으로 채워 넣고자 하는 것일 듯하다. 마인드 업로딩(mind uploading)은 취약한 신체에 대한 탈피와 기억과 생명에 대한 결여를 보충하고자 하는 욕망이다. 인간 신체에 대한 기계적 보충은 인간 증강 이전에 보강이 필요한 부분의 취약성을 드러내는 것이다.[12] 그리고 '인간 증강' 코드는 자주 인간의 취약한 부분을 발명해 내기도 한다. 그러므로 '포스트휴먼'의 인공적 보철물(prostheses) 담론에서 보아야 할 것은 보충과 증강이 아니라, 그것이 보강하려는 약한 부위이다. 이는 인간 신체에 한정되지 않고, 사회 전체에 대한 알레고리로도 적용된다. 사회적 존재가 가진 미래 없음의 불안정성이, 인간 혹은 인류에 대한 존재론적 몰락의 감각으로 확대될 때, 미래 어느 지점에 대한 SF적 탐지는 역으로 미래의 취약함에 대한 반증이기도 하다.

이원석의 『엔딩과 랜딩』에서 보충은 전반적으로 어떤 '너'에 대한 센티멘털한 애착(attachment)의 지향으로 나타난다. 부품-파편화된 '인간'이 그처럼 결여된 다른 존재를 부착(docking)함을 통해 합체·합일되고자 하는 완전성에 대한 지향이다. 이러한 SF적 서술에는 파편화된 인간에 대한 사회학적 은유와, SF적 상상에 기반한 기계적 사실성이 공존한다.

이원석의 시에서 '로이'는 물론 복제인간, 안드로이드를 의미할 것

---

12 노대원, 황임경은, 마크 쿠켈베그(Mark Coeckelbergh)를 인용하며, 인간 향상(human enhancement) 기술은 인간의 "존재론적/태생적 취약성을 완전하게 제거하려는 목표"를 가지기 쉬우나 "상처 입을 수 없음이나 불멸의 미래 비전"은 결코 달성할 수 없는 프로젝트라고 주장한다. 인간의 취약성을 감소시키기 위한 시도는 실패할 수밖에 없는데, 어떤 보충도 늘 새로운 위협을 맞닥뜨릴 수밖에 없기 때문이라는 것이다. 노대원·황임경, 「포스트휴먼, 바이러스, 취약성」, 『국어국문학』 193, 국어국문학회, 2020, 106-107쪽.

이다[13]. “서로의 다른 점이 맞물려 하나의 온전한 외곽을 이루는/그런 사랑을 원하였으나/이가 맞물리지 못하면 서로를 물게 된다는” 걸 깨달은 후에 ‘로이’는 자신과 “일치하는 부속들로 이루어진” ‘다른 로이’를 만든다(「로이가 로이에게」). ‘다른 로이’는 ‘로이’에게서 복제된 존재이면서, 동시에 분리된 존재이다. 여기서 우선 제기될 수 있는 물음은 복제는 하나의 과잉인가, 혹은 ‘로이’가 가진 결여가 두 배가 된 이중 결핍인가 하는 것이다. 이 물음은 쉽게 이렇게 번역된다. 무언가 결여된 인간은 또 다른 결여 인간을 만나 완전해질 수 있는가, 혹은 서로의 결여를 더더욱 확인하게 되는가. 이 번역이 다소 근대적이라면 ‘로이’라는 존재를 통해 제기된 SF적 물음은 이렇게 확장된다. 분리는 언제든 이중체(double)를 결여로 함의한다. 욕망이 그것이 결여하고 있는 것에 대한 보충을 향한다는 접근에서 ‘로이’의 복제는 ‘로이’ 그 자체의 결여됨을 보여 준다. ‘로이’가 어느 미래의 인간 존재론의 표상이라면 ‘인간’에게 ‘인간’ 자체의 결핍을 보여 준다.

한편, ‘로이’의 ‘로이’에 의한 보충-합일은 ‘타자’와의 마주침에서 필연적으로 발생하는 불편함, 즉 온전히 맞물릴 수 없으므로 “서로를 물게” 되는 타자의 부정성에 대한 기피의 감각으로 볼 수도 있다. 고통 회피에 대한 욕망이 트랜스 휴먼 같은 약점 없는 인간 증강의 꿈으로, 혹은 가상 세계 피난처(refugium)에 대한 도피로 향한다면, 이는 실감(失感)의 연속선에 있다. 그런데, 고통에 대한 낮은 역치에도 불구하고 타인과 세계를 감각하고자 하는 관계적 욕망은 사라지지 않는다. 비록 그것이 고통스러운 ‘부재’의 감각에만 소용된다 하더라도.

---

13 ‘로이’는 「블레이드 러너」(1993)에 나오는 복제인간, 안드로이드의 이름이기도 하다.

우리가 서로를 떼어 놓고 싶을 땐
자기 손목을 자르기로 하자 그러자
난 쇠톱으로 천천히 자를 거야 과정을 모두 감각할 수 있게

—이원석, 「서로의 것」 부분

'우리'가 안드로이드라면 서로를 떼어 놓는 건 다만 '기계적 탈착'일 테지만, 이에 대한 감각의 투사는 탈착을 고통스러운 분리로 만든다. SF적 시학은 두 가지 감각을 공존하게 한다. '나'의 복제물 안드로이드와 '너'라는 타인이 공존한다. 타인에 대한 존재론적 결핍을 기계식 존재론에 투사한 시에서, 실감(實感)을 촉구하는 이 센티멘털한 서정에서, 인간의 것과 다른 접속의 방식에도 인간적 감각을 투사함으로써, 기계적 탈착에 피육(皮肉)의 이질성을 만든다.

하지만 '로이'의 존재론이 센티멘털한 비극으로 갈무리되는 것은 '로이'의 시작이 기계 부속품으로 만든 '복제'라는 것에 있다. '인간'의 복제가 안드로이드라면, 복제된 존재는 인간이 가진 부정성 역시 답습한다. 애초에 안드로이드라는 단어 자체가 '인간을 닮은 것'이라는 의미이고, 거기에 탑재되는 AI가 과거의 습득을 반복한다면 안드로이드-AI에게 결여된 것은 "확실한 의미의 새로움이 시작되게 하는 단절의 부정성"이다. 즉 이 개체는 "궁극적으로 같음을 이어" 가는 것이다.[14] 인간은 인간이기를 고집하기엔 너무 연약하고, 인간을 포기하기에도 너무 약하다.

그것을 우리는 교환이라 불렀다

---

14 한병철, 『사물의 소멸』, 67쪽.

이불 속엔 사람의 몸 대신 블록들이 흩어져 있기도 했고
이것 좀 봐, 우리는 서로에게 서로를 끼워 맞추며
다른 차원의 가능성, 차원과 차원을 연결하는 문 같은 것을 상상했다

(중략)

'몰락. 우린 무엇도 되지 않을 것이다 의미 있지도 없지도 않은 교환이 몇 번 지나고 나면 우린 다 끝나 있겠지 그게 계절이든 이름이든 사랑이든 마찬가지일 거고 우리는 우리의 반복적인 증상과 함께할 거다'

(중략)

그러나 우리의 다음 세대가 인간이 아닐지도 모른다는 생각, 그들이 우리의 신경증을 유산으로 물려받을 것이란 생각만으로 연민은 시작되는 것이다

—이제재, 「안드로이드 파라노이드」 부분

안드로이드가 결국 '인간'에 의해 파생된 인간의 닮은 꼴(double)일 뿐이라는 것, 안드로이드-인간 역시 인간의 문제를 이어받는 닮음의 반복일 뿐이라는 예견 속에 "연민은 시작"된다. 교환과 교체의 반복, "안드로이드의 시는 우리와 다른 종의 것일 거라고/문학의 미래를 관망"하였지만, 교환과 교체가 애초에 '인간'의 것에서 기인한다면, 다음 세대의 가능성은 "몰락. 우린 무엇도 되지 않을 것"이라는 전망뿐이다.

'인간'이 가진 존재론적 연약성을 안드로이드라는 또 다른 취약성으로 메우려는 시도의 허망함은 '인간' 말소가 오히려 가장 '인간적'일 수 있다는 역설, '인간'의 미래 상실이, 그리고 상실 속 연약한 몸짓이

오히려 미래일 수 있다는 모순을 보인다. '인간' 몰락의 감각에서, 그럼에도 여전히 어떤 가능성을 탐지해야 할 수밖에 없다면, 그 가능성이란 우선 '인간' 아닌 무엇으로부터 가능해진다. "인간은 비인간적이 되고 인간이 아닌 것이 되어 가면서" "소멸 속에서 성취"된다.[15] 어딘가 미래라고 할 만한 것이 있다면 인간의 미래는 아닌 것이다.

4. 재(再)세계, 제(諸)세계

SF, 특히 사변적 우화(Speculative Fabulation)의 맥락에서, 사변성의 투사는 쉽게 상상 가능한 미래를 재료로 형편 좋게 이것저것 끼워 놓고 미래의 향방을 타진하는 것이 아니다. 오히려 그것은 세계가 현재 그대로 굴러간다면 분명히 (기후 위기가 이유가 되건 자본주의적 극단의 분열이 이유가 되건) 도래할 (이미 도달한) 파국에, 다른 세계-서사를 부딪쳐 노선의 방향을 틀고자 하는 조정의 실천이다. 이는 미래에 대한 단순한 유토피아 혹은 디스토피아적인 전망이 아니라, 다른 서사 세계와의 충돌로 말미암은 '발생의 정치학' 같은 것이다.

> 이것은 지옥의 이미지가 아닙니다. **모두 타 버린 다음의 시간이 올 거야. 그런 것을 우리는 미래라고 부를 거야.** 타고 남은 것이 재라는 생각, 이것은 산 사람의 마음 산 사람의 상상력 산 사람의 믿음. 믿음은 아무 것도 아니다.
>
> —김리윤, 「라이프로그」 부분

하지만 나도 이제 그런 걸 할 수 있을 것 같아. 성 주변에는 늙은 순록이

---

15 카트린 말라부, 「반복, 복수, 가소성」, 『슈퍼휴머니티』, 문학과지성사, 2018, 107쪽.

걷고 어린 순록은 더 어린 새들을 멀리서 바라보고 있겠지. 그리고 그 후로도 많은 기계와 첨단과 버려지는 미래가 이어질 거야.

—이지아, 「소프트 인간의 형이상학적 사고, 혹은 수줍은 씩」 부분

넬슨 굿맨(Nelson Goodman)은 세계가 복수(複數)이며, 중첩된 여러 버전(version)의 세계 중 지금-세계란 습관에 의해 실재라고 '간주되는' 세계일 뿐이라고 한다. 굿맨은 다른(옳은) 버전을 만들고 그 버전으로 세계를 만드는 것(worldmaking)이 중요하다고 강조한다.[16] 지금-세계가 우리가 존재할 수 있는 복수의 세계 중 하나인 만큼, 지금의 우리도 "우리가 존재할 수 있는 방식 중 하나"[17]일 뿐이다. 이는 단지 존재의 다양한 양태를 이야기하는 것에 그치지 않는다. 이지아가 "우리는 과일이거나 동물이거나 환상이거나 기계로 공존"한다고 쓴 것처럼(「원형 D」), 우리의 존재 방식은 '유령 기계'일 수도, 소수자, 가상, 환영, 이미지, 혹은 여타의 비인간 물질일 수도 있다. 하지만 그것은 들뢰즈가 (n-1이라는 표현으로) 유일자(unique)를 빼면서 다양체의 복수

---

16 Nelson Goodman, *Ways of Worldmaking*, Indianapolis: Hackett, 1978, pp.4-16.

17 김아영, 「딜리버리 댄서의 구(Delivery Dancer's Sphere)」(2022). 김아영의 영상은 라이더(Rider)가 A 지점에서 B 지점으로 도달할 수 있는 무한수의 가능성을 이야기하며 "존재할 수 있는 방식 중 하나"라고 한다. 김아영의 작업에서 이는 비단 노선에 국한된 것이 아니라, 영상 속 인물 에른스트 모(Ernst Mo)와 엔 스톰(En Storm)의 이름이 'Monster'의 철자를 바꾼 것처럼, 일종의 철자들을 통한 몽타주(montage)로써 동질성과 자기 변형 사이의 간극을 여는 '세계 구축(worldbuilding)'이다. 또 이들이 고스트댄서(Ghost Dancer)라 불리는 라이더, 즉 유령적 존재이자 디지털 속 가상, 이미지이고, 또 「딜리버리 댄서의 구」의 세계 속 실재이자 그 모두라는 것, 또한 「딜리버리 댄서의 구」의 스핀오프인 「다시 돌아온 저녁 피크타임」에서는 퀴어로 존재한다는 것 등, 이 모두가 "우리가 존재할 수 있는 방식들"을 이야기한다. 같지만 다른 이들의 마주침은 동기화(synchronization)가 아닌, 최소한 동기화만큼은 반대하는 무언가를 발생(genesis)시키는 것이다.

성을 이야기할 수 있었던 것처럼,[18] "끝내 인간이 되기 싫은 것"(「그 털실을 치워 주오」)인 한에서 가능하다. '인간'으로서의 정체성이나 '인간' 향상을 위한 존재론적 벽을 거부하면서, 다른 방식의 존재를 지향한다. 하지만 이런 변이가 아무 대가 없이 거저 오지는 않을 것이다. 세계(들)도 그러하다.

> 밖에는 진눈깨비가 내리오
> 충돌은 무엇이길래 인간이든 반인간이든
> 나풀거리오
>
> 우주는 이미지 같으오, 아니 이미지 벌레 같으오
> 작고 꾸물거리며 탄생하오
>
> (중략)
>
> 우주는 우수에 천천히
> 잠식되고 있소
> 나는 하나뿐이오
> 깨지면 안 되오
>
> —그리고 전원 끔
>
> —이지아, 「반생물을 향한 빵과 칩과 계」 부분

---

18 Gilles Deleuze & Felix Guattari, *A Thousand Plateaus*, trans. Brian Massumi, Univ. of Minnesota Press, 1987, p.6.

'R13'은 R시리즈에 이어 시에 등장하는 'R14', 혹은 그 이후를 포함하여 무수하게 대체 가능한 듯한, 안드로이드 같은 존재이다. 인용 부분은 쓸모가 다한 'R13'이 'R14'에게 자리를 내준 뒤 밖으로 나가는 장면이다. 바깥의 진눈깨비를 보고 전원을 끄기까지, 폐기 직전의 순간에 'R13'의 우수가 우주를 잠식하며 'R13'은 유일함을 느낀다. 그러니 무한히 대체 가능한 유일함들이 있다. 유일함'들'이라는 복수가 가진 형용모순, 그러므로 이런 질문이 가능하다. 유일함은 대체 가능한가. 우수는 폐기의 우주에서 유일함의 대체 가능성이 만드는 형용모순에서 잠시 발생하는 것이다. 모순이 야기하는 내적 충돌, 뭔가 다른 것이 탄생 가능한 장소인 여기에 희망이 있을 것이다. 지금 세계와 다른 세계가 발생한다. 다만 폐기 직전의 잠시일지라도.

희박한 태양광 아래에서 낮아지는 조도의 세계에서 우리는 함께 희박해지겠지 정말 좋은 일이다 좋은 미래가 오면, 도로 위에서 공들여 식별해야 할 산 것들이 없는 그런 미래가 온다면 생명이 낭비되는 일도 없을 거야

(중략)

아름답다 감탄하는 사람들이 모두 사라진 자리에서 아름다움은 시작되었다
이것은 전기로 작동되는 신이 들려준 이야기다

—김리윤, 「재세계(reworlding)」 부분

해러웨이는 '인간'을 포함하여 지구의 모든 존재들이 불가피한 결정과 책임을 회피하지 않고 서로에게 응답하며 세계를 구성해 나가

는 것, "뭔가 더 좋은 것을 과감하게 생각하고 상상하며 감지하고 만들어 내는 작업"을 '세계 만들기(worlding)'라고 불렀다. 사변적 서사를 그려 내는 것 역시 세계 만들기의 일환이며, 이는 "서로 얽힌 관계적 세계에 적극 참여"하는 것이다.[19] '다시 세계 만들기(reworlding)'는 어떤 재난과 파국의 국면에서 다시금 세계를 구축해 가는 것이다. '만들기'라는 표현에 세계가 대상화된 측면이 있다면, 이를 '세계와-함께-다르게 되기'라고 풀어쓸 수도 있을 것이다. 해러웨이가 지구 행성의 모든 존재자들에 대한 응답-능력(response-ability), 즉 책임을 다하는 얽힘 속에서 다른 세계를 타진한다면(그것이 철학자의 일이라면), 김리윤의 시는 이미 말소되고 희박해진 다른 미래로부터 시작한다.

'재세계'는 인간을 위한 자리가 아닐뿐더러, 인간 비슷한 것이 있다 하더라도 그것의 존재성이 한껏 희박해진 자리이다. 인간의 희박은 그대로 인간/삶/죽음 등에 대한 분류의 경계의 희박함과 연동된다. 인간의 부재로부터 아름다움이 탄생하는, 혹은 인간 부재가 가진 아름다움은 무엇보다 그것의 희박함에서 온다.

시몬 베유는 "지금 내가 보고 있는 것들이 [더 이상 내가 보는 것들이 아니게 됨으로써] 완벽하게 아름다워질 수 있도록" 스스로 사라져 버리길 바란다고 썼다.[20] 베유의 언술은, 신이 창조한 완전한 세계의 아름다움을 느끼는 데 있어 '나'라는 매개가 방해가 된다는, 완전성에 있어 '인간'이라는 부조리가 흠이 된다는 신학·철학적 언술이다. "아

---

19 다나 해러웨이, 『트러블과 함께하기』, 최유미 역, 마농지, 2021, 163쪽; 『종과 종이 만날 때』, 최유미 역, 갈무리, 2022, 121-122쪽. 최유미는 'worlding'을 '세계 만들기'로 옮기고 있지만, 김상민은 'worlding'을 '세계 구축', 'reworlding'을 '세계 재구축'이라고 번역하고 있다. 『문화과학』, 2019.봄.

20 시몬 베유, 『중력과 은총』, 윤진 역, 문학과지성사, 2021, 60쪽.

름답다 감탄하는 사람들이 모두 사라진 자리에서 아름다움은 시작되었다"는 김리윤의 시적 진술과 베유의 열망은 모두 아름다움의 완전성에 대한 모순적 자각에서 비롯된다. 완전한 아름다움을 위해 '나'는 (그리고 인간은) 사라질 필요가 있다는 존재론적 모순 속에서 아름다움의 완전성은 불가능의 영역에 기거한다. 그러므로 가능한 최대치의 아름다움은 '나'(와 '인간'의) 극에 다다른 희박을, 그 위태로운 연약을 지탱하는 선에서 아스라하게만 유지될 수 있다.

김리윤의 『투명도 혼합 공간』은 (앞서 살핀 여느 시집들 이상으로) '인간'에 대한 거의 완전한 체념으로 인간적 존재를 희박하게 하면서, 희박함에서 비롯된 아름다움의 연약함에 기댄다. '인간'의 존재론적 연약함이 결국 (비인간을 포함한) 모든 존재자들이 이미 서로 얽혀 기대고 있음을 가리키는 것이라면, 그것이 마지막으로 저물 곳은 아름다움뿐이라는 듯이. 그 미적 실천, 즉 '인간'이 '인간'이 아니게끔 희박해져야 아름다움이 생성된다는 역설 속에 미래는 겨우, 있다.

> 어제는 종이로 무엇이든 접을 수 있다는 사람의 영상을 뭐에 홀린 것처럼 봤어 종이접기의 신이라는 사람 얇고 평평한 물성 접힐수록 더욱 자라나는 부피 열 개의 손가락에서 시작되는 세계
>
> **더 망칠 것도 없을 날씨 한 번이면 곤죽이 될 세계를**
>
> **보호하고 싶은 장소엔 출입통제선 대신 종이로 접은 것들을 두면 된다고**
>
> —김리윤, 「사실은 느낌이다」 부분

"색종이 오브제"는 "'다치기 쉬움'의 지표 아래" 놓여 있지만, 그 연약함을 기반으로 구성된 종이접기의 삼차원성은 "하나의 공간을 창

조"한다.[21] 아주 쉽게 "더 망칠 것도 없을 날씨 한 번이면 곤죽이 될" 연약한 세계지만, 이 역시 세계의 여러 버전 중 하나라면, 그 세계도 지금-세계를 대체할 수도 있다. 이는 역으로 지금-세계가 "날씨 한 번이면 곤죽이 될" 만큼 연약하다는 것을 이르기도 한다.

"출입통제선 대신 종이로 접은 것들을 두면 된다". 종이로 접은 것들의 연약함은 연약함의 힘을 보여 준다. 이때 연약함의 힘은 강성(剛性)의 힘이 아니라 부서질 수 있는 능력이다. 때로 연약함은 강성의 힘 앞에서 연약한 것들만큼은 바스러뜨리지 못할 어떤 갈등을 야기하기도 하고, 혹은 어떤 날씨 속에서 바스라질 때에도 그 날씨의 모양을 그대로 체화하기도 한다. 이 과정에서 연약함의 승리를 점칠 수밖에 없는 것은 연약한 것들은 부서질 때도 연약함을 잃지 않기 때문이다. 연약한 것들은 부서지면서, 부순 것과 부서진 것을 동시에 기억한다. 그리고 메시지를 남긴다. '세계' 너도, 나와 같이 연약하구나.

연약함은 "서로에 대해, 서로와 함께 위태로운 관계"[22]에 있음을, 또한 어떤 존재도 다른 존재 및 환경과 상호 의존적인 얽힘의 네트워크 안에 있음을 말한다. 동시에 연약함은 감수성의 다른 말이다. 감수성, 즉 상처받기 쉬움은 상처받을 수 있는 능력이고, 다른 모든 존재들과의 얽힘 속에서, 상처 속에서 이전과는 다른 무엇으로 변할 수 있는 능력이다. 예컨대, 이전의 인간이 아니거나, 인간 자체가 아니거나, 혹은 그 어떤 (비)무엇(들)으로 변이하기 위한 최소한인 것이다.

상처로부터 회피하기 위한 방어가 인간-정체성을 호두알보다 작은 세계 안에 고립시키고 그 속에서 달그락거리게 할 뿐이라면, 연약함

21 정도련, 「양혜규를 위한 소사전」, 『공기와 물』, 현실문화A, 2020, 485쪽.

22 다나 해러웨이, 『해러웨이 선언문』, 황희선 역, 책세상, 2019, 363쪽.

의 얽힘은 최저낙원을 만든다. 연약함은 결코 혼자가 아닌 방식으로, 함께 얽혀 있는 다른 연약한 것들과 함께, 위태로움으로 얽혀 있는 다른 모든 것과 함께 될 수 있는 잠재태의 지대를 구성한다. 파기된 세계, '곤죽이 된 세계'는 물론 높은 확률로 '지금의 인간'을 위한 것은 아닐 것이다. '작고 꾸물거리는 벌레' 같은 무언가 탄생하는 우주, 그때 성취되는 우주가 무엇이 될지는 아직 알지 못한다.

5. 예컨대, 최저낙원에 대한 이미지들 중 하나는 이러하다

> 보통 낙원에 대한 오해는 구부린 등으로부터 파생된 것인지도 모른다. 쓰다듬고 포옹하고, 이것은 통통한 별이 뜨고, 외국어로 이루어진 분자들의 이미지이며, 도라지 껍질을 까는 일이 고난도의 일임을 명명하는 것이다. 그러니까 정교함과 끝까지 의리를 지키던 경비원 우탄 AA는 뒷모습만 보였다. 반복을 알게 되고 의자에 앉아 뭔가를 만들고 만지고 있었는데음, 좋아, 향기를 맡고 진동을 느끼며 철근을 붙들고 있었다. 털복숭이 로봇은 죽은 이의 주먹을 펴서 도라지꽃을 만든다. 나비도 날아 온다.
>
> —이지아, 「너의 이마는 꽃동산」 전문

최저낙원을 구성하는 연약함은 의도치 않은 것에 닿았을 때 말미잘의 촉수처럼 움츠러드는 종류의 것이 아니다. 물론 연약함은 '자기'를 지키기 위한 방어 기제의 생산과 연동되어 있고, 실제 지금의 많은 존재들은 세계와 미래의 불안정한 와류 속에서 스스로 작은 껍데기 안에 숨어드는 것에 열심이지만, 이는 불안과 무력이 몸을 옥죄어 올 때 '자기'만 남긴 세계의 비참한 버전이다.

오히려 연약함의 역량은 "우리에게 의존하고 있는 것에 우리가 의

존하고 있다"[23]는 인식에서 비롯된, 타인과 세계에 대한 응답이자 수용적 능력에서 발생한다. 그것은 자기방어를 위한 '나' 주체의 행위가 아니라, 파토스(pathos)적 사건이다. '나'만큼이나 연약한 '너'를 위해, 서로를 위해 자신이 파쇄되는 것을 견디는 것이 연약함의 힘이다.

'우리'가 무엇이 될 수 있을지 전혀 모르지만, 언제든 (어쩌면 이미) (죽음을 포함하여) 다른 모든 것들과 얽히고설킨 "다른 형태"[24]에 도달할 것이다. 파토스적 사건에 대한 감각과 사변적 사유는 '나'나 '인간'을 지키기 위한 대립과 갈등이 아닌, 이미 진행 중인 전혀 다른 것(죽음을 포함하여)과의 이종교배에 대한 감각이다. "미래의 열린 지평선에 대한 확신도 없이, 멸종, 독성과 함께 살아갈 방법을 찾는다"[25]는 의미에서 이는 당연히 비인간적이고 다분히 비생산적이며 적지 않은 확률로 비생명적일 것이다. 그것이 무엇이건, 거기 최저낙원은 "죽은 이의 주먹을 펴서 도라지꽃"이 만들어지는 곳, 털복숭이 로봇, 죽은 이, 도라지꽃 등등이 서식하는 낮은 곳이다. '우리'가 모두 허물어지는 아주 단란한 폐허.

23 브뤼노 라투르, 『녹색 계급의 출현』, 이규현 역, 이음, 2022, 119쪽.

24 브뤼노 라투르, 『나는 어디에 있는가』, 김예령 역, 이음, 2021, 114쪽.

25 헤더 데이비스, 「퀴어 자손」, 『제로의 책』, 234쪽.

시(詩)-공간 형성 실패의 사례들

—유리, 창고 그리고 세트장

그는 유리 아래에서 사물들을 본다. 창문의 눈을 통해 본다.
그는 그가 알고 있는 것을 본다.
—이기 팝(Iggy Pop), 「The passenger」

1. '시(詩)-공간'으로써의 스크린

스크린도어에 적힌 시(詩)에 지하철을 놓칠 정도로 몰입하기는 쉽지 않다. 플랫폼의 스크린도어는 좀처럼 특정의 경험을 위한 '시-공간'을 형성하지 못한다. 아마도 그것은 플랫폼이라는 비장소와, 스크린도어가 가진 유리-파편적 성격에 이중으로 기인할 것이다. 플랫폼은 머무르는 장소가 아니라 통로 공간이며, 그곳에서 '나'는 이동의 목적에 던져진 존재이다. 플랫폼에서 신경은 분할되어 3분 뒤에 올 지하철로 미리 가 있다. 플랫폼의 3분은 목적지를 위한 정크 시간(junk time)일 따름이다.

플랫폼과 유리 파편은 작금 시대에 있어 어떤 경험에 대한 가장 큰 (무)장소적 특질로 작동한다.[1] 스크린도어에 있는 것은 파편화된 시-

1 스마트폰이나 모니터 스크린 등의 "기기들은 우리가 소통에 이용하는 가장 보편적인 유리 형태"이고, 유리 파편들은 외부에 대한, 어떤 경험에 대한 가장 일반적인 입구이자 접속 지점이 되었다. 우리는 이러한 유리 파편을 통해 "우리 자신을 보고 다른 사람을 보며 무언

활자와, 거기에 겹쳐 보이는 '나', 그리고 언제나 동일한 배경인 비장소 플랫폼뿐이다. 스크린도어에는 유리에 비친 '나'와, 이와 단절된 물리적인 '나'만 존재한다. 배경이나 익명의 행인들은 잡음이 된다. 스크린에 비친 이미지는 현실의 파편이며, 시선의 초점에 따라 전경과 배경이 자리바꿈하며 '나'는 이미지의 파편이 된다. 스크린도어를 검지와 엄지로 '크기 줄임'하면 그대로 컴퓨터 모니터나 스마트폰 화면이 된다. 이러한 작용은 지하철의 플랫폼뿐만 아니라, IT의 플랫폼에서도 유사하다. 정크 시간 속에서 파편화된 공간에 잠시 접속했다가, 이내 다른 파편으로 관심를 돌린다.

한때 인터넷이 정보의 바다로 인지되었다면, '나'의 취향에 맞춘 알고리즘 속에 갇히는 필터 버블(filter bubble), '나'의 경로 의존을 강화하고 확증 편향을 반복하는 에코 챔버(echo chamber) 등은 모두 '나'에 의한 '나'의 반복 속에서 협소하기 그지없는 '나-세계'의 한정된 공간화를 의미한다.[2] 우리는 같은 플랫폼에 접속하지만 "드넓은 콘텐츠의 세

가를 검색"한다. 존 개리슨, 『유리』, 주영준 역, 플레이타임, 2017, 119쪽.

2 히토 슈타이얼은 2018년의 강연 '버블 비전—고립의 미학(Bubble Vision: aesthetics of isolation)'에서, 가상현실 속에서 세계를 감각하는 것, 즉 버블의 구체(orb) 속에서 바라보는 360도의 시각적 파노라마가 가상현실의 일반적 시야이며 이를 '버블 비전'이라고 불렀다. 이 세계 속에서 '나'는 세계의 중심이지만, 동시에 그곳에서 '나'는 (시각적으로) 투명하게 부재한다. 슈타이얼은 다양한 예를 들면서 버블-구체가 작금 세계의 상징적인 형상이라고 말한다. 버블-구체 오브제는 결국 광대한 감각적 파노라마 대신 무언가를 지우는데, 기업 아마존이 만든 상징적인 돔 형태의 건물은 노동자 출입 제한을 통해 노동자를 '삭제'한다. 이에 빗대면, 가상현실 속 버블 비전이 '보는 나'의 시각적 삭제라면, 현실 속 필터 버블은 외부의 타인 및 세계를 지우고, 오직 나-세계만을 반복하게 한다. 이는 비단 필터 버블에 한정되지 않는다. 예컨대, '정보의 바다'라고 하는 인터넷의 정보의 무한성에 대한 은유는 이전 시대의 환상일 따름이다. 무언가를 검색하면 그에 대한 답을 얻을 수 있는 것이 아니라, '필터링'의 권력이 자본주의 기업에게 일임되어 있고, 그들이 제시하는 정보만이 접근 가능한 것이다. 이러한 '필터링'의 한계가 인터넷에 대한 소위 감시나 정보 노출에 대한 문제보다 더 은밀하고 강력하다.

계에서 서로 다른 취향의 자기만의 방(dungeon)들에 갇히게" 되는 것이다.[3] "모두 다른 마음으로 모두 다른 창문을 보고 있"는 것이다(김리윤, 「근미래」[4]). 더군다나 스크린도어는 '우리'의 의지로 열 수조차 없다. 완전히 장악된 인터넷 플랫폼에서 벗어나는 선택을 하기도 어렵다. 그렇다면 시간과 공간은 어째서 부서지고 탈구되었는가? 공간은 어째서 컨테이너 같은 체인점 모듈로 산산조각이 났는가?[5]

2. 각자의 방, 유리-파편적 실존

바우만(Zygmunt Bauman)은 현재의 불안과 미래의 불확실성 속에 내쳐진 현대의 특질을 '유동하는 액체성'으로 정의한 바 있다.[6] 발 디딜 곳이 흔들리는 지반의 위태로움으로 말미암은 유동성 불안이 한 시대를 정의하는 정체성이 되었다면, ("과포화 상태의 액체가 특정한 원료, 에너지, 정보 조건이 맞으면 고체화"[7]되듯) 유동성 위에서 과포화

---

3 이광석, 「인류세 시대 '자본주의 리얼리즘'의 풍경」, 『문학과 사회』, 2020.봄, 45쪽. 한편, 사이먼 레이놀즈는 거대한 플랫폼 문화의 내부에서 공동의 문화가 붕괴하고, 마이크로 신(micro-scene)의 공간이 열렸으며 모두가 각자의 타임라인 속에서 산다고 쓰고 있다. Simon Reynols, "'Streaming has killed the mainstream': the decade that broke popular culture", *The Guardian*, 2019.12.28.

4 이 글에서 다루는 시집들은, 김리윤의 『투명도 혼합 공간』(문학과지성사, 2022), 이제재의 『글라스드 아이즈』(아침달, 2021), 김선오의 『세트장』(문학과지성사, 2022), 이수명의 『물류창고』(문학과지성사, 2018)와 『도시가스』(문학과지성사, 2022)이다. 이수명의 시 인용의 경우, 두 시집에 실린 동명의 「물류창고」 연작들을 구분하기 위해 제목 뒤에 페이지를 명기한다. 더불어 이하 『물류창고』는 『물류』로, 『도시가스』는 『도시』로 축약 기재한다.

5 히토 슈타이얼, 『면세 미술』, 문혜진·김홍기 역, 워크룸프레스, 2021, 102쪽.

6 지그문트 바우만, 『모두스 비벤디』, 한상석 역, 후마니타스, 2010, 7쪽, 45쪽. 바우만이나 에른스트 디터 란터만(『불안사회』) 뿐만 아니라, 불안한 당대의 실존의 표상인 '프레카리아트'에 대한 수많은 논의(프랑코 베라르디 비포, 아마미야 가린, 가이 스탠딩 등등) 역시 사회적 불안정성에 대한 진단에서 나온 것이다.

7 육휘, 「자동화와 자유 시간에 관하여」, 『슈퍼휴머니티』, 문학과지성사, 2018, 31쪽.

된 불안은 일종의 유리-파편적 실존을 초래한 듯하다. 불안은 깨어질 듯 위태로운 유리 파편이 되어 '나'를 지탱하는 유일한 발판이 된다. 타인이 들어설 곳 없는 좁디좁은 자신만의 파편에 웅크린 채, '나'의 동질화만 반복게 하는 액정 스크린 속 알고리즘만 붙든 채, 부서질 일만 남은 불안들이 웅크리고 있다.

유리는 동시대에 있어 일종의 감각기관이 되었다. 우리는 유리를 통해 현실을 접하며, 동시에 유리를 통해 타인이 주는 통각에서 유리(遊離)되고자 한다. 유리의 투명성은 시선의 연결과 물리적 단절이라는 모순적 속성으로 구성되어 있다. 유리의 투명성은 유리-물질로 인한 단절을 은폐하고, 유리에 투사/반사된 상(像)의 변형 및 왜곡도 숨긴다. 즉 유리의 투명성은 (마치 안경처럼, 이데올로기처럼) 그것의 작용을 비가시화한다. 유리에 의한 변형이 실제 우리의 인식과 경험에 영향을 미치고 있음에도, 투명성은 그것의 영향력을 숨기는 것이다. 그건 마치 우리가 온갖 플랫폼 인터페이스 위에 있으면서도 그것의 작용을 인지하지 못하는 것과 유사하다. 투명한 연결성에 시선을 맞추면 변형과 왜곡은 '없는' 것으로 착각된다. '나'의 앎으로 구성된 협소한 세계를 전체 세계로 착각하면 고립과 갇힘에 대한 감각은 소거된다. 유리는 투명성을 매개로 단절과 고립을 은폐하는 것이다.

더불어, 유리는 "작고 어두운 상자에" 뚫린 "더 작은 구멍"이며, 이 구멍은 "내가 바라는 것은 무엇이든 보여 주"지만[8] 이때 보이는 것은 '자신'이 아는 세계일 뿐이다(김리윤, 「유리를 통해 어둡게」). 고립된 곳에서 보는 세계란, 보던 것들의 보임, 알던 것들의 앎, 즉 '나'의 반복뿐이

8 이는 카메라 옵스큐라(Camera obscura)의 구조이다. '어두운 방'의 작은 구멍을 통해 통과된 빛은 위아래가 뒤집힌 역상(逆像)을 보여 준다. 유리 렌즈를 통과/반사한 것이 역상이 되었건, 좌우반전이 되었건 왜곡은 필연적이다.

다. 하지만 유리는 시야의 전면을 얼마나 크게(혹은 작게) 비칠(가릴)지라도 구조적으로 파편이다. 항상 어느 것의 부분만을 비추는 그것은 이미 깨져 있다. 유리에 비치는 것은 언제나 파편화된 '나'인 것이다. 유리는 '나'를 비추는 세계의 파편이며, 동시에 '나'를 파편화한다.

그는 여름 내내 일렁이는 나뭇잎 그림자만 보다가 유리로 된 집을 지었다 그 집은 벽 대신 네 개의 커다란 창을 가졌다 눈동자의 실내 같은 그 집에서는 안팎이 사라지고 옆만 남았다 두 사람은 유리의 옆이 되어 포개진 풍경이 모두 같은 질감으로 요약되는 세계를 어루만졌다

(중략)

미래 바깥에서 어린 마음이 낡고 있다
어린 마음은 무성한 유리 조각 속에서 자꾸 태어나는 것처럼 누워 있다
—김리윤, 「글라스 하우스」 부분

인용 시에서 '그'가 불안한 이유는 미지(未知) 때문이다. 이에 '그'는 "한 줌의 어둠"도 남지 않게끔 모든 시야가 투명한 유리의 집을 짓는다. 하지만 유리-세계 속의 시선은 모든 것들을 동일한 유리의 "질감으로 요약"하며, '그'와 함께하는 연인의 타자적 이질성 역시 투명성 속에 소거된다. '나'의 앎으로 구성된 유리-세계의 편안함은 미지의 불안을 없애지만, 그것의 투명성은 타자와 이질적인 것도 함께 제거하는 것이다.[9] 이질성을 통해, 불투명한 타자성과의 충돌을 통해

9 한병철, 『투명사회』, 김태환 역, 문학과지성사, 2014, 14쪽.

서로를 구성·확장할 때 '세계 만들기(worlding)'가 가능해진다. 하지만 미지의 불안을 제거한 투명한 유리 속에 비치는 것은 미장아빔과 같은 '나-나'의 동일한 세계의 반복이다.

유리-세계의 단단함은 유동하는 지반의 불안에서 도피하게 하지만, 유리-세계의 단절은 유리-파편적 고립으로 변환된다. 유리 안에서 사방을 모두 볼 수 있지만, 그것은 유리에 갇힌 채인 것이다. 모종의 이물감을 매끈한 질감으로 요약해 버린 화이트큐브 같은 유리 속에서는, '나'의 시선으로 필터링된 세계-풍경만 펼쳐진다. 미지를 제거한 투명한 전망을 대가로 얻는 것은 고립과 단절이다.

유리-파편적 감각이 삶의 일반 조건이 된 세계지만, 그럼에도 무언가의 다른 가능성은 타진된다. 이제재의 시의 경우, 유리 파편은 세계와 관계 맺는 거의 유일한 통로이다. 이미 파편적 존재들이자 깨진 실존들의 존재론적 한계 속에서 이제재의 화자는 파편들을 모으며 조각난 삶의 이어짐을 모색한다.

> 10월의 거리를 오가면서 쓰레기장 앞 거울과 모조리 깨진 파편들 가게 앞 키 큰 거울과 풀숲 사이에 던져진 손거울 같은 것들 모조리 찍으러 다녔어 **빛을 쬐면서 반사된 영상들을 모으러 다녔어 아무 일 없이도 살고 싶어서 아름다움을 믿고 싶었어** 있잖아 바깥은 선할 수도 아름다울 수도 있더라 그런 것만 볼 수도 느낄 수도 있는 거더라 (중략) **파편들도 풍경을 담고 있었고 흘러가는 빛에 번쩍이고 있었어 사람들은 아름다울까 아름다울 수 있을까**
>
> —이제재, 「글라스드 아이즈—우리들에게」 부분

유리-파편적 삶 속에 웅크린 불안한 실존이지만, 바깥을 넘겨다보며 "선할 수도 아름다울 수도" 있는 것들을 감각한다. 지금 감각을 전하는 것도 결국 "영상" 이미지의 파편 속에서지만, 그럼에도 시인은 바란다. "지금 내가 가진 영상이 너에게로 반사되고 우리 전부에게 퍼져나가고 있"기를. "파편들도 풍경을 담고 있었고 흘러가는 빛에 번쩍이고 있었"다고. 그러니, 파편으로나마 아름다움이 전해지기를. "아름다울 수 있을까"라는 물음은 유리 파편의 협소함에 갇힌 세계가 다른 것들과 연결되기를 바라는 기도를 담는다. 파편으로 조각난 세계에서 바라는 최소한이란 희미하나마 "우리들에게" 연결되는 감각이다. 어쩌면 아름다움은 바깥의 실재라기보다, 그것을 '너'에게 전하려는 정동에 있다. 아름다움은 홀로 오지 않는다. 그것은 이어짐에 있다. 시인은 파편 속에서도 바깥을 향해 몸을 기울이기를 멈추지 않는다.

이제재의 시가 파편화를 거부하는 연결성을 보인다면, 김리윤과 김선오의 시는 불투명성의 두께를 통해 경험 가능한 타자와 세계를 표현한다.

> 화면이 깨져서 모든 문장이 조각난 채로 보여 이게 유리라는 건 별로 생각해 본 적이 없었어 깨진 스크린에 손을 베이고 나서야 알았지 물론 어디에나 유리가 있는 거야 하루 이틀 일도 아니지 하지만 유리에 비친, 유리를 통과해 도착하는 풍경들이 유리 안의 것도 밖의 것도 아니라니
>
> —김리윤, 「유리를 통해 어둡게」 부분

성서 「고린도전서」의 한 구절인 "유리를 통해 어둡게(Through a glass, darkly)"는 '어둡게' 대신 '희미하게(dimly)'로 번역되거나, '유리' 대신 '거울'이 대입되어 거울에 비친 것밖에 볼 수 없음을 어둠/희미함으로 표현한 것으로 보거나, 혹은 문구 자체를 '깨진 거울'을 통해 보는 등

다양하게 해석된다.[10] 이러한 차이에도 불구하고 공통적인 것은 그것으로 인한 불투명성, 혹은 왜곡성이다. 김리윤이 상기 구절을 제목으로 차용한 이유 역시 이와 비슷해 보인다. 유리에 대한 작금의 일반적 인식인 투명성에 대한 거부, 단층적 시선에 대한 부정인 것이다.

에두아르 글리상트는 불투명성이 우리를 "자기 폐쇄에 이르지 않은 채, 관계의 자유를 구성하는 실질적 토대"라고 주장하였다. 관계는 그 자체로 "불투명성 안에서 투쟁하며 스스로를 진술"한다는 것이다.[11] 상기 시에서 '유리'는 유리(glass)이면서 사람 이름을 지칭하는 등 중층적 레이어를 구성하며 투명하고 선명한 접근을 거부한다. 제목 그대로 '유리'를 투과하면서 어둡게 획득되는 '불투명성'이야말로 '유리'에게 중층적으로 쌓여 있는 삶의 역사와 감각을 엿보게 한다. 이러한 측면의 "어둠이란 빛의 부재가 아니라 시각이 없는 상태에서 어떤 잠재력을 경험"[12]하게 하는 것이다. 유리-수면 아래의 어둠 속으로 뛰어드는 것은 "벽을 뚫고 지나가야 하는 두려움"을 마주해야 하는 일이다. 하지만 이를 통해 유리-단절의 감각에서 벗어난 실제적 접촉이 발생한다. 마침내 관계가 생성된다. 그러니 이 단절 속에서도,

> 여름의 이미지를 기억하는 동안 우리는 점점 더 여름을 잊어 가고 있었다
> 세계는 재현되는 평면의 연속이었다

---

10 존 개리슨, 『유리』, 96쪽.

11 Édouard Glissant, *Poetics of Relation*, trans. Besty Wing, Ann Arbor: University of Michigan Press, 2010, p.190, p.186.

12 보야나 스베이지, 「상상의 예술에 대한 믿음」, 『불가능한 춤』, 김신우 역, 작업실유령, 2020, 30쪽.

(중략)

우리는 벽 너머에 있는 이마의 뜨거움을 믿어야 했다

—김리윤, 「근미래」 부분

“여름의 이미지를 기억하는 동안” 여름은 잊혀진다. “재현되는 평면의 연속” 속에서 세계는 사라진다. 유리-파편적 존재가 상실하는 것은 실재에 대한 감각, 세계감이다. 김리윤은 땀, 짠내, 온도, 축축함, 그러한 것들의 이물감, 실질의 감각을 반복 서술하며 투명성의 황량함, 평면 이미지에 의한 세계 상실에서 벗어나기를 촉구한다. 각자의 유리에 고립된 단절 세계에서도 “유리 벽에 기대선 사람의” 땀 흘리는 피부와 온도와 촉감을 상상하기를. “모두 다른 마음으로 모두 다른 창문을 보고 있다 해도”, 이윽고 벽 너머의 축축한 촉감에 닿기를.

김선오에게도 유리는 감각기관을 넘어 “우리의 모든 면”을 구성하는 신체로 나타난다. 즉 유리-투명성을 통해 유령의 비가시성을 묘사한다. 다만 김선오의 유령은 완전히 비가시적인 존재가 아니라 “장밋빛 유령” 즉, 색의 불투명성을 가지고 빛을 투과하는 존재이다.

우리의 모든 면은 유리로 되어 있어 우리 밖으로 넘실대는 세상이 보입니다.

(중략)

해 질 녘 우리는 함께 미술관에 입장했습니다. 3층짜리 건물을 떠다니며 관람했습니다. 그러나 하얀 노을 그림은 없었습니다. 유리로 이루어진 건물의 한쪽 면만이, 파도에 실려 오다 해변에 이르러 부서지는 장밋빛 노을의 파편들을 상영하고 있을 뿐이었습니다.

—김선오, 「농담과 명령」 부분

김선오의 "장밋빛 유령"은 유령이 가진 '부재/현존'의 존재론적 모순처럼, 모순 속에서나 피어날 아름다운 장면의 투사를 위한 매개이자 장면을 구성하는 객체 자체이다. 김선오는 유령이라는 부재적 존재, 혹은 투명한 불투명성과 같은 모순성을 통해 공존 불가능한 속성의 공존성을 탐지한다. 유령의 투명성에 이미 기재되어 있는 존재론적 희박함은 "유령의 몸을 통과한 빛이 모래 위에 옅은 그림자를 만"드는 (불)투명성을 통해 감각된다. 여기서 유령은 결여를 통해 드러낸 희미한 부피감이며, 그럼에도 존재하는 색이다. 이 희미함 속에서, 이 이상한 충돌 속에서 이전 세계에 존재하기 불가능했던 것들이 탄생하길 혹은 발견되길 바란다. 그럼으로써 "하얀 노을"과 같은 비존재에 대한 서술, 즉 그것의 모순적 실재성에 대한 상상계적 탐닉은 여전히 실패하는 (그러므로 짙고 묽은 농담(濃淡)의) 시공간 속에서 유령-실존이라는 불가능의 단어-세계를 구축한다. 시인은 (불)투명한 "장밋빛 유령"이나 "하얀 노을"의 형용모순을 통해, 그것이 세계 인식 속에서 존재하는 것이 불가능하다 해도 (실패를 위한) 발명을 해 나간다. 모순은 필연적으로 두께를 만든다. 이 두께, 공존 불가능한 것들의 관계 속에서 무언가가 발생하는 것이다. 어쩌면 노을은 원래 하얀데, 우리가 노을을 볼 때마다 그 앞에 "장밋빛 유령"이 서 있는 또 다른 세계가 있는 것처럼.

3. 기다림을 기다리며

앞서의 시에서 본 유리에 대한 감각은 액정 스크린이 작용하는 것과 같은 파편화·고립화에 따른 실존적 불안의 측면이다. 투명성의 알레고리도 마찬가지이다. 불투명성이 제거된 세계에서는 타자 및 세계와의 관계를 위한 거리와 두께도 존재하지 않는다. 이수명의 시에서 볼 수 있는 것은 우리가 머무르는 유리 파편의 공간이 가진 플랫폼적 성격이다. 이수명의 '물류창고'는 작금의 공간들이 어떻게 비장소로, 목적 부재(정확히는 행위 반복만이 목적이므로, 행위의 목적성을 상실하는)의 공간으로 변했는지 보여 준다.

매일의 지하철 플랫폼에서 기다리는 건 '나'를 다른 곳으로 데려다 줄 다음 지하철이 아니다. 도착 지점은 지도상 다른 좌표지만 그곳은 현재 서 있는 곳과 동일한 모듈의 플랫폼이다. 두 플랫폼 위에 서 있는 것은 다만 약간의 시차를 둔 (거의) 동일한 '나'이다. '나'는 하나의 플랫폼 위에서 다른 좌표로 다만 복사-붙여넣기 된다. 여기서 플랫폼은 실재하는 장소라기보다 '나'의 또 다른 실존적 양태이다. '나'는 공간 사용자가 아니라 공간 객체이다. 또한 플랫폼이라는 비장소에 위에서 교환되는 유닛(unit)이면서, 동시에 '나' 역시 하나의 비장소이다. '나'는 플랫폼 위를 오가는 동안 '나' 스스로 또 하나의 '플랫폼'이 되었다.

마르크 오제(Marc Auge)는 역사적·관계적 두께를 가지지 않고 어디에나 편재하는 "비인간적인 양태를 띤 일시적인 점유와 통과 지점"을 비장소(non-place)라 불렀다. 이는 편의점, 호텔 체인, 공항, 역 등 주로 일시적 교환과 유통의 통로가 되는 장소를 통칭한다.[13] 이 장소는 교환과 유통의 순간에만 일시적이고 임시적인 생명력을 얻는 '텅 빈 공간'[14]이다. 오제가 비장소 개념을 제안한 1992년에는 그것이 다소

13 마르크 오제, 『비장소』, 이상길 역, 아카넷, 2017, 97-99쪽.

14 앞서 본 바, '정보의 바다'라는 수사(修辭)가 자본주의적 권력의 '필터링'을 통과한 것들만 접근 가능하다는 사실을 은폐하는 것처럼, 환승 체계(transit)로써 '텅 빈 공간' 역시 기업 권력

특수했다면, 작금에 이르러서는 역사적·관계적 맥락의 '장소'가 오히려 특수한 사태가 되고, 비장소가 보편적 특질이 되었다.

플랫폼과 같은 비장소는 어디에나 있고, 어디에서나 동일한 장소들을 연결한다. 연결이라고 하지만, 실제로는 스스로를 복제 반복하는 편재성으로 동일한 시공에 겹쳐 있다. "처음 보았는데 어디서나 볼 수 있는 흔한 창고"처럼(이수명, 「물류창고」, 『물류』, 18쪽), "모퉁이의 편의점 하나를 돌고 얼마 못 가서/또 하나의 편의점을 지나"가는 것처럼(「편의점」, 『물류』), 어디에나 플랫폼이고, 편의점이며, 물류창고이다.

> 창고 옆에 한 사람이 서 있어요
> 창고 밖에 서서 그는 창고 안에 있는 어떤 사람과 이야기해요
> 창고에서 창고로 건너뛰어 다녀요
> 아무것도 흐트러뜨리지 않고
> 창고를 떠나 창고로 다시 돌아오는 즐거운 작업
>
> —이수명, 「물류창고」 부분(『물류』, 26쪽)

정보와 물류의 발달로 장소의 정체성에 대한 뿌리는 한없이 느슨해진다. 인간이나 사물(이나 서비스)이 교류되는 교환의 터널은 텅 빈 장소, 즉 비장소이다. 인간을 포함한 물류들의 교환(환승) 체계라는 것이 비장소의 거의 유일한 특징이다. 무질(Robert Musil)이 "대도시에 사는 누구라도 좋을 인간이며 누구와 대체되어도 상관없는, 누구도 아

의 유사한 작동 범주 내에 있음을 언급할 필요가 있다. 예컨대, 닉 서르닉은, "대체로 플랫폼은 타자가 교류하는 텅 빈 장소로 자신을 표방하지만, 사실상 권력관계(politics)를 내재"한다고 하며, 거기서는 "시장의 상호작용만이 아니라 상품 및 서비스의 개발 규칙도 플랫폼 소유자가 결정"한다고 쓰고 있다. 닉 서르닉, 『플랫폼 자본주의』, 심성보 역, 킹콩북, 2020, 53쪽.

니며 누구라고도 보이지 않는 인간"[15]을 근대의 일반적 형상인 '특색 없는 인간'으로 묘사했다면, 이러한 비특징성은 그대로 비장소에 복사 치환된다. 플랫폼이 익명적 인간들이 잠시 대기하는 곳이라면 물류창고는 물류의 측면에서 이와 동일한 위상을 지닌다.

물류(物流), 즉 계속해서 흐르며 교체되는 이들은 장소에 현전하는 것이 아닌 통과의 재현으로 존재한다. 이들은 통로를 이행하는 도중의 것으로써 공간의 일시적 부분이다. '물류창고' 속의 인물들은 "창고에서 창고로 건너뛰"고, 다시 "창고를 떠나 창고로" 돌아옴을 반복할 뿐이다. 일을 하는 것은 누구라도 상관없고, 누구든 마치 물류처럼 교환된다. "교환의 순수하고 단순한 유통을 위해 모든 차이들은 소멸되고 약화"[16]된다. 창고에서 창고로의 이동, 즉 아주 비(非)행위에 가까운 이것은 비장소의 그것처럼 역사적 맥락과 관계성이 제거된 상태에서 이루어진다. 한 플랫폼에서 다시 한 플랫폼으로 돌아오는 행위의 반복이 그러하듯, 이러한 비행위는 특정 사건이 발생하거나 시퀀스를 사유할 때가 아니라면 의미를 갖지 않는다.

이러한 무의미의 기한 없는 반복 속에서 비행위는 반복 자체만 남긴 채 무용(無用)에 닿고, 무용함의 반복 안에서 동일한 매일로 복제된다. 시간과 역사가 제거된 채, 실재 없이, 다만 (반복된) 비행위만이 남을 뿐이다.[17]

나는 짐 위에 앉아 있었는데 몇몇 사람들이 짐을 밀고 다녔다. 그런 건

15 모리스 블랑쇼, 『도래할 책』, 심세광 역, 그린비, 2011, 270쪽.

16 장 보드리야르, 『무관심의 절정』, 이은민 역, 동문선, 2001, 23쪽.

17 Friedrich Nietzsche, *On the Genealogy of Morality*, trans. Carol Diethe, Cambridge University Press, 2006, p.26.

아무래도 좋은데 짐 위에 짐이 쌓였다. 고르게 숨을 쉴 수 없을 때 누군가
나를 숨 쉬고 있었는데 그를 알아볼 수가 없었다.

나는 하나도 몸이 없었다.

—이수명, 「통영」 부분(『물류』)

'물류창고'의 사물들은 물류창고의 공간과 구분되지 않는다. 사물들은 매번 다른 것으로 교체되지만, 바뀐 것들이 늘 그곳에 있어서 창고의 풍경과 뉘앙스, 분위기와 호흡의 이야기는 (거의) 동일하다. '(거의) 동일'한 나날 속에서 미세하게 다른 무엇은 좀처럼 탐지되지 않는다. 마찬가지로 교환의 반복 속에서, 인간과 사물은 구분되지 않는다. 교환 반복 속에서 '나'는 물류처럼 교환되고 교환의 반복은 의미와 목적의 부재로 이어진다. 즉, 사용가치가 교환가치로 바뀐 것을 넘어 교환만이 남는다. 거기서 인간 혹은 물류는 교환의 흔적으로, 교환의 반복 속에서 희미한 잔영으로만 존재한다.

동일한 모듈의 비장소가 복제된 채 어디에나 있는 것처럼, 주체-목적이 제거되고 비행위만이 남는, 그리고 행위 역시 반복으로 인해 비행위를 달성하는, 그러므로 스스로 어디에나 있는 공간과 구분되지 않는 기묘한 전위가 이루어지는,

창고 안에서 우리들은 어떤 물건들이 있는지 알아보기 위해
한쪽 끝에서 다른 쪽 끝으로 갔다가 거기서
다시 다른 방향으로 갔다가
돌아오곤 했지 갔던 곳을
또 가기도 했어

(중략)

창고를 빠져나가기 전에 아무 이유 없이
갑자기 누군가 울기 시작한다
누군가 토하기 시작한다
누군가 서서
등을 두드리기 시작한다
누군가 제자리에서 왔다 갔다 하고
몇몇은 그러한 누군가들을 따라 하기 시작한다

—이수명, 「물류창고」 부분(『물류』, 14쪽)

베케트의 『고도를 기다리며』의 인물들은 무의미한 행위의 시간 떼우기 속에서 삶의 빈 목적을 기다림으로 치환하며 존재한다. 『고도를 기다리며』의 매일이 "같은 시간, 같은 장소"에서 시작하며, 거기서 '경치의 차이'는 한없이 퇴색되는 것처럼,[18] 그러한 시공에서의 삶이란 대상-목적이 끝내 부재하므로 기다림 자체를 상실하는 무의미한 반복이 교차한다. 이것이 막상의 목적에서 멀어진 존재의 의미와 시-공간의 토대를 파기하였다면, 이수명의 창고의 물류들은 끝없는 교환 속에서 늘 제자리에 있다.

이수명의 인물과 물류들의 비행위는 반복 속에서 목적을 분실한

---

18 사무엘 베케트, 『고도를 기다리며』, 오증자 역, 민음사, 2000, 95쪽, 103쪽. 전체 2막으로 구성된 『고도를 기다리며』의 2막은 "다음 날, 같은 시간, 같은 장소"에서 시작하는데, 극이 보여 주는 건 이틀이지만, 이들의 모든 나날이 '같은 시간, 같은 장소'에 내쳐져 있을 것이라고 자연스럽게 예측된다.

채 무용과 무관과 무의미에 도달한다. 공간-교환의 반복 역시 어제와 "같은 데서 잠들고 같은 데서 일어나고//같은 일을" 수행함에서 이루어지는 것이다(「정적이 흐른다」, 『도시』). 『고도를 기다리며』에서 고고와 디디와 럭키가 모자를 주고받는 의미 없는 행위를 반복하듯,[19] "밧줄을 사방으로 늘어놓았다가 둘이 양 끝을 잡았다가 둥글게 감고, 이 과정을 처음부터 다시 정확하게 되풀이"할 뿐이다(「로비에서 보기로 했다」, 『도시』). 의미와 목적을 상실한 채 "여기에 왜 오는지 모르며 그냥/이 끌려" 온다(「물류창고」, 『물류』, 22쪽). 이유, 목적의 상실은 사물처럼 그저 그러한 채 있음이라는 비행위성이 작금의 실존 양식임을 알린다. 활발한 교환의 반복 속에서 삶의 무의미는 은폐된다. 실제로는 한 곳에 있다가 그와 구분되지 않는 다른 곳을 반복해서 오갈 뿐이다. 생이 원래 그러하다는 듯.

이수명의 시는 인간의 물류화나 삶의 무의미한 반복에 대한 비판적 논조를 띠지 않는다. 시인은 비장소 위에서 마찬가지로 비장소가 된 인간 양태를 사물이 하나의 장소에 놓여 있는 것처럼 있는 그대로 작성한다. 물론 비행위의 반복이 서술된 시들에는 『고도를 기다리며』의 그것과 같은 무의미한 삶에 대한 애조(哀調)가 묻어난다. 하지만 이는 단지 시적 효과일 뿐이다. 물류와 창고만 남긴 채 시인 자신도 물러난다.

> 언덕이 솟아오른다. 언덕 위에서 춤을 춘다. 언덕 위에 서면
> 더는 자라지 않아도 돼

---

19 사무엘 베케트, 『고도를 기다리며』, 120-121쪽. 한편 나탈리 레제는, 이 모자야말로 "존재하고자 하는 집요성에 관한 보잘것없고 조롱 어린, 동시에 비장한 상징"이라고 썼다. 나탈리 레제, 『사뮈엘 베케트의 말 없는 삶』, 김예령 역, 워크룸프레스, 2014, 107쪽.

나는 아마 세상과 동떨어지는 중이다.

(중략)

나는 아마 세계와 공통되는 중이다.

노을이 활기를 띤다.

지난날의 나무들을 뛰어다니게 하자. **오늘 다시 한번 햇살이 비치는 무기력과 만날 것이다.**

—이수명, 「완전한 나무들」 부분(『도시』)

이수명의 시는 비행위의 반복과 끝없는 교환 속에서, 사물과 같은 (물러나) 있음에 도달한다. 비행위와 무목적을 타파하고, 목적과 의미를 찾아내야 할 것으로 제시하지 않는다. 물론 앞서 물류의 그것과, 상기 시의 '나무의 춤'은 다른 행로를 거친다. 하지만 이수명의 시 안에서 둘의 도달점은 다르지 않다. '나'라는 정체성은 "세상과 동떨어지"고, 춤 속에서 '나'는 "세계와 공통되는 중"이다. 익숙한 문법으로 구분 짓자면 전자는 익명성 속으로 추락하는 것이고, 후자는 비인칭적 합일을 성취하는 중이다. 둘은 어떻게 다른가. 혹은 이런 과거의 잣대를 들이대야 하는가. 춤의 행위 속에서 춤과 춤추는 사람이 구분되지 않듯,[20] 시는 의미 상실과 인간 소진의 아연한 아름다움을 남긴다. 무의미를 슬퍼하거나 무목적을 비판하지 않고, 지금의 삶의 양태

---

20 W. B. Yeats, "Among School Children", *The Collected Poems of W. B. Yeats*, Palgrave Macmillan, 1989.

를, 무기력을 그대로 작성한다. 이것은 실패인가. 실패는 그러니까 무엇을 실패하는가.

4. 실패의 시퀀스

우리는 한 칸의 컨테이너 같은 지하철 속에 들어가고 나오며, 다시 들어가기를 반복한다. 그사이에 시공간의 변화를 확인하는 건 주로 스마트폰 화면을 통해서다. 화면에서 확인하는 건 시간의 연속성이 아니라 시간의 파편이다. 시간은 우리처럼 조각난 채 잠시 머물렀다가, 소모되고 사라진다. 플랫폼에 머무르다 보면 시퀀스는 금세 제거된다. 이 공간은 화이트큐브처럼, '나'의 맥락을 백색잡음으로 만든다. 화이트큐브는 맥락을 제거하고 과정을 생략한다.[21] 화면에, 유리파편에, 스크린도어에 비치는 것은 하나는 나르시시즘적 애착이고 다른 하나는 그것의 실패이다. 우리에게 통로가 있다면 장면 밖으로 나가는 것이다. 그 바깥이 결국 다른 장면의 연속일 뿐이더라도.

[A, 텅스텐으로 만든 뼈 구조물
B, 느리게 걷는 우리]

대낮, 미래의 광장. 거대한 A 겹겹이 전시되어, 빛을 머금는 동시에 반사하는. A 사이사이 미래의 관람, 미래의 함성.
같은 공간에 과거형 B

—김선오, 「시퀀스」 부분

---

21 최성민·최슬기, 『누가 화이트 큐브를 두려워하랴』, 작업실유령, 2022, 42쪽.

장면은 마치 '세트장'처럼 구성되어 있다. 세트장은 실재하는 장소 요약과 축약으로 구성된 장면-배경이면서 장소의 화이트큐브화(化)다. "텅스텐으로 만든 뼈 구조물"과 교차되는 "느리게 걷는 우리"가 반복된다. 반복은 과거형이면서, 반복은 그것이 계속될 것을 보장하는 한 미래에 대한 타진이 되기도 한다. "부딪치고/파도 소멸하고/그것을 한참 동안 바라보는 우리 있었다." 그것이 전부다. "있었다"는 지금 없다가 아니라, 앞으로도 지속될 부재의 현전을 기록한다. 부재는 오랜 미래에도 남는다.

그러므로 실패는 이러한 깨어짐의 연속으로 이루어질 것이다. 장면을 넘어 시퀀스를 구성할 것, 무언가를 오래 바라본 눈의 충혈을 노을로 착각하지 않을 것, 창을 열고 노을의 물질성 쪽으로 몸을 기울일 것, 늘 같은 컨테이너의 교환 속에서도 택배원의 손으로 옮겨 탈 것, 그러므로, "금속성의 무질서한 백색잡음이 아니라 관심의 주변에서 우글거리는 객체들의 흑색잡음"[22]을, 우리가 하얗게 노을 지도록 타진할 것.

---

22 Graham Harman, *Guerrilla Metaphysics: Phenomenology and the Carpentry of Things*, Chicago: Open Court, 2005, p.183.

우리가 꽃잎처럼 포개져 차가운 땅속을 떠돌 동안[1]

1. 전쟁과 꽃—플라워 파워

1965년, 비트 세대의 시인 앨런 긴즈버그(Allen Ginsberg)는 베트남 전쟁 반전 평화 시위에 있어, 경찰, 군인, 정치인 등에게 꽃을 주자는 내용의 글을 기고한다. 여기서 비롯된 '플라워 파워'는 당대 비폭력 평화 시위를 정의하는 슬로건이 된다. 1967년, 17세의 얀 로즈 카스미르(Jan Rose Kasmir)는 펜타곤 앞의 베트남전 반대 시위에서 꽃을 들고 군인들 앞에서 "이리저리 돌아다니며 군인들에게 우리와 함께 가자고 손짓"했다고 한다. 프랑스 사진가 마크 리브(Marc Riboud)는 이를 사진으로 찍었고, 이 사진 「Flower Child」는 당대 반전 평화 시위의 상징이 된다. 카스미르는 1980년대가 되어서야 사진의 존재를 알게 되었다고 한다. 카스미르는 "이 사진의 파장을 보고 나서 나는 순간

1 최승자의 "우리가 꽃잎처럼 포개져 따뜻한 땅속을 떠돌 동안"(「청파동을 기억하는가」)의 변주.

적인 어리석음이 아니라 중요한 무언가를 위해 서 있었다는 것을 깨달았다"고 전한다.[2]

플라워 파워 운동은 꽃이 가진 상징과 사회적 기억, 예컨대, '사랑의 증거', '아름다움', '연약함' 등에 기대어 총과 쇠와 폭력을 무해화하고자 하는 시도였을 것이다. 카스미르의 에피소드는 이 글의 결론으로 삼아도 좋았을 무척 '좋은' 이야기이다. 꽃보다 시선을 끄는 힘이 약하고 좀 더 무용할지라도 하얀 페이지 위에 점선으로 핀 검은 활자의 군락을 이루는 시(詩) 역시, 꽃의 그것과 같은 '중요한' 무언가를 위해 서 있다고 하는 식으로. 어떤 시는 「Flower Child」의 사진처럼 세대를 거듭해 어떤 역할을 하고 있고, 우리는 이 아름다움과 미약함에 기댈 수밖에 없다고 하는 식으로.

연약함의 힘은 중요하다. 연약한 것들을 받아들이고 같이 상처 입을 수 있는 감수성의 힘, 그것은 때로 바리케이드를 허물고 총과 쇠를 연성(延性)할 수 있을 것이다. 1967년 시위 현장에 대한 카스미르의 묘사에서, 군인들이 카스미르를 비롯한 시위자들에게 총을 쏘라는 명령을 들을까 봐 두려워했던 것 같았다는 이야기가 증명하는 것처럼. 연약한 것들과 함께 무력화되는, 무너지는 것들이 여전히 있을 것이다. 예컨대, 이불 작가가 「기꺼이 연약해지기」[3]라는 작품을 구상하고 어떤 전쟁과 폭력을 은색 비닐로 조형했을 때, 작가는 연약함이 우리가 '아직'은 알 수 없는 방식으로 작용하리라는 예술적 의지를 가졌을

---

2 Jan Rose Kasmir, "That's me in the picture: Jan Rose Kasmir at an anti-Vietnam war rally at the Pentagon, in 1967", *The Guardian*, 2014.11.7.

3 이불 작가의 「기꺼이 연약해지기(Willing to be vulnerable)」는 은색 비닐로 비행선 모양의 오브제를 조형한 작품이다. 이는 1937년 폭발 사고를 낸 비행선 힌덴부르크를 본뜬 것이다. 꼬리 날개에 나치 문양이 그려진 비행선 힌덴부르크는 나치를 선전하는 전단을 살포하기도 했다고 알려져 있다.

것이다.

하지만 연약함의 힘이 전쟁에 맞선 진실을 품고 있을 때라도, 마지막에 그것밖에 기댈 데가 없을 때라도, 그래서 결국 시를 경유할 수밖에 없는 지금에도 그런 결론으로 바로 가지는 않도록 하자. 이미 완연한 전쟁터에서 꽃은 바스러지며 흩날리고, 폐허가 일상이 된 세계에서 연약함의 힘은 스스로의 연약함을 알고 타인의 약함을 받아들일 수 있는 (근대 휴머니티의 의미로서가 아니라) '인간'의 얼굴을 한 이들을 서로 지탱하게 한다. 하지만 바깥의 이들에게 연약함의 힘이 닿기까지 지금의 도저한 절망과 슬픔의 폐허가 얼마나 길어질지 알 수 없다. 그러니, 결국 유사한 결론에 닿을 때라도 그 사이에 여러 겹의 우회로를 위해 조금 다른 이야기를, 혹은 우회로의 어느 틈에 피난처가 생길 수 있도록 조금 다른 층위의 이야기를 둘러 가 보자.

2. 그 겨울의 빨간 꽃—임혜신

우크라이나와 팔레스타인의 전장이 멀어서 체감되지 않는다면, 신자유주의적 자본주의의 억압과 착취와 폭력은 너무 일상화되어 잘 체화되지 않는다. 둘의 공통점이 있다면 우리가 그것에 익숙해져 있다는 것이다. "폭력은 겉으로만 주변적일 뿐, 실상 폭력이야말로 노동과 임금, 시간과 화폐의 일상적인 교환을 지시하는 궁극의 법"이 되어 있다.[4] 피에르 다르도는 세계의 상수로 자리 잡은 신자유주의의 풍경이 "사회에 대한 억압과 폭력이 갈수록 노골화하는" 실재하는 "내전"이라고 지칭한다. 끊임없이 개개인 사이의 반목과 갈등, 그리고 개인이 자기 자신을 적대하게 하는 작금의 전쟁은 비유도 과장된 수

4 프랑코 비포 베라르디, 『죽음의 스펙터클』, 송섬별 역, 반비, 2016, 98쪽.

사도 아닌 현실이라는 것이다.[5] 전쟁과 폭력이 일상의 정상성을 획득한 사회이다. 전쟁 일상성의 세계에서 우리는 어쩔 것인가. 적응하거나, '내'게 주어진 폭력이 당장 죽음이 오갈 만큼 치명적이지는 않다는 듯 자족할 것인가. 혹은 전쟁 같은 삶이라는 수사 속에 실재를 은폐하고 회피할 것인가.

임혜신의 시[6]는 연약함이 힘이 되기까지의 시간을, 아니, 연약함을 안고 버틸 수밖에 없는 '도저한 절망과 슬픔의 폐허'의 시간을 그린다. 언제든 밑바닥으로 떨어질 뿐인 꽃을 통해 시대의 구조적 폭력과 불평등에 대해, 낙하의 하강감(下降感) 속에서 발 디딜 곳 없는 구체적인 슬픔에 대해서 쓴다. "슬픔은 대체 얼마만큼 불평등해서/우리는 끝없이 살아남아야 하는 것일까요"(「걷는 여자」).

> 77층 키 큰 나무 위에 벚꽃 하얗게 피어나니
> 등 굽은 인부들 몇몇 길을 재촉하네
> 긴 복도를 지나 (중략) 지하로
> 무서움도 타지 않고 군말도 없이
> 어둡고 깊은 곳에 길을 내어 내려가네
> (중략)
> 한 송이 외진 꽃잎만 슬프도록 함께 떨어지는
> 하강의 엘리베이터
> 당신은 무엇을 위해 이 밤을 그토록 기다렸는지
> 자살이냐 타살이냐 묻는 이 없는 빌딩 숲속

---

5 피에르 다르도 외, 『내전, 대중 혐오, 법치』, 정기헌 역, 원더박스, 2024, 18쪽, 244쪽.

6 본문에서 다루는 시집의 출처는 다음과 같다. 임혜신, 『베라, 나는 아직도 울지 않네』, 상상인, 2021; 정나란, 『이중 연습』, 시간의흐름, 2023; 손유미, 『탕의 영혼들』, 창비, 2023.

한 줄의 무의미한 시
검은 뿌리를 더듬고 있을 뿐

—임혜신, 「꽃과 뿌리와 자본의 삼각관계」 부분

임혜신에게 자본주의는 삼각관계의 꼭대기에서 "먹는 것도 입는 것도 모두 무료해진 퇴폐"(「모래시계」)로서 존재한다. 꽃은 자본에 의해 착취당하는 고단한 삶이자, 끝없이 하강하는 것만 남은 삶으로 표상된다. "등 굽은 인부들"이 그러하고, "쓸 만한 직업 한번 가져 본 적 없는/통계 속에서도 버림받은 여자"가 그러하다. 이들은 "형언할 수 없는 갈망에 홀로 죽어 가는" 꽃들이다. 자살인지 사회적 타살인지 묻는 이도 없이 바닥에 떨어진 꽃잎은 "히비스커스"(「의부」) 같은 붉은 피가 된다. 낙화(洛花)의 삶, 낮은 곳으로 떨어져 폐허에 핀 죽음과 같은 삶은 피가 갈변된 "검은 뿌리"를 흔적으로 남길 뿐이다. "무의미한 시"만이 그 흔적을 더듬으며 죽음을 기록한다.

그럼에도 임혜신은 여전히 "혁명의 꿈"(「적에 대한 재고」)에 대해 쓴다. 시인에게 이 시대의 혁명은 과거의 어느 때 가졌던 대항과 적대를 통한 체제 전복이 아니다. "혁명의 꿈"은 다만 그렇게 쓰여짐으로써 혁명이 부재한 세계에서 최소한의 가능태로 존재한다. 떨어지는 꽃 같은 이들이 끝끝내 살아갈 수밖에 없는, 살 수 있기를 바라는 꿈 같은 일이 혁명의 현재적 버전이다. "폭우처럼 죽어도 좋던" "들꽃들"이 꿈을 안고 저물고, "싸워야 한다면 승자는 아니었을/그 겨울의 빨간 꽃"이 바닥에서 한때의 혁명을 증거한다. 시인은 외지고 낮은 곳, 여전히 삶을 견디고 기다릴 패자들의 최저낙원에 대해, 꽃 이후의 꿈을 그린다.

먹는 것도 입는 것도 모두 무료해진 퇴폐한 자본주의 꼭대기같이 답답한 이 도시를 떠나요 잠시, 아니 영원히, 폭포처럼 쏟아지는 속도의 화살을 맞으며 광활한 태초로 돌아가요 미친 듯 아름다운 작약이 피고 흐드러진 욕망의 붉은 대지 위에 온갖 풀꽃들이 툭툭 터질지 모를 반우주로 가요

—임혜신, 「모래시계」 부분

"퇴폐한 자본주의 꼭대기"를 벗어난 "광활한 태초"는 형이상학적 초월의 장소나 순진한 원시주의로의 도피처가 아니다. 이곳은 낙화한 꽃들의 폐허이지만, 패자들의 죽음으로 수놓아진 절망의 장소만을 의미하지 않는다. 임혜신의 폐허는 차별과 착취를 만드는 자본주의의 수직적 위계가 와해된 곳, "퇴폐한 자본주의"를 구축해 온 '사상적 설정이 붕괴'[7]된 곳이다. 기존의 도식이 무너진 곳에서 다른 방식으로 다르게 되는 법을 열망하는, 새로운 배치를 위한 "온갖 들꽃들이 툭툭 터질지 모르는" 잠재성의 대지이다. 파울 첼란은, 시란 현실의 경험적 다시 쓰기이거나 우주의 축소판적 반영이 아니라 '반우주(counter-cosmos)', 즉 반전(反轉)된 세계관이라고 하였다.[8] 이 반우주는 언제든 반전될 현실의 잠재적 음화이자, 최저낙원에 대한 기억이며 열망이다. 그리고 이곳은 무엇보다 "조각과 파편들을 한데 모아 구하기 위해"[9] 구성된 폐허이다. 여기는 낙화한, 버려진, 몫 없는 이들이 존재할 수 있는 곳인 것이다.

모든 위계는 공평성의 도전을 받는다. 꽃들의 낙화는 일종의 "공평

---

7 시노하라 마사타케, 『인간 이후의 철학』, 최승현 역, 이비, 2023, 75쪽.

8 Pajari Räsänen, *Counter-figures*, Helsinki University Printing House, 2007, p.70.

9 그램 질로크, 『발터 벤야민과 메트로폴리스』, 노명우 역, 효형출판, 2005, 273쪽.

성의 기계"[10]로 작동한다. 하지만 모든 마천루가 편평해지기까지, "인간이 정한 이름이나 분류 도식이 모두 사라"[11]지기까지는 인간의 시간을 초과한 시간이 걸릴 것이다. 임혜신의 반우주는 그라운드 제로에 가깝지만 모든 것이 사라진 장소는 아니다. 쌓인 낙화는 "어떤 질서도 위계도 용납하지 못하던"(「적에 대한 재고」) 혁명성을 기억하고 있다. 이 다른 시간성에 대한 기억이 시인의 반우주를 형성한다. 시인은 반우주에 기입된 기억이 지금의 시간에 틈입하여 여기의 폭력을 붕괴시키길 바란다. 낙화가 쌓이는 곳, 그 낙화와 함께 모든 위계가 무너지길 바라는 공평성의 꿈은 모든 와해의 장소에 새로운 "풀꽃들이 툭툭 터질" 시작을 열망한다. (뒤에 살필 정나란의 시구를 빌리자면) "태초는 신의 세계를 벗어나기 위한 다른 신의 시작"(「마침내 동그라미 되지 못한 너에게—이곳을 열고 들어오기 전」)이다.

대체 이 눈부신 폐허의 땅은 어디인 것일까요? 벌써 오래전 3차 4차 대전이 끝나 버린 걸까요?

(중략)

그러나 참으로 어려운 말들 나는 다 알아듣지도 못하고 주먹만 한 뿌리를 깊이 더 깊이 넓게 더 넓게 내리면서 여전히 기다리고만 있었겠지요 붉어지는 가슴을 여민 채 때로는 언덕 너머 태양을 등지고 달려올 아이들을 생각해 보고 때로는 빗속에 방울 방울 우산을 쓰고 걸어오는 소년들을 생

10 채희철, 『고양이 왕』, 포이에시스, 2023, 39쪽.

11 시노하라 마사타케, 『인간 이후의 철학』, 최승현 역, 이비, 2023, 14쪽.

각해 보고 때로는 마차, 때로는 소를 모는 목동 때로는 당신과 내가 모래
둔덕을 뛰어놀던 것을 상상해 보면서,

—임혜신, 「꽃들의 진화」 부분

"눈부신 폐허의 땅"은 앞서 "광활한 태초"의 다른 이름이다. 이곳은 일반적인 시간성을 벗어난 하나의 원풍경(原風景)이다. "3차 4차 대전이 끝나 버린" 후의 폐허 같기도 하고, 태초성을 품고 있기도 하다. 과거이면서 동시에 미래의 운명으로서 태초의 터전이며 폐허이다. 이 폐허는 인간의 집단적 기억 속의 과거이며, 혁명의 꿈을 꾼 인간에게 주어진 미래이다. 반드시 일어날 일이란 미래가 아니라, 은폐되어 있는 현재의 다른 국면일 뿐이다.

시인은 현재의 가장 성행하는 '현재'로부터, 그것의 종국인 폐허, 그것의 시작인 태초의 땅을 동시에 바라본다.[12] 아득히 먼 듯한 태초와 폐허의 양극적 시간성은 현행의 두꺼운 현재에 속해 있다. 자본주의의 마천루는 인간이 초래한 최악의 방식으로서의 건축이지만, 그것은 태초와 폐허를 반우주로 가지고 있다. 무너진 혁명들의 자리, 모든 것이 붕괴되었지만, 혁명을 증거하는 꽃의 사체들이 흐드러지게 묻혀 있다. 그것은 인간에겐 멸절이겠지만, 꽃들에게는 아니다. 다만 그러한 시간 사이, 죽어 가는 다른 인간의 시간에 대한 슬픔이 시를 작성하게 할 뿐.

시인의 혁명은 전쟁에 대한 대항으로서가 아닌, 와해에서 시작한

12 여기서 '폐허'는 아라타 이소자키의 '반건축' 개념을 참조한다. "이소자키는 단선적인 시간관에 기댄 건축가들의 장밋빛 미래를 전복하기 위한 개념으로 건축의 과거이자 미래의 운명으로서의 폐허를 상상했다." 조현정, 「아라타 이소자키—반건축에서 사이버네틱스 환경으로」, 『한국근현대미술사학』 34집, 한국근현대미술사학회, 2017, 200쪽.

다. 시인은 폐허-태초의 세계에 대한 동의로써, 폐허의 시간 동안 발생할 슬픔과 함께하고자 하는 의지로써, 죽어 가는 생명에 대해 쓴다. 폐허-태초의 아래 죽음의 수만큼 씨앗의 생명성이 잠재되어 있다. 이 반우주적 태초성에 대한 기다림은 그들에 대한 애도이자 도래할 생명을 위한 견딤이다. 여기엔 물론 지극한 슬픔이 함께한다. "밤새도록 나의 D, N, A를 뒤적거"리는 유물론적 슬픔이다.

김종회는 임혜신에게 있어서 시는 "삶의 고단한 행로가 배태한 '녹슨 총구'를 닦아 숲의 상상력처럼 빛나는 '흰 눈꽃'의 이미지를 발양하는 것"[13]이라고 쓰고 있다. 삶은 "흰 눈꽃으로 녹슨 총구를 닦으며"(「시」) 간다. 하지만 이는 '녹'을 닦아 내는 흰 눈꽃의 순결함에 대한 강조라기보다, 시와 삶이 눈꽃에 녹을 묻히듯 갈 수밖에 없다는 것. 순결함을 위해서가 아니라, 녹을 묻히면서도 삶을 치러야 할 슬픔을 이야기한다. 손에 녹을 묻히는 것이 삶 자체인 어떤 노동들처럼 녹을 묻히며 가는 길이다. 뚝뚝 떨어지는 처연한 슬픔을 꼭꼭 씹으며.

3. 살아 내다, 살아지다, 사라지다—정나란

세계 내전(內戰)의 포화 속에서 정나란의 시적 화자들은 자기 벙커 속에 있기를 택한다. 밖으로 나가서 다치지 않고 손 내밀어 거절당하지 않게 구덩이 속에 고개를 묻고 있다. 바깥의 문을 걸어 잠근 채 사라져 가는 것들, 고요히 죽어 가는 것들과 함께.

정나란의 『이중 연습』에 반복되어 나타나는 표상 중 하나는 원(圓), 동그라미, 원의 둘레 같은 것들이다. 이것들은 구덩이, (꽃)무덤 같은 것들로 변주되어 이미지화된다. 이 이미지는 여러 층위를 가진다. 원

---

13 김종회, 「박람(博覽)의 시, 활달한 언어의 성찬(盛饌)」, 『베라, 나는 아직도 울지 않네』 해설.

은 닫힌 공간이며, 닫힌 공간 속에서 세계는 차단되고, 동시에 이 원 속의 '나'를 세계로부터 은폐한다. 세계의 폭력에 약한 이들이 닫힌 공간 속에서 세계의 폭력에서 안전을 도모한다. 하지만, 이 안전함의 대가는 죽음이다. 세계와 격리된 원은 무덤과 다를 바 없다. 비교컨대, 오래도록 홀로 있는 쓸쓸한 이의 방 같은 것들. 현재에도, 현실에도 현존하는 누군가들의 방 혹은 우리의 어떤 밤의 시간에 대한 기하학적 추상이 이런 닫힌 원이다. 그러므로 시인은 전쟁의 세계로부터 안전하고자 주위에 동그라미를 그리려 하는 동시에, 그런 폐쇄가 온전한 죽음임을 알기 때문에 완전히 닫히기를 바라지는 않는다. 욕망의 이중성은 동시적으로 작동한다. 즉, 가급적 온전히 닫히지 않기를, "방이 구덩이가 아니라는 것을 알려 주는" "어떤 열기"를 탐색하며, "마침내 동그라미 되지 못"하기를(「마침내 동그라미 되지 못한 너에게—이곳을 열고 들어오기 전」) 바란다.

그것은 내게만 해당하는 것이라고 말할 때 세상은 안전해진다. 그것은 너와 나에게만 해당하는 것이라고 하자. 그러면 우리는 어둠 속에서 조용히 맞잡아도 두렵지 않을 수 있는 온기를 얻는 것이다.
너는 죽은 새와 돌, 꽃과 가지를 끝없이 모아서 썩어 가는 것들 위에 들이붓는다.

(중략)

내가 눕고
등을 찌르는 나뭇가지와 굳은 동백꽃잎.

작은 죽음들을 경험하며 나는 사라짐을 반복한다. 내가 곧 죽을 것 같은 기분일 때, 동백꽃을 마주친 건, 내가 죽을 것 같은데 속수무책 찔리고 있는 내 등이 가련했던 건. 한 번도 보지 못한 나의 등줄기, 나의, 내 피, 심장

—정나란, 「내게만 해당하는 것이라고 말할 때 세상은 안전해진다」 부분

시의 화자는 세상으로부터의 안전을 도모한다. 그건 마치 어둠 속에서 둘만의 무덤을 만드는 행위와 같다. "죽은 새와 돌, 꽃과 가지"를 모아 "썩어 가는 것들 위에" 쏟아붓고, 그 위에 화자가 눕는다. "나뭇가지와 굳은 동백꽃잎"이 누운 등을 찌른다. 이곳은 꽃무덤이자, 벙커, 아궁이, 마지막 레퓨지아(refugia) 같은 곳이다. 동시에, 세상으로부터 사라짐의 장소다.

시에서 화자는 바닥에 깔린 '나'보다 먼저 죽은 더 연약한 것들 위에 누워 있다. 앞서 사라진 것들을 구체적으로 감각한다. 그 죽음의 감각을 통해 화자 역시 그와 같은 작은 죽음을 반복한다. 작은 것들, 금세 죽는 연약한 것들과 스스로 등치된다. 일종의 꽃-되기를 실행한다. 여기서 꽃은 화려하게 피어난 것이 아니라, 떨어진 꽃잎, 곧 썩어 가는 것들이며 동시에 '눌린 꽃'이다. 즉 "작아짐(becoming less)"[14]이다. 계속된 작아짐을 통해 시인은 작은 것들의 죽음을 경험하면서 사라져 가고, 스스로의 사라짐을 기록한다. 사라지기 때문에, 사라짐으로써 사라짐을 증명한다. 그건 마치 기도와 같다.

사라짐을 반복한다는 것은 사라짐의 최종 국면을 거부한다는 것이다. 사라짐을 사라지(지 않)게 하기 위해, 사라지는 자는 사라짐을 계속

---

14 티머시 모턴, 『저주체』, 안호성 역, 갈무리, 2024, 15쪽.

한다. 스스로 부재 되기를 계속하는 일, 그것은 우선 포화로부터 안전을 도모하고자 하는 욕망이나, 더불어 ('나'를 포함해) 이미 죽은 것들과 죽어 가는 것들을 위해, 사라짐-나타남의 위태로운 경계에 머물기를 계속하는 일, 즉 작은 죽음들의 계속됨을 끝내 지키는 일이다. 그러므로 "그렇게 깊은 영원을 가지고도 번번이 이 세계를 등지는 데 실패"한다. 등 뒤에 더 작은 죽음들이 있기 때문이다.

죽어 가는 것들의 처소인 꽃무덤은 세계의 상처가 묻힌 곳이다. 어쨌든 죽어 가는 연약한 것들 역시 세계의 부분이며, 그들의 존재는 그대로 세계의 상처이다. 그런데 "상처를 사랑하는 법은/상처를 치료하는 법과 일치하지 않"는다(「건너편에서 울었다」). 치료를 한다면 이 장소는 완연한 죽음, 닫힌 원이 될 것이다. 하지만 세계에 상처는 필연적이니, 이런 치료는 은폐이거나 연약한 이들의 존재를 제거하는 방식일 확률이 높다. 시인은 그 닫힘을, 완전한 사라짐을 욕망하면서, 동시에 상처를, 상처 자체인 작고 연약한 것들을 사랑한다. 마치, 파울 첼란이 "항상 벌어진 상처의 그늘에서/견디자"[15]고 한 것처럼. 이 견딤 역시 기도와 같다. 바닥에 닿을 정도로 고개를 숙이고 꽃의 사체를, 슬픔을 느끼는 것, "더욱 깊이 엎드리는 것".

> 서늘함의 깊이가 다른 장면을 여는 문이 될 수 있을까. 기도를 마치는 것은 가능한가. 무덤을 열고 들어온 사람 서늘하고 어두운 돌의 무게가 회당을 채우고 한 명도 빠져나가지 않는 것 같지만 아무도 머물지 않는 내부는 선지자의 땅처럼 동서남북 무로 돌아간다. (중략) 꿈은 상승하는 것입

15 줄리아 크리스테바, 「비탄의 시대에 시인들이 무슨 소용이 있는가?」, 김영혜 역, 웹진 『대산』, 2024에서 재인용.

니까. 비로소 하강을 이뤄 중심에 이른 사람이 되어 풀포기를 만지나니. 모두의 잠과 꿈이 한곳에서 온다는 건 변하지 않아요. 우리의 신은 다른 곳에 있지 않습니다. 오목가슴에 갓 떼어 낸 잎사귀 놓여 있는 것을 미친 남자들이 와서 떼어 내려 했어요. 이것은 너무 작은 것, 너무 작은 것. 그대들이 갖기엔 난 이토록 너무 작은 것

언제나 무엇보다 더욱 깊이 엎드리는 것이 기도가 되는 것을 증명할 수 있을까. 기도를 마친 사람들은 무엇을 어디까지 마쳤나.

—정나란, 「그곳을 걸으며 등 뒤에 피고 지길 반복하였네」 부분

무도한 폭력이 일반이 된 세계에서, 그러므로 닫힌 원을 그리고 구덩이를 파고들어 가 사라지려는 시도에서, '마침내' 원이 완전히 닫히지 못하게 하고 "세계를 등지는 데" 실패하게 하는 것, 그것은 등을 찌르는 동백꽃의 감각 때문이다. 그러니 꽃은 '나'와 세계 사이에 난 다공성의 구멍이자 세계로 이어진 채널이다. 이제 시인은 등지지 않고 몸을 돌린다. "풀밭에 엎드리어 분꽃을 만지작거리는 아이", "가장 오래된 슬픔을 그리워하는 이전의 인간"이 된다. 머리가 바닥에 닿을 정도로 숙이며 행하는 기도. "이마만이 아는 미세한 어둠의 무게"(「파도는 높아 잎새들 자라나길 멈추고」)로 행하는 삶의 기도. 이때 기도가 향하는 신이란 "너무 작은 것, 너무 작은 것"이다. 초월이 아니라 "저월(subscendence)", '아래에 있는 것, 가깝게 있는 것, 보다 작은 것'을 향한 기도이다.[16]

---

16 티머시 모턴은 '초월(transcendence)'과 상충되는 '저월(subscendence)'이라는 조어를 통해, 'trans'의 '극복하기, 넘어서기'가 아닌 'sub'의 '가깝게 있음, 아래에 있음, 보다 작음'에 대한 논의를 전개한다. 티머시 모턴, 『저주체』, 164-165쪽.

시인은 작은 것들, "극도로 작고" "모든 곳에 분포하며 그러나 목격되지 않는" 것들을 감각하고, 동시에 그러한 "부재들을 마음껏 가진다"(「원이 된 사람들」). 그러므로 이제 시인에게 사라짐은 세계로부터 안전을 도모하기 위한 차폐막에 숨어드는 것에서 어떤 역전을 이룬다. 닫혀 있던 원은 작고 미세한 것들, '눌린 꽃'들에 대한 감각을 통해 구멍이 뚫려, 부재하는 것들을 향해 확장되는 개방형 원이 된다. 개방형 원, 이 모순과 함께 삶을 견뎌 내는 것, 삶은 이러한 모순을 계속해 견뎌 내는 것.

이제 시인은 비단 '나'와 '너'뿐만 아니라, "통로에 웅크린 채 집으로 돌아가지 못한 누워 버린 사람들, 그 앞에 다시 엎드리고 시간을 묻는 사람들"을 감각한다. 꽃무덤 같은 곳에 누운 사람들은 길 잃고 배회하는 몫 없는 자들이며, 작은 죽음을 반복하며 끊임없이 세상으로부터 사라지는 사람들이다. 잘 '목격되지 않'지만 '모든 곳에 분포하는' 미세한 이들을, 그들이 엎드린 채 시간을 묻는 기도를 느낀다. 무엇보다 이들은 "떨어지는 빗소리를 가장 밝게 들었던 사람들"이다(「높는 나무를 보듯」). 그러므로 여기서 또다시 기묘한 역전이 있다. 이러한 사람들이 그들처럼, 사라짐을 반복하고 "미세한 어둠의 무게"를 느끼며 동백꽃잎에 등이 찔리고 있는 '시인'을 느끼는 것이다. 그들에 의해 시와 시인이 발견된다. 서로를 향한 기도 속에 생긴 구멍을 통해, 어둑한 꽃무덤의 원은 '반우주'와 같은 잠재성의 영역을 확대한다.

> 이제 눈을 조금 떠 봐
> 조금이라도 봐야 하지 않겠어
> 나는 2음절의 욕설들을 모두 찾았어
> 무엇을 다 이룬 것처럼 기뻤어

욕을 하는 건 눈물이 새어 나올 것 같아서야
욕하지 말고
대신 조금씩이라도 사라지려고 해 봐

—정나란, 「원이 된 사람들」 부분

그럼에도 여전히 전쟁의 포화는 가혹하고, 세계로부터 스스로 닫힌 원이 되는 사람들, 죽음에 가까운 삶이 산재한다. 시인은 이들에게 살아가라고 하지 않고 "조금씩이라도 사라지려고 해" 보라고 한다. "사라지려고"는 물론 '살아지려고'와 같은 발음이다. 하지만 시인은 '살아지려고' 해 보라고 말하지 않는다. '살아지다'는, '삶을 살아 내다'라는 능동적 표현보다 약한 피동형의 어색한 표현이지만, 그것은 가혹한 세계에서, 그럼에도 불구하고 살아지려고 노력하는, 삶을 견뎌 보자는 의미로 작성한 연약한 이들을 위한 배려의 표현일 수 있다. 하지만, '살아지려고'라니. 그조차 어떤 기만과 '너'에 대한 폭력을 품고 있지 않을까. 삶은, 특히 이 세계에서는 능동의 의지로 버티기엔 "삶은 연약한 단어니까"(「이중 연습」). 그러므로 시인은 적확히 "사라지려고 해" 보라고 한다. 살아지는 것보다 더 아래의 어둡고 희미한 것으로, 지금에 대한 부정을 통해 사라지려고. 다만, 사라짐을 반복하자고.

정나란은 이 세계의 전쟁과 비참에 대해 직접적인 언술은 거의 하지 않는다. 다만 그 세계 속에서 기도하듯 '사라지는' 약한 것들의 삶을 진술한다. 사라짐의 반복이 계속되는 만큼, 세계의 비참에 대해 역추산할 수 있을 따름이다. 이때 정나란은 마치 계속되는 불안과 상실 속에 있는 듯 긴 문장을 나열하는 형식을 택한다. 계속되는 사라짐을 뒤쫓듯, 문장이 그치면 사라짐이 완수될 것인 양 시는 길게 이어진다. 희미하고 위태롭지만, 사라짐의 최종 국면을 거부하듯.

4. 꽃도 사라진 자리의 버섯

시기를 특정할 수는 없지만, 문단에서 '꽃'이 시의 중심 소재로 사용되는 빈도는 과거 어느 때에 비해 확연히 줄어든 것으로 보인다. 수십 세기 시의 역사를 단위로 탐색하거나, 국내 사회적·문학사적 어떤 사건의 시점(예컨대, 페미니즘 리부트나, 생태주의에 대한 공감 확산 같은)으로 살펴보는 등에 따라 이유를 덧붙여 볼 수도 있겠지만, 그것은 다분히 결과에 맞춘 가늠일 뿐일 것이다. 다만 이야기할 수 있는 건, '꽃'이 시가 된 이래로 아름다움, 덧없음, 무상함, 유약성(fragility)이니 하는 등의 '꽃'에 대한 레토릭들이 강력히 착상되어 왔고, 어느 순간 클리셰가 된 레토릭과 다투지 않고는 '꽃'을 쓰기 쉽지 않았을 것이다. 하지만 여전히 꽃은 존재하고 꽃(의 레토릭)으로 작동하니, '꽃'에 대한 여전한 사용들, 비껴간 사용들, 다른 사용들도 존재하고, 클리셰와의 충돌을 일으키는 시도가 이어져 온 것도 사실이다.

소재로써 '꽃'의 사용 빈도가 드물어진 반면, '꽃'과는 무척 다른 위상이지만 겹쳐 볼 만한 소재로 근 몇 년 사이에 가파르게 등장한 것이 '버섯'이다. 물론, 버섯에 대한 시적 상상력은 시인마다 다른 층위에서 전개되고 있으나, 그 근저에 있는 것은 "오늘날 전 지구적 풍경이 [자본주의적] 폐허"로 뒤덮여 있으며, 이러한 폐허에서도 살아가는 것이 '버섯'이라는 인식일 것이다. 원폭으로 인해 방사능 폐허가 된 곳에서도 살아가는 송이버섯처럼, 버섯에 대한 상상력은 폐허를 (높은 확률로 인간이 아닌 채로) 살아가는 방법[17]과 궤를 같이하는 시적 고민으로부터 나왔다. 불안정한 노동, 전쟁, 생태 위기, 이미 도래한 듯한 디스토피아 등 미래 전망의 부재와 세계에 대한 폐허적 인식이 버섯을

17 애나 로웬하웁트 칭, 『세계 끝의 버섯』, 노고운 역, 현실문화, 2023, 30쪽.

자라게 한 바탕을 이룬다. 즉 바뀐 세계 지형에 대한 인식에서,

가네 산에 오래전 그이가 심어 둔
시간 아래 뜻하지 않게 자란
버섯 그래서 수확하기 위해

누구도 침범하지 않은
우리 수확 미래가
있는 곳으로

우리에겐 작지만 여실한 미래가 필요해 그러므로 유심히 바라본다 습한 땅을 고개가 떨어질 정도로 수확 미래 하기 위하여 개나리광대버섯 독우산광대버섯 흰알광대버섯 댕구알버섯 붉은사슴뿔버섯을 피해 두루 평이한 시간을 찾네 이 그늘과 습기의 어지러움을 찔러

—손유미, 「우리 수확 미래」 부분

이미 망가질 대로 망가진 행성[18]에서는 "허망과 무상을 이길 만한 힘", "여실히 보이는 시간이 필요"하다. 하지만 "이게 다 무슨 소용인가 싶은 나날도" 있다. 그래도 "훼손하려 한 사람과 그걸 막으려고 한 사람과 그들의 후손 모두가 죽어 버릴 때까지" "실패하더라도 계속"하다 보면 이미 자라나 있는 버섯을 보게 될 것이다. 그러니까 "우리는 너무 얼마간의 잠깐"일 뿐이니, 인류의 것은 아닌 어떤 이어짐이

---

18 애나 로웬하웁트 칭은 일군의 동료들과 함께 '망가진 행성에서 사는 기술(Arts of Living on a Damaged Planet)'에 관한 작업을 진행하였다.

있을 것이다.

어떤 폐허도 다만 인간의 폐허일 따름이고, 지구는 그것대로 지구적일 것이다. 그사이의 훼손과 대항과 실패의 서사를 어떻게 살아갈 것인가, 혹은 사라질 것인가 하는 방법론의 고민은 계속될 테지만, 문제는 그 사이 어떤 것들이 폐허로 와해되는 과정에서 필연적으로 발생하는 절망과 고난은 누구의 몫인가 하는 것이다. 몫 없는 자들이 꽃잎처럼 우수수 떨어지고(임혜신), 꽃무덤 속에서 이 전쟁 폐허의 삶을 버티는(정나란) 이들에게 가해질 피폐의 시간들.

이 글을 쓰는 내내, 어떤 전쟁의 현장 앞에서 이런 글은 무슨 소용인가, 이 글은 실재하는 폭력에서 얼마나 멀어져 있는가 하는 거칠한 불편감이 "동백꽃잎"처럼 등을 찔렀다. 존 버거의 문장을 빌려 본다. 이 글은 "부끄러운 밤의 한가운데서" 쓴 것이다. "전쟁 중이라면, 밤은 그 누구의 편에도 서지 않는다. 사랑하고 있다면, 그 밤은 우리 모두가 함께임을 확인해 준다."[19] 부끄러운 밤은 여전한데 함께인지는 알 수 없어, "가자시티, 다시 전쟁의 최전선"[20]이라는 제목의 기사를 읽는다. 모든 전쟁을 개개인 각자의 것으로 돌리는 때가 전쟁이 기어코 승리하는 순간이 아닌가.

---

19 존 버거, 『모든 것을 소중히 하라』, 김우룡 역, 열화당, 2008, 47쪽, 54쪽

20 정인환, 「가자시티, 다시 전쟁의 최전선」, 『한겨레21』, 2024.07.12.

제2장 연약함이 대신 미래를 감싸안고

오직 사랑하는 이들만이 '잠시' 살아남는다

—이성진, 『미래의 연인』, 실천문학사, 2019

1. 나디아, 너의 눈에 희망찼던 미래가 죽어 갈 때

'미래'의 지구는 초강력 전자무기로 인해 거의 멸망했다. 2008년의 일이며 만화 「미래소년 코난」의 서사는 그 이후 '살아남은 사람'들을 중심으로 전개된다. 코난이 기계문명 인더스트리아에 대립하는 소년이라면, 「신비한 바다의 나디아」의 주인공 소년 '장'은 기계광이자 미래광이다. '장'은 '나디아'와 함께 기계문명을 전체주의적 지배를 위해 이용하려는 자들과 싸운다.

「나디아」의 시작 배경은 1889년 프랑스 파리의 만국박람회이다. 당시 만국박람회는 미래의 발전을 예견하는 신문물, 신문명의 호화로운 집결지이면서 전시장이었다. F. T. 마리네티가 「미래주의 선언」을 한 것이 1909년이다. 속도, 기계, 문명에 대한 찬사를 늘어놓고 전통적인 것과 결별을 선언하며 이탈리아 미래주의의 기수가 된 마리네티가 당대 만국박람회에 얼마나 매혹되었을지 유추하는 것은 어렵지 않다. 20세기는 미래광들의 시대였다. 하지만 미래를 종교처럼 신봉

한 20세기는 제 자신의 속도에 미래를 모두 소진했다. 「포스트미래주의 선언」을 한 프랑코 베라르디 비포는 이제 우리가 "미래 이후의 시간을 살고 있다"고 얘기한다.[1] 소설가 윌리엄 깁슨은 "현실이 너무도 불안정하기 때문에 우리에게 미래는 없다"[2]고 한다.

'미래'는 죽었다. '미래'라는 말은 사어(死語)가 되었다. 이제 '미래'라는 단어 주위에는 "새 희망이 넘실거"리거나(「코난」 주제곡) "희망찬 미래의 꿈들이 빛"나지 않는다(「나디아」 주제곡). 「이민 선단」에서의 "신은 증명됐지만 무능했다"라는 말은 '미래'라는 단어에도 적용할 수 있을 것이다. 미래는 증명됐지만 무능했다.

한때 가능성으로 충만했던 미래가 있었다. 이를 가능적 미래라고 한다면, 그러한 미래가 지나가 버린 이후, 살아남은 자가 다시 살피는 미래는 어느 시점일까. 가능적 미래를 위해 다투던 코난이 다 자란 이후를, 혹은 「나디아」의 이런 미래는 뭐라고 할 수 있을까.

쟝은 하룻밤 사이 천천히 늙어서
할머니가 된 나디아가 차려 준 밥을
이도 없이 먹는다

나를 당신이 너무 생각해서
나는 700년 동안 밤이 된다

—「미래의 연인—백패킹」 부분

---

1 프랑코 베라르디 비포, 『미래 이후』, 강서진 역, 난장, 2013, 12쪽.

2 William Gibson, *Pattern Recognition*, New York: G. P. Putnam's Sons, 2003, p.57: 프랑코 베라르디 비포, 『미래 이후』, 137쪽에서 재인용.

이성진의 시인의 미래는 '미래' 이후이다. 아포칼립스 이후 미래 소년 코난은 미래 이후의 미래를 향해 나아간다. 코난의 미래는 가능적 미래를 꿈꿨던 과거의 시간을 반복하는 것이다. 하지만 '미래의 연인'들의 시간은 과거-현재-미래의 이후에 다시 이어지는 미래가 아니다. 이는 연대기적인 시간에서 벗어난 어떤 시간으로서의 미래이다. 만화가 종영되고, ('나디아'와 '쟝'과 시적 화자의) 소녀 소년 시절이 끝나고, 그리고 미래가 죽은 이후이지만, 시인의 시간은 과거나 현재, 미래라기보다 도래 중인 시간의 틈새이다. 소녀 소년 시절의 가능적 미래는 "하룻밤 사이"에 끝났다. 시간은 '당신'이 '나'를 생각할 동안 지속된다. "700년 전에 빛난" 별을 위한 '나'의 "700년 동안"의 밤이 연대기적인 시간에 구멍을 뚫는다. 여전히 미래라는 단어를 쓴다면 '다른 미래'. 명멸(明滅)의 틈새가 지속될 동안의 무(無)미래적인 시간이다.

여기에는 만화적 상상력의 미래에 빠져 있던 소년의 기억과, 그 미래가 아무것도 담보하지 못해 노이즈 가득한 음악에 스스로를 가둔 무기력한 청년의 끝나지 않는 현재와, 그럼에도 미래 이후까지 살아남은 자의 시간이 무(無)시간의 틈새에서 명멸한다. 미래 없음의 전망이 일반 세계의 시간이라면, 이성진의 화자들은 거기서 비켜서 있다. 그들은 '다른 미래'를 모색하며, 일반 세계의 시간에 구멍을 낸다.

2. 항해—20세기 소년 혹은 다른 세기 언젠가

한때 '소년'은 가능성의 다른 이름이었다. 소년 시절의 미래란 미지의 세계에 대한 상상력을 통해 모든 다른 것이 가능했던 미래, 미래를 향한 가능성이 가능한 미래였다. 하지만 소년을 다만 '아직 미숙한' 존재, 언젠가 '완성'되어야 할 존재로 여기는 순간, 가능성은 금세 소진되어 버린다. 소년은 미지를 둘러볼 시간을 잃고, 순식간에 죽음을 맞이한 '미래'처럼 어른이라는 목적지를 강제당한다.

> 인간은 자연재해였다
> 우린 신과 기계를 만들었다
>
> (중략)
>
> 360도의 사고방식들은 언제나 소년을 나무랬다
> 저기 낭떠러지의 사내가 서 있었다
>
> —「하드보일드 소년의 서정」 부분

"360도의 사고방식", 시간은 시계 방향의 경로로 흐른다. '일반적'인 세계의 법칙이다. 또한 시계는 시간을 정량화하고 분절한다. 그것이 시간을 효율화시켰다. 나침반과 콤파스는 무한의 공간을 상대화하고 방향 측정을 가능하게 하면서 공간을 지배하게 했다. 각각의 '지침'들은 경로(route)를 만들었고 그것은 일상의 명령(routine)이 되었다. 오래된 기계장치인 풍차(風車)와 수차(水車), 이후 프로펠러 등의 동력기관들은 앞으로 나아가고 떠오르게 하는 힘이 되었다. 이러한 "360도"들은 보다 빠르기를, (남들보다) 앞서 나가기를 종용했다.

소년은 "보편적인 언어"를 배우기를, 상징적 질서 체계의 편입을 강요받는다. 이 강요 앞에서 소년은 "시계가 되"어 버리고, 대륙의 말들을 사랑할 수 없는 불능의 존재가 된다. 하지만 소년은 만화적이고 우주적 상상력을 가능하게 한 기계장치에 열광했던 것이지, 기계적인 목적성에 열광했던 것은 아니다. 모험이 가득한 항해를 열망했던 것이지, 어떤 목적지에 도달하기 위해 여정을 지우는 수단이 필요했던 것이 아니다. 소년이 바랐던 것은 "파멸을 향해 나아가는 문명화된 세계를 상징하는 '배'"[3]가 아니라, 바다의 무한성에 내맡겨져 자유로운, 장소 없는 장소이자 떠다니는 조각인 배[4]였다.

이제 소년은 가능적 미래의 속도가 미래를 가파르게 소진시킬 것을 안다. 한때 세계의 시계가 미래를 가늠했으니 열광했지만, 그 미래가 아무것도 예견하지 않으니, 소년은 시간과 어긋난다. 소년은 시계의 시간으로부터, 속도와 경쟁을 강조하는 경로로부터 이탈하는 것을 택한다. 소년은 "달리기를 멈추면서" "세상보다 점점 더 느려"지고, "세계는 시계투성"이지만 소년은 "상관없어지고 싶"다고 말하는 것이다(「타국에서의 마라톤」). 소년의 미래는 경로 이탈로만 존재한다.

하지만 세계에 대한 소년의 이러한 무관성(無關-性, 無-慣性)은 체념이 아니다. 풍차가 거대한 시계의 시간의 법칙이고 시간의 거대한 물줄기를 방향 짓는 둑이라면, 소년은 시간의 둑에 구멍을 낸다. "방과 후교실에서 혼자/책상에 구멍을 뚫는 아이"의 시간이 그러하고(「계절감」), 또 "세상만 혼자 걸어 가길래" "허공에 헛주먹만 날"리는 몸짓이 그러하다(「미래의 연인—짐 모리슨을 듣는 날」).

곤란한 일이 계속 벌어질거야
그렇지만 낭떠러지를 포기해선 안 돼

—「하드보일드 소년의 서정」 부분

---

3 Fredric Jameson, *The Political Unconscious: Narrative as a Socially Symbolic Act*, London and New York: Routledge, 1981, p.231.

4 미셸 푸코, 『헤테로토피아』, 이상길 역, 문학과지성사, 2014, 26쪽.

'소년'은 특정 연령대를 지칭하는 이름이 아니다. 소년의 시간은 일반적 시간의 시류에 어긋난 조난의 시간이면서, 동시에 다른 미래의 틈을 열기 위한 경계의 삶을 포기하지 않는 모든 시간을 가리킨다. 이때 '낭떠러지'는 세계의 시간에 탑승하기 위함이 아니라, 세계의 시간에 구멍을 내려는 모든 분투들을 위한 위태로움이다.

3. 허공의 뿌리—21.0세기 베이시스트(base-exit)

20세기의 '미래'는 빠른 속도에 대한 헌신으로 가득 차 있었다. 속도에 대한 열망이 인간을 날게 했다. 그리고 그 비행의 결말을 우리는 이미 여러 차례 목도했다.

> 비행기 날개는
> 우리가 달릴 수 없는 속도에 흔들리고
> 우리는 달릴 수 없는 속도를 보고 있다
>
> (중략)
>
> 의자로 고이는 사람들
> 공동묘지와 지상의 교회 십자가들
> 그 안에서 타는 꽃, 타는 개, 타는 집, 타는 가족들, 타는 나의 애인
> 비행기 날개는 묵묵히 창문 밖에서 서성일 뿐
>
> 나는 비상구를 연다
> 사람들이 놀란 장미꽃으로 쏟아진다

—「밤의 비행기의 날개」 부분

"지구의 마지막 밤"이다, 지상에서 전쟁을 TV로 관전하던 사람들이 비행기를 타고 탈출하는 밤이 배경이다. 사람들은 속도에 의해 파멸하지만 속도에 기대어 비행기를 타고 탈출을 시도한다. 허공의 질주는 속도가 떨어지는 순간 추락할 것이므로 다시 속도에 기댄다. 바닥없는 위태로운 공간이지만 사람들은 위태로운 줄 모른다.

이 시의 서사에서 '나'의 위치는 이중적이다. 비행기를 올려다보는 '애인'은 "타는 꽃, 타는 개, 타는 집, 타는 가족들"과 함께 지상에 있다. 그리고 '애인'의 말을 듣는 '나'는 '애인' 옆에 있는 것처럼 보이지만, 어느 순간 비행기 '비상구'를 열어 사람들을 쏟아지게 만든다. 그렇다면 '나'는 비행기 안에 있는 것인가, 지구 위에 있는 것인가. '나'는 비행기와 지구에 동시에 존재한다. 파멸(탈출)을 향해 날아가는 지구와 탈출(파멸)을 향해 날아가는 비행기가 동일한 비행을 하고 있기 때문이다. 지금-여기를 보고 체감하기 위해서는 지금-여기의 바깥으로 나가야 한다. 그러니 비행기의 추락을 지구에서, 지구의 종말을 비행기에서 보는 것이다. 다만 그것이 마지막 밤에야 보였을 뿐이다.

한나 아렌트는 인간 세계의 실재성과 신뢰성은 무엇보다 우리를 둘러싸고 있는 것들이 그것들을 생산하는 데 걸리는 시간보다 더 영구적으로 지속하는 것에 기반한다고 했다.[5] 달리 말하면, '우리를 둘러싸고 있는 것들'의 빠른 소비와 소모는 세계에 대한 실재성과 신뢰성을 무너뜨렸다. 우리의 감각 역시 극에 달한 속도 속에서 무감해졌다. 세계와 현재의 실재를 떠받치고 있는 믿을 만한 것은 사라졌다. 하늘을 난다는 것의 다른 의미는 발 디딜 곳, 즉 바탕(base)의 상실이다.

---

5 Hannah Arendt, *The Human Condition*, The University of Chicago Press, 1958, pp.95-96.

고개를 내린 우리의 얇은 눈동자들이
컨버스 신발을 불태우고 있었어
신발 끝에서 모락모락 소용돌이 피어오르고
소용돌이가 우리들의 키만큼 커졌을 때

합주실은 이제 양귀비 꽃봉오리 안이야
이곳은 더 이상 한 점을 향해 가질 않아

—「슈게이저」 부분

슈게이징(shoe-gazing)은 문자 그대로 시선을 신발 끝에 두고 기타의 현을 "갈기"며 노이즈(noise)를 만드는 록 음악이다. 그것은 바탕 없는 세계에서 "중력이 사유하는 방향"을 꿈꾼다. 하지만 바닥이 없으므로 발 디딜 수 없는 대신, 세계 속의 '우리'를 노이즈로 덮는다. 노이즈로 가득한 "꽃봉오리 안"에서 세계의 시간 흐름과 "잠시나마"라도 무관한 음악적 시간이 된다. "꽃봉오리"는 소년이 책상 구멍을 뚫는 시간의 음악적 가시화이다. 이 노이즈의 꽃봉오리 안에서 음(音)의 입자는 '우리'와 교환되고 '우리'의 신체의 윤곽선을 흐트러뜨린다. 불협화음이 협화음을 대신한다. 이때 '우리'는 "우리를 잠시나마 떠나보"낸다. 노이즈의 꽃이 하필이면 양귀비인 이유이다. 엑스터시(ecstasy, éx-stăsis)의 본래의 뜻은 '자기의 바깥에 서는' 것이다. 망아(忘我) 혹은 황홀경이다. 양귀비를 재료로 한 것이 만들어 내는 효과이다. 하지만 이 시간은 자기 침잠의 시간이 아니다. 결국 "나는 나와 영원히 헤어지지 못"하더라도, 잠시 '나'는 '나'와 갈라져서 "세계를 자르는 기쁨"이 될 수 있다(「어떻게 음악도 없이 무기력해질 수 있나」). 음악적 시간은 세계에 패배하지 않고 스스로 실패하는 다른 방식이다.

4. 무미래—오직 사랑하는 이들만이 (잠시) 살아남는다

현재는 미래를 남겨 두기 위해 제 스스로 미래의 이전이기를 꿈꾼다. 하지만 그 현재라는 것은 얼마나 조야한가. 그것은 속도의 세계에 현재가 끊임없이 따라잡히기 때문이고, 허공에 떠 있는 현실은 바탕이 없기 때문이다. 비행을 만든 기계의 속도가 다시 디지털 공간을 만들고 동시에 침략한 지도 오래인 것처럼, 세계의 바탕 없음은 갱신된다. 소년의 슬픔이 전자적이었던 이유 중 하나이다(「하드보일드 소년의 서정」).

'연인'이란 바탕 없는 세계, 속도로 인해 무감각해진 세계에서 서로에게 감각과 발 디딜 곳이 되어 주는 존재이다. 연인은 어떤 대상에 대한 감각·지각을 확인시켜 줄 수 있는 타자이면서 동시에 정서적 연대자이기 때문이다. 그래서 "낡은 항구가 돼서 영원히 너의 이불에서 나오지 않을 생각"이었고(「미래의 연인—미래와 연인에게」), 바깥에 초인종이 울려도 "이불을 뒤집어"쓴 채 집에 없는 척할 수 있었다(「미래의 연인—53번째 주말」). 또 다음과 같은 공모도 할 수 있었다.

> 똑같은 구름이 평생 너를 따라다녔다 그게 심심해서
> 금요일들과
> 저녁의 경계선과
> 옥상에서 부는 바람과
> 봉지 안에 담긴 캔맥주와 우린
> 움직이지 않기로 했다
>
> —「미래의 연인—끝의 무성영화」 부분

이 정지한 시간에서의 '우리'는 캔맥주와 함께 봉지 안에 숨은 연인 같다. 이불 안과 같은 이러한 시공간은 '우리' 최후의, 절박한 은신

처였다. 그곳은 소년이 뚫던 구멍과 슈게이저의 꽃봉오리처럼 세계 분리의 빈 공간이 현실화되는 곳이다. 레넌과 요코의 유명한 명제, 혼자 꾸는 꿈은 꿈일 뿐이지만 함께 꾸는 꿈은 현실이 되는 것처럼, 이곳은 하나의 실재 세계가 된다. 하지만 이 실재성이 발 디딜 데가 서로밖에 없는 협소함 안에 갇힐 때, 어떤 가능적 미래로만 흐르는 하나의 세계가 소진될 때, 실재는 현실/현재의 끝으로 내몰린다. 연인의 끝 역시 하나의 세계 종말(apocalypse)이다. 이때 「미래의 연인」이라는 제목은 '연인 이후의 미래'가 된다.

하지만 「미래의 연인」의 시간은 '(아직 미래를 가지고 있었던) 미래(이전)의 연인'과 '미래 (이후)의 연인'의 시간이 동시에 겹쳐져 있다. "바늘이 없는 나침반을 손에 쥐고 하루를 보내"는 것처럼(「미래의 연인—미래와 연인에게」), '미래의 연인'의 시간은 연대기적으로 흐르지 않는다. 장면들은 명멸하며 그 틈새 사이에서 겹겹이 존재한다. 명멸의 틈새가 잠시일 때라도, 시적 시간은 잠시와 잠시를 기워서 '다른 시간'을 만든다. 여기서 현존과 부재 혹은 환상과 현실은 나눠지지 않는다. 각각의 시간들은 초현실주의의 이미지처럼 기묘한 등치 속에서 동시에 존재한다. "가령 레넌에게, 요코의 예/사랑하는 방식과 방관되는 방식의 경계선"(「음악 감상」)처럼 역설적 위태로움을 포기하지 않을 때, 경계선은 분할이 아니라 겹침을 만든다. 사랑은 연인의 미지를 탐사할 때 소진되지만, 각자의 경계가 흔들리고 부서질 때 이전과 다른 세계의 처음을 만든다.

> 콩코드 여객기가 운동장 상공에서 유에프오로 나타났어
>
> —「미래의 연인—배드민턴 친구」 부분

상기 인용 부분은 소년의 '기억'이 '환상'으로 넘어가는 전환점이 되는 연이다. 20세기 속도의 화신체 콩코드는 2003년에 폐기된 비행기이고, 미확인 비행 물체 유에프오는 상상의 외계 문명에 대한 초현실적인 단서이다. 유에프오는 맹신된 초(超)기술문명과 환상의 교차로에서 탄생한다. 이 극단의 조합체 유에프오는 속도의 한계를 넘어서 비속도가 된 무엇이다. 비속도란 빛의 속도로 봉인되었던 퍼스펙티브 내부 어디엔가 자리 잡은 비장소(non-place)이고 기계적 목적론에서 이탈된 속도의 바깥, 시선의 맹점이다.[6] 시간은 인과와 연쇄의 족쇄를 벗는다. 세상이 "회고주의자와 초현실주의자의 대화"인 것처럼, '기억'과 '환상'은 "여러 겹"의 구분되지 않는 부분이다(「밤과 그라데이션」). '다른 미래'의 구멍들이 뚫려 있다.

> 눈을 **한 번** 감으면 소녀가 없어지고
> 눈을 또 **한 번** 감으면 노래가 없어지고
> 세 번 감으면 소녀와 노래는 나를 본다
>
> —「미래의 연인—하이퍼 리얼리즘」 부분

이 구멍들은 눈을 깜빡이면 볼 수 있다. 비장소는 편재해 있고 무미래는 동시적이기 때문이다. 눈을 깜빡이면 책상 구멍을 통해 방과 후교실에 혼자 앉아 있는 아이를, 허공에 난 구멍을 통해 세상에 헛주먹을 날리는 사내를 볼 수 있다. 그리고 또 그런 구멍들을 통해, 이불 속에서 '나'와 함께 이불을 뒤집어쓰고 있는 세계를 볼 수도 있다. 구

---

6 박해천, 「포스트 휴먼을 위한 UFO 선언」, 『포스트휴먼 디자인/비정한 사물들』, 홍디자인, 2001, 269쪽.

멍이 환상일 때라도, 그것을 통해 보이는 것이 환각은 아니다. 그 시간의 틈새가 다만 (700년 정도의) '잠시'일지라도 그때, 우리들은 살아남는다.

5. 처음의 시

현재가 충분해야 미래가 존재한다. 무언가를 충분히 겪을 수 없는 현재란 그 짧은 생애의 이후(즉 미래)가 없다는 의미이다. 남은 것은 짧은 대체뿐이다. 미래 없이 '다음'만이 있을 뿐이다. 배가 난파된 이후, "마루에/옆으로 누워"서 하는 수음(「윈드서퍼」) 같은 우울증적 쾌락이, 무기력을 순간적으로 대체하는 세계가 펼쳐졌다. 이 공허 속에서 우리는 "과거의 기억, 미래의 예측, 이 미래를 현재의 행위 속에 통합시킬 수 있는 가능성을 상실"한다.[7] 이 시대의 우리는 도처에서 미래 없음에 대한 사회적 반응들을 발견한다. 수를 늘여 가는 포기들, 소비재로써 흥행하는 과거들, 작지만 날마다 만족감을 주는 도구를 사용해 감당할 수 없는 예측을 무력화시킬 방법을 찾느라 바쁜 몸짓들,[8] "쾌락을 추구하는 것 말고는 다른 무엇도 할 수 없는 무능"들.[9] 화면 속에서 파편화된 현재의 잔상들.

미래 이후에 살아남은 우리들의 불안은 거의 삶의 조건이 되어 버렸다. 그리고 불안을 회피하기 위한 대체들이 끝없는 불안을 양산한다. '다음'의 소모를 위한 현재가 지금 미래 없음의 전말일 때, 이성진의 전언은 중요하다. "*그렇지만 낭떠러지를 포기해선 안 돼*"(「하드보일드 소년의 서정」). 미래 없음에 대한 체념이 아니라 무미래를 위한 틈새

---

7 장 보드리야르, 『암호』, 배영달 역, 동문선, 2006, 61쪽.
8 지그문트 바우만, 『레트로토피아—실패한 낙원의 귀환』, 정일준 역, 아르테, 2018, 195쪽.
9 마크 피셔, 『자본주의 리얼리즘』, 박진철 역, 리시올, 2018, 45쪽.

를 포기하지 않는 것, 불안의 대체가 아니라 스스로 위태롭기를 그치지 않는 것이다. 봉지는 비어 옥상 위를 떠돌고 빈 캔맥주는 찌그러져 버려져 있고. '나'는 다시 "그을린 침대"가 되더라도 모든 틈새를 위한 "처음의 시"는 써진다(「밤의 비행기 날개」). 이것이 중요하다. 다음의 시가 아니다.

방치된 것들이 넘쳐 우리의 전부가 되는 것, 그것이 우리의 미래이고

—이소연, 『나는 천천히 죽어 갈 소녀가 필요하다』, 걷는사람, 2020

이소연의 첫 시집 가장 서두에 배치된 시, 즉, 이소연의 시의 시작은 이렇게 시작한다.

> 나는 여섯 살에
> 철조망에 걸려 찢어진 뺨을 가졌다
>
> 철을 왜 바다 가까이 두었을까?
>
> —「철」 부분

화자의 언술을 시인의 실제 경험으로 직접적으로 연결할 수는 없다. 하지만 시에 나타난 정황에 내재해 있을 다음과 같은 사실을 떠올리는 것은 시를 환기하는 데 도움이 될 것이다. 시의 장면에 역사적 실재의 살을 덧붙이고, 지금은 많이 은폐된 철조망이 개인의 삶을 어떻게 갈라 왔는지 기억하는 측면에서 말이다.

철을 왜 바다 가까이 두었을까? '1.21사태', 즉 1968년 북한군의 서울 침투 사건 이후 해안선을 따라 기나긴 철조망이 설치되었다. 수십 년의 시간이 지나면서 곳에 따라 조금씩 철거되기는 했으나, 2018년에도 전국 해안·강가 철책이 300㎞ 남아 있었다. 해안가의 높은 철조망은 보호(안보)를 명목으로 분리와 배제의 기능을 해 왔다. 철조망은 한때 나라의 육체에 길게 박힌 흉험한 상처였으나, 차츰 굳어져 여리고 약한 존재들에만 상처를 입혔다. "여섯 살"의 뺨을 찢었던 철조망은 실제 오래도록 해녀가 바다로 가는 길을 막기도 했다.[1]

위 시는 "철을 바다 가까이 두는 게 더는 이상하지 않았다"고 끝맺는다. 소녀는 이제 죽고 분리와 배제가 익숙한 어른만 남았다는 말일까, 어쩌면, 이미 폭력이 만연한 세계에서 "꿰매지 못한 뺨"의 감각과 함께 상처의 기원을 기억하겠다는 것일까.

시인은 상처에 대해 두 가지 태도를 가진다. 하나, 누구든 사회구조적인 환경에 의해 상처 입지 않고 고통받지 않아야 한다. 이를 위한 안전망은 언제나 늘 강력히 요청된다. 권력, 위계, 억압 혹은 사회를 구성하는 수많은 폭력, 악의에 의한 상처, 누구든 철조망 같은 분리와 배제의 장치에 의해 상처받지 않기를. 또 누구든 철조망 건너에 방치되어 망각되지 않기를.

다른 하나, 폭력에 의해 가해지는 상처와 다른 의미에서 상처는 또한 요청되기도 한다. 상처 자체라기보다 상처라는 통로가 필요하다. "상처라 불리는 것을 통해 격리된 여러 존재들은 서로 소통"한다.[2]

---

1 해변의 철조망에 대한 내용은 각각 다음의 기사 참조. 김민재, 「국방부 170㎞ 자발적 철거 발표—'바다' 가로막은 '철책' 걷어 낸다」, 『경인일보』, 2018.8.17.; 허재현, 「철조망 때문에 강원도 해녀들이 힘들드래요」, 『한겨레』, 2015.5.8.

2 조르주 바타유, 『죄인/할렐루야』, 신용호 역, 고려대출판문화원, 2022, 51쪽.

상처는 '당신'에게 가는 길이다. '당신'의 상처가 '내' 것과 다르지 않음을 알 때, 상처에서 기인한 통증은 '우리'라는 세계의 공통적 저지대를 구성한다. 타인, 혹은 바깥의 세계로부터 영향받고 그것들과 함께 무너질 수 있는 연약의 힘, 바깥과 공명할 수 있는 힘, 즉 '상처 입을 수 있는 능력'이 바로 감수성이다.[3]

감수성은 권력과 위계의 폭압에 민감하지만 그것에 취약하지 않다. 그것은 연약한 것, 무너지고 방치된 것들과 공진하는 감각과 감성의 활성(活性)으로 작동한다. 예컨대 "벌어진 허공에 드러난 전선들"도 "몸 밖의 핏줄처럼 아"프게 감각하는 것처럼(「철 5」), 예민하게 감각하기, 상처에 다가가기, 상처 입을 수 있기, 그러므로

> 나는 천천히 죽어 갈 소녀가 필요하다
>
> 품이 큰 잠옷을 입고 강가로 간다
> 쉽게 찢어지고 쉽게 갈라지고 쉽게
> 입을 다무는 물속 세상으로 들어간다
>
> —「밑」 부분

쉽게 찢어지고 쉽게 입을 다무는 "물"은 상처에 무감각하다. 반면 "천천히 죽어" 간다는 것은 죽어 가고 있음을 지속적으로 감각하는 일일 것이다. 화자의 감수성의 분열체(double)로서 "천천히 죽어 갈 소녀"는 '나'의 바깥을 감각하며 그것들과 공감하게 하는 매개 행위자이다. 만약 고통과 상처가 없다면 "동일한 것, 친숙한 것, 익숙한 것"

---

3 한병철, 『아름다움의 구원』, 이재영 역, 문학과지성사, 2016, 54쪽.

만이 그저 계속될 뿐이다.[4] 이러한 삶이 '나'라는 옹색한 곳에 갇혀서 죽는 모양새라면, '천천히 죽어 감'이란 바깥을 감각하고 견디며 살아냄일 것이다.

"폭격으로 무너진 건물을/테이블 앞에 두고/포크로 죽은 고기를 찍어 먹는"(「철 2」) 행위는 그것의 둔감함으로 야만이 된다. 그러니 생명지수가 떨어지는 매 순간 끊임없는 경고등을 띄우는 둔감하지 않은 삶이 필요하다고, "천천히 죽어 갈 소녀"가 필요하다고 시인은 말한다. 하지만 상처와 고통을 지속적으로 감각할 수 있음의 감수성을, 이 활성을, 자꾸만 '밑'으로, 어딘가 보이지 않는 곳에 방치하게 하고 잊게 하는 어떤 작용들이 있다. 때로는 무너진 건물 앞에 있는 테이블만큼의 거리가 만든 둔감함, 때로는 익숙해진 분리와 배제의 습속들이 만든 철조망과 그런 것이 지층화된 시간 등.

그러므로 시인은 상처를 가장 현재적인 것으로 감각하려 애쓴다. 물리적 거리나 시간에 매몰되지 않게. 또한 때로 타인의 고통에 대한 체감을 반감시키는 문학적 수사나 과장, 활자에 지지 않게, "철조망에 걸려 찢어진 뺨" 같은 상처의 실재성과 감각에 닿고자 한다. 가장 연약한 것을 감각하게 하려는 것이 시인의 손과 눈이라면, 시인의 발은 상처가 많았던 곳, 상처가 방치된 곳으로 간다.

"무관심 속에서 벌어지는 폭력들을 찾아"[5], 밑에 가려지고 방치된 것들의 지대로.

---

4 한병철, 『아름다움의 구원』, 55쪽.

5 이소연의 「철」 연작은 나미나 작가의 전시 「Sun Cruises」(2019)의 협업으로 써졌다고 한다. 나미나 작가는 전시 글에서 "나는 무관심 속에서 벌어지는 폭력들을 찾아다니며" "작업을 진행하고 있다"고 쓰고 있다.

> 나는 이 생에 없는 것들의 안부를 묻거나 그 누구도 만질 수 없는 여신의 생각을 평서문의 일기로 기록했다 그 덕에 나는 쓸모없는 것들과 친해지는 법을 배웠고, 아주 가끔 우물 밑에 두고 온 백골의 영(靈)으로 쿠마리의 역사를 기록했다
>
> —「쿠마리의 역사」 부분

쿠마리, 네팔에서 5세 안팎의 소녀를 여신으로 추앙하는 전통 신앙의 존재, 몸에 '상처'가 없어야 하며 피를 흘려서도 안 된다. 그러니 상처가 없고 피 흘린 적이 없던 소녀라도 초경이 시작되면 쿠마리에서 쫓겨난다.

황현산은 "미학적이건 정치적이건 한 사람이 지닌 감수성의 질은 그 사람의 현재가 얼마나 두터우냐에 따라 가름될 것"[6]이라고 썼다. 시인에게는 이국(異國)의 소녀가 당하는 고통도 현재이며, 우물 밑에 방치된 죽음도 현재이다. 그 현재의 두께가 시인으로 하여금 "여신의 생각"을 기록하게 하고 이국의 소녀를 감각하게 한다. 없는 것들의 안부를 묻고, 쓸모없는 것들과 친해지며 우물 밑 백골의 영을 인지한다. 시인은 '쿠마리' 같고 우물 '밑'에 있는 백골의 영 같다. 「밑」의 "천천히 죽어 갈 소녀"와도 같다.

"천천히 죽어 갈 소녀"가 상처와 고통에 대한 감수성의 현현이라면, 쿠마리의 예에서 "나는 천천히 죽어 갈 소녀가 필요하다"의 전혀 다른 의미에 접근할 수 있다. 예컨대, 신앙의 이름으로 소녀 쿠마리에게 어떤 희생을 강요했다면, '우리' 역시 어딘가에서 '천천히 죽어 가는 소녀'를 두고선 그로부터 한없이 무감해져 온 것은 아닐까. 마치,

---

6 황현산, 『밤이 선생이다』, 난다, 2016, 12쪽.

다른 모든 사람들의 행복을 보장받기 위한 대가로 지하실에서 비참한 삶을 살게 할 어린아이가 필요했던 '오멜라스'의 사람들처럼.[7] 어느 '밑'에 고통받는 존재가, 세계의 상처가 갇혀 있는데, 무관심과 둔감함으로 방치해 두고 있는 것이 아닌가.

온전한 것은 환상이다.

(중략)

방치한 것들에게로 돌아가라
나를 먼 곳으로 오게 하는 마지막 눈꺼풀처럼
너무 캄캄한 길모퉁이
우리의 죄가 파헤쳐지고 있다

지난 시절의 모든 죄가 건물 아래 묻혀 있었노라

—「철 4」 부분

"온전한 것은 환상이다." 사라 아메드는 '오멜라스'의 예에서 "행복의 약속이 얼마나 고통의 국지화에 의존하는지 알 수 있다"[8]고 말한다. 누군가의 고통과 상처를 모른 채, 혹은 알고도 방치한 채, 그 '고통의 국지화'에 기대어 온전한 척하고 있는 것은 아닌가. 시인은 방치

---

7 어슐러 K. 르 귄의 소설 「오멜라스를 떠나는 사람들」에서, 오멜라스 사람들은 자신들이 누리는 멋지고 고상한 삶을 위해 지하실에 한 아이를 가두어 둔다. 아이의 비참한 삶에 오멜라스 사람들은 울고 분노하면서도, 수천 명의 행복을 위해 아이의 비참을 수긍하며 방기한다.
8 사라 아메드, 『행복의 약속』, 성정혜 외역, 후마니타스, 2021, 352쪽.

된 것들, 어느 "건물 아래"에 묻힌 고통과 상처들에게로 돌아간다. 방치된 것들의 안부를 묻는다. 시는 그러한 감각과 감수성의 기록이다. '천천히 죽어 가는 소녀'를, 방치된 어느 곳에서 죽어 버린 이들을 감각하고, 공명한다. '우리'를 구성하고 있는 둔감함의 벽을 두드린다. 뒤에 갇혀 있는 건, 기필코 '너'의 상처이기도 하다고.

방치의 장소, 우리가 '먼 곳'이라고 생각한 그곳은 온전함의 환상에서 먼 곳이지만 시인에게는 지금-여기이다. 더불어 '먼 곳'은 방치된 것들의 폐허이자, 우리에게 주어진 시간적 미래이다. 폐허는 미래의 아름다움으로 온다. 가장자리 멀리 방치된 것들이 넘쳐 곧 우리의 전부가 될 것이다.

우리 모두 여기 먼 곳, 여기 방치된 것들의 장소인 폐허로 갈/올 것이다. 그것을 간파하는 시인은 거기에 내쳐지기보다 선취하기 위해 먼-지금-여기에 가/와 있다. "더 이상 망가질 게" 없는 망자들이 있는 곳인 "미래의 폐허"(「철 6」) 혹은 "폐허라는 미래"(「폐허라는 미래—Angeles City 1」)에서, 거기 방치된 것들과 연대하기 위해서, 천천히 죽어 가며—망가지며—삶을 살아 냄으로써. 이 폐허는 중심부에 있는 존재들에게는 어쩔 수 없이 닥칠 비관의 풍경이겠지만, 이미 폐허에 가까운 이들에게는 그렇지 않다. 다분히 선취해야 할 풍경으로서, 이전의 것들이 해체되고 무언가 다른 것들이 만들어질 곳으로 여기 있다. "양파는 썩으면서 새순을 틔"우고(「살얼음」), "죽은 거죽을 세고, 씨앗을 타고" 봄이 오는 것처럼(「폐허라는 미래—Angeles City 1」), 폐허가 모두의 '공통의 집'이 될 때에도 거기에 버섯은 피어나니까.[9]

---

9 Anna Tsing, *The Mushroom at the End of the World*, Princeton & Oxford: Princeton University Press, 2015, p.3.

하지만 그 폐허는 우리가 혼자가 아닌 한에서만 의미가 있다. 예컨대 언니도 '먼 곳'에 가 있으니

> 세상은 부수적인 가지치기만을 좋아해요
> 실뜨기를 좋아하는 나는
> 먼 곳에 있는 언니를 만나기 위해
> 나도 조금 멀리 떠나 있다고 편지를 써요
>
> —「기념일 전날」 부분

세상은 가지치기를 하고 가지 쳐진 것들이 떨어진 세계의 주변 어딘가가 '먼 곳'이다. 세상은 가지를 잘라 내지만(분리하고 배제하지만), 화자는 함께 실을 뜨고 엮고 무언가를 직조하는 것을 좋아한다. 그러한 관계를 만들고 서로가 서로의 방호막이 되기 위해 가지 떨어진 먼 곳으로 간다. 그렇게 만든 실뜨기처럼 얽히고설킴의 지향은 어떤 방치된 것들의 실패(fail)가 아니라 "또 다른 실패"(「네가 잊히지 않는 말」), 즉 다른 얽힘과 설킴을 만들어 내는 실패(spool)가 되는 일이다. 그러한 연대의 실뜨기를 해러웨이는 이미 "놀라운 릴레이로 서로 함께 되기"[10]라고 하지 않았던가. 시인은 전한다. 거기서 "만나요 우리는 그물 침대에 앉아"(「기념일 전날」).

---

10 Donna J. Haraway, *Staying with the Trouble: Making Kin in the Chthulucene*, Durham: Duke University Press, 2016, p.3.

함께 있기 불가능했던 것들이 함께 있을 수 있는 것이 미래다
—황인찬, 『사랑을 위한 되풀이』, 창비, 2019

사랑은 시간에 대한 유일한 승리

—크리스 마커

1. 미장 세계

블랑쇼는 "멈출 수 없는 길 위에 있다는 사실은 유한을 무한으로 변화"시킨다고 쓴다. 그에 따르면, 출구 없는 공간, 끝없는 방황의 장소에서는 시작점도 끝점도 없이 시작하기 이전에 다시 시작하고 "완성하기 이전에 되풀이한다." 그리고 블랑쇼는 이처럼 무한히 반복되는 방황, 무한을 만드는 오류에 "문학의 진실"이 있다고 쓴다.[1]

황인찬의 '사랑을 위한 되풀이'도 이러한 오류, 도착도 없이 계속해 나갈 수밖에 없는 오류적 힘에 기인해 있다. 그의 시적 자아는 출구 없는 막막한 공간에서 길도 방향도 없이 끝도 시작도 없이 계속 '무엇'을 한다. 이때 '무엇'에는 물론 '사랑'이 들어갈 것이다. 하지만 '사랑'을 먼저 적시(摘示)하지 않은 것은 무언가를 계속한다는 것에 방점을 찍기 위해서이다. 무한의 폐쇄 속에서, 멈출 수 없이 '계속해 나

1 모리스 블랑쇼, 『미래의 책』, 최윤정 역, 세계사, 1993, 151-152쪽.

가는' 오류, 이 되풀이가 실은 사랑이고, 삶이다. 사랑은 완성의 목적지가 아니라 계속 그것을 되풀이할 수 있게 하는 힘이다. 그러므로 황인찬은 무한한 되풀이의 오류적 힘이 '사랑', 무한 공간 속에서 끝없이 되풀이해 나갈 수밖에 없는 오류, 그러므로 '사랑을 위한 되풀이'는 오류를 품에 안은 동어반복이다. 즉, '사랑을 위한 사랑'이다.

예컨대, 황인찬이 시에서 백자를 그린다면 그것은 백자의 둥근 견딤과 그것이 형성된 시간의 여백을 통해서다. 시간의 흐름 속에서 끝내 마모되지 않는 흰 면, 그것이 결국 보이는 것은 백자 외부의 거대한 부재이며, 커다란 흐름과 백자와의 대비이다. 그 고독하고 쓸쓸한 대비 속에서 우리는 잠시 무한의 오류를 엿본다. 다른 한편, 백자가 어떤 인물형을 띤다면, 그의 시는 끝없이 반복될 것 같은 화자의 일상을 통해 여백의 무한을 드러내고, 그 무한에 대비되어 끝내 되풀이되는 외로움이 그려진다. 한폭의 수묵화처럼 정지한 세계 속에서 그치만 남아 홀로 끝내 반복할 것 같은 백자같이 희고 투명한 외로움.

「무화과 숲」(『구관조 씻기기』)이나 「희지의 세계」(『희지의 세계』) 등에서 이어져 온 황인찬 특유의 공간은 옛이야기에 나오는 그림 속의 세계처럼 분리된 곳이었다.[2] 그곳은 마치 어떤 '이후'의 삶인 듯, 무언가를 포기한, 억누른, 결여한 것을 잊은 듯한, 속내에 묻어 두지만 다시는 꺼내지 않으리라 다짐한 듯한, 그래서 드러난 감정적 소여도 없이 홀로 묵어 가는 시간의 적요한 아름다움이 있는 풍경. 꺼내 먹을 일도 없는 장(醬)의 숙성을 기다리는 것처럼, 그래서 장이 아니라 시간과 장독과 그 주변만이 주인공인 공간.

---

2 "자급자족적이며 자기 폐쇄적"인 '다른' 공간(미셸 푸코, 『헤테로토피아』, 이상길 역, 문학과지성사, 2014, 26쪽), 예컨대, 『전우치전』이나 『요재지이』 「화벽(畵壁)」편 같은 이야기에 나오는 그림 속 같은 곳을 떠올릴 수 있을 것이다.

홀로 있으나(孤立) 이제 더는 원하는 게 없는(無願) 이의 이러한 시공간은 '결여'를 결여한 세계, '상실'을 상실한 세계다. 적어도 결여와 상실을 낙담하고 납득하는 일을 장면 밑으로 감춰 둬서 그 자체로 거의 완전해 보이는 세계. 감정의 소요나 삶의 굴곡 위에 깨끗한 부재 같은 것을 얇게 도포(塗布)한 듯한 황인찬 특유의 이 공간을 '미장(美粧) 세계'라 부른다면, 미장 세계의 축을 이루는 덧없는 반복의 행위는 부재하는 것들을 향한 강한 환기력으로 존재한다.

> 지금쯤이면 그가 씻고 나와 뒤에서 안아 주어야 하는데
>
> 앞으로 문은 십 년 동안 열리지 않습니다
>
> 뒤로는 산처럼 쌓여 있는 잼통들……
>
> —「깨물면 과즙이 흐르는」 부분

과일을 졸이며 잼을 만드는 시간은 한때 기다림의 반복이다. "산처럼 쌓여 있는 잼통들"은 이 되풀이가 숱하게 진행되어 왔음을 알린다. 이 기다림의 공간에 '그'는 없다. 없는 건 '그'뿐인가. 화자는, 잼을 만드는 일과 매 순간의 "지금쯤" 씻고 나올 '그의 부재'를 반복한다. 계속된 반복은 화자의 시간을 항구적 현재에 머물게 한다. 화자의 미장 세계엔 무엇보다 '시간'이 결여되고 있는 것이다.

시간이 결여되었으므로 고독 역시 항구적으로 계속된다. 그의 부재를 반복하지만 그의 온전한 상실을 거부한다. 이 세계는 무언가 온전히 상실한 것 같지만, 무엇이 끝장났고 무엇이 부족한지, 무엇이 무엇인지 모르고 알아도 알지 못한다. 알게 되고 열망하게 되어 다시 정서

적 강렬함에 휩싸이는 것은 피해야 할 것 같다. "슬픔도 놀라움도 없"이 "밥 짓는 냄새만" 나는 세계(「여름 오후의 꿀 빨기」). 결여를 결여해야 견딜 수 있는 삶을 반복하고, 결여된 무엇을 큰 결핍으로 인지하지 않는 일이 "영원히 조용하고 텅 빈" 세계를 만든다. 이전 세계의 고독은 '그'의 부재에서 비롯되었다면, 앞으로는 '그'의 부재가 결여된 고독이다.

> 세상은 이제 영원히 조용하고 텅 빈 것이다
> 앞으로는 이 고독을 견뎌야 한다
>
> —「부곡」 부분

강렬한 외로움이 아니라 변함없이 반복될 외로움이다. 감정의 진폭은 얇아져 일상의 기본값으로 깔린 외로움이다. 누군가 툭 치며 깨질 것처럼 연약한 고독이지만, 타인 없이, 그러므로 미래도 없이, 미래에 대한 기대나 희망도 없이, 다만 홀로 고독하게 삶은 반복되리라는 예감 속에서, 시인은 림보인 듯 그저 나날이 갱신되는 항구적 현재만이 유일한 미래라는 진단을 내린다.

> 나는 이 시의 시점을 조금이라도 미래처럼 보이고 싶어서 약간 장난을 쳐 본다 그러나 미래는 오지 않는다
>
> —「화면보호기로서의 자연」 부분

미래는 (아직) 오지 않는다.

2. 오류적 힘

하지만 그것으로 끝인가. 오지 않는 미래 속에서 도저한 반복의 행

위는 부재의 상실만을 다만 견딜 뿐일까.

> 그는 어두운 시골길을 지나
> 이곳으로 오는 사람이다
>
> 아직은 오지 않았다
>
> —「피카레스크」 부분

'그'는 영원히 오지 않을 수 있다. 벤야민의 메시아처럼, '그'는 오지 않음으로써 완료를 연기하고 끝내 미래로 남는 가능 세계일지 모른다. 하지만 황인찬이 쓰는 '도래'는 벤야민이 독해한 어떤 시들처럼 미래로 남겨 둔 청원 같은 것이 아니다. 황인찬에게 바람 같은 것이 있다면 오히려 오지 않으리라는 되새김 쪽에 있을 것이다. 기대는 없다시피 희미하고 희박하다. 하지만 없지 않다. 없는 듯 있다. 없으므로 있다. 미래는, 혹은 '그'는 우리가 여기서 없다고 말할 때에도 그것은 없음으로 있다. 이 무슨 말장난일까. 앞서, "지금쯤이면 그가 씻고 나와 뒤에서 안아 주어야 하는데"라고 할 때, '그'는 부재하지만, 그 '지금쯤' 씻고 나온 감각으로 있듯이. 그 감각이 부재의 현재를 존재로 만들 듯이.

존 버거는 한 소설에서 이렇게 썼다. "모든 사랑은 반복을 좋아해요. 그것은 시간을 거부하는 것이니까요."[3] 시간을 거부하고 사랑을 반복하기. 시간을 거부한다는 것은 시간에 따른 사랑의 사멸에 반대

---

3 존 버거, 『A가 X에게』, 김현우 역, 열화당, 2009, 57쪽. 소설 속 A가 X에게 전한 말이다. A의 사랑의 일은 온통 고독으로 둘러싸여 있다. A는 남아 있는 생 내내, X를 결코 만날 수 없기 때문이다. 다만, 이 짙은 외로움에도 사랑에 기댈 수 있는 것은 X라는 방향이 뚜렷하고, X 역시 그러할 것을 알기 때문이다.

한다는 것이다. 하지만 이것이 한 사람만의 일일 때, 이는 그저 현실 도피이고, 그에 대한 도착(倒錯)일 뿐이지 않을까. 그러니까 마치,

마치 다음이 있다는 것처럼 말하는구나

(중략)

교문 너머에서
다음이 오고 있었다

—「말을 잇지 못하는」 부분

『사랑을 위한 되풀이』 태반의 시는 다음 없음을, 미래 없음을, 삶이 변화 없이 지속될 것임을 예감하고 진술하지만, 없음을 통해 있음을 불러내는 오류의 힘을 이 '되풀이' 속에서 발현하고자 한다. 계속 믿으면 마치 무언가 현실이 될 것처럼. '다음' 같은 건 없으리라는 확신에 가까운 예감이 외로움을 만들지만, 그것의 부재는 부재함으로써 더욱 강렬하게 현전한다. 바라고 그린다. 없지만 있다. 도피이고 도착이면 어떻고, 형용모순이면 어떤가. 어떤 모순과 불가능을 사유하지 않으면 '미래' 그 자체도, '그와 함께하는 미래' 같은 것도, 아예 소거된 듯한 세계 아닌가. 그리고 불가능했을 법한 세계에 먼저 가 있는 것이 시가 아닌가.

시 「물가에 발을 담갔는데 생각보다 차가웠다 그러나 아무것도 해명된 것은 없다」를 보자. 시에서 "너는 내 옆에 죽은 것처럼 누워 있"고 "나는 네가 죽었다고 생각"하지만 "죽지는 않았"을 것이고 "이것은 정말 일어났던 일"이지만 전부가 사실인 것은 아니고 등등 일련의

과정. 이 속에서 있었던 것과 있는 것과 있었을지도 모를 일 중 "아무 것도 해명"되지 않는다. 해명은 지금 있는 것 중 무언가를 사라지게 할 것이다. "아름답고 평화로운 일상을 위해 무고한 한 명의 아이를" 눈앞의 실종자로 만들지도 모를 일이다. 그리고 우리의 실재는 실은 '생각'보다 별로 선명하지는 않은 것이 사실이고.

『사랑을 위한 되풀이』에 존재하는 수많은 비(非)역사, 함께 있는 것이 불가능해 보이는 이들의 함께 있음이 있다. 눈을 뜨면 "옆에 누운" "죽은 사랑의 얼굴"이 보인다(「아무 해도 끼치지 않는 말차」). "죽은 연인이 네 방 의자에 앉아" 있다(「버찌」). "죽은 사람의 차를 타고 식사를 하고" "죽은 사람과 입을 맞"춘다(「더 많은 것들이 있다」). 이것이 환상이라면 우리는 이를 더없는 외로움으로 받아들일 것이고, 이것이 실재라면 우리는 이를 현전하는 과거가 현재-미래로 이어지는 것을 볼 수 있을 것이다. 그리고 사실 이는 환상-실재 둘 다이기도 하다. 외로운 즐거움.

시 「You are (not) alone」 같은 제목 안에서 괄호는 외롭거나, 외롭지 않거나 둘 중 하나를 선택하라는 것이 아니라, 외로우면서 동시에 외롭지 않음을 가리키는 것이 아닌가. 그리고 사실 외로움은 대개 그러한 상태에 있지 않나. "You are (not) alone"이 애니메이션 「에반게리온: 서」(2007)의 부제라는 것을 상기하면, 두 소년이 함께 누워 있는 유명한 장면에서 나왔던 다음과 같은 대사를 환기할 수 있을 것이다. "같이 누워 있는 게 이렇게 좋을지 몰랐어."

> 실내에는 저 혼자뿐 아무도 없습니다
>
> 이런 일이 이전에도 있던 것 같습니다 그러나 사실 그런 일은 없습니다
>
> —「더 많은 것들이 있다」 부분

"더 많은 것들이 있다". 사랑을 위한 되풀이는 번복이 아니다. 이것 아니면 저것이 아니라, 둘의 함께 있음을 만든다. 각각은 가능하지만 둘이 함께 가능하지는 않는 것[4]이 함께한다. 함께 있는 것이 불가능했던 것을 기어코 함께 두고, 그것을 불가능이라 하지 않는다. 그저 눈에 보이거나 안 보이는 것 외에, 기존의 인식틀에서 파악 가능했던 것들 외에 "더 많은 것들이 있다". 아주 단순하게는, '생령'이 있고, "온갖 사물에 깃든 신령들"이 존재했고 (또 존재하며) 그런 '이야기'는 다시 시작될 수 있으니까(「재생력」). "영혼의 인도자나 땅의 요정 같은 것"의 '실존'은 불가능으로 닫혔던 '문'을 열 수도 있다(「생매장」).

죽은 '그'는 기억이나 판타지 같은 것으로 표현될 때라도 기억이나 판타지가 아니다. 유령이나 좀비처럼 과거와 현재, 죽음과 생명 사이에 낀 모호한 존재가 아니다. '그'는 죽었거나 살아 있거나 둘 중 하나의 상태도 아니고, 죽어 있는 것도 살아 있는 것도 아닌 비존재도 아니다. 죽은 '그'가 있다. 죽었으면서 동시에 거기 (살아) 있는 것이다. 비단 '그'뿐만이 아니다. '미래' 역시 그러하고, 사랑을, 삶을 반복하다 보면, '지금'이 어느덧 '미래'와 함께한다.

> 그게 무슨 고백이라도 된다는 것처럼
> 계속 고백하다 보면 진실해질 수 있다고 믿는 것처럼……
>
> —「피카레스크」 부분

---

4 비-공가능성(incompossibility), '함께 가능하지 않음'은 라이프니츠의 개념이다. 그러니까 이것은 실은 모순도 아니고 불가능한 것도 아니라, 각각의 사건이 '함께 가능하지는 않았던 것'이다. Deleuze, Gilles, *Cinema 2: The Time-Image*, trans. Hugh Tomlinson and Robert Galeta, Minneapolis: Univ. of Minnesota Press, 1989, p.127 참조.

사랑을 믿지 않으면 사랑이 존재한다는 사실을 결코 알지 못한다.[5] 되풀이하자면, 불가능해 보였던 것들도 반복해 쓰다 보면 실재하게 된다. 계속된 언어의 영향은 실재한다. 믿을 만한 것들이 현실을 구성하고 있는 것이 아니라 믿고 싶은 것들이 현실을 만들어 내듯, 시작도 전에 시작하고 끝 이후에도 되풀이하는 사랑처럼, "하나의 과거와 하나의 현재로서가 아니라, 지속의 흐름 전체에 의해 분리된 양립할 수 없는 여러 순간들을 어떤 감각적인 동시성 속에서 공존하게 하는 어떤 동일한 현전"[6]이 있다. 미래는 (아직) 오지 않는가. 그렇다면 끝없이 오류를 되풀이하면 미래에 갈 수 있지 않을까. 미래가 오기까지, "가능성을 위해서 스스로의 불가능성을 껴안는" 용기 속에서 '버티기(Standhalten)' 하면 되지 않을까.[7] 아니, 어쩌면, 미래는 오고 가는 게 아니라, 지금-여기와 서로를 헤매면서 함께 있는 게 아닐까.

3. 메타 미장

『사랑을 위한 되풀이』에 그려진 미장 세계는 전작들의 그것과 조금 다르다. 미장의 어딘가 벗겨져 결여가 드러나고, 평평한 어딘가에 구겨진 흠 같은 상실을 내보인다. 닫힌 세계에 틈새가 생겼고, 그래서 일반의 세계가 섞여 있다. 어쩌면 시인이 이전부터 예감하며 그렸던 세계와 현실 세계가 가까워져 둘 사이의 구별이 덜해진 이유일지 모른다. 고립 속에서 좀 더 외로움이 강제된 세계 탓이건, 역으로 미장

---

5 키르케고르의 문장이다. 스레츠코 호르바트, 『사랑의 급진성』, 변진경 역, 오월의봄, 2017, 15쪽.

6 모리스 블랑쇼, 『도래할 책』, 심세광 역, 그린비, 2011, 30쪽.

7 아도르노 연구자 고(故) 김진영 선생의 블로그 글. 「첫 섹스의 순간에 대한 문학-정치적 고찰 혹은 그 가능성의 탐색을 위한 시론(試論)으로서의 에세이」, 김진영 네이버 블로그, 2011.10.12.(https://blog.naver.com/dirhin/130120835100)

세계의 밖에서 조금은 외로움을 이야기할 수 있게 된 탓이건, 어쨌든 시인은 반복 속에서 모순을 길어 올린다. "방금 누군가를 죽이고 왔다고 생각하는 사람의 표정"으로 바깥의 거리를 걷는다. "우리의 시대는 다르다"(「우리의 시대는 다르다」)고 반복해 이야기한다.

황인찬은 아직 오지 않았지만 오고 있는 무엇을 향해 현재의 시를 던진다. 마치, 사과를 찌르고 들어간 포크처럼, 혹은 어떤 짐승의 육체를 파고든 창날처럼, 이쪽 세계의 것으로 저쪽 세계에 침투해 있는, 현재의 것에서 미래로의 길을 이어 둔, 그것의 위치를 묻자면 이쪽인지 저쪽인지 모호하지만, 그것의 물리성은 반드시라고 할 만큼 확실한, 사랑.

함께 있기 불가능하다고 여겨졌던 것들을 되풀이해 함께 있게 한다. 반복하면 그런 일이 일어나고 그러면 다른 시대를 맞는 것이다. 함께 있기 불가능했던 것들이 함께 있기 가능해지는 것이 미래다, 다른 시대다.

재와 사랑의 고고연대학

—김연덕, 『재와 사랑의 미래』, 민음사, 2021

[0년, 피난처] 시인은 머리말에 "빛이라는 단어가 빛처럼 생겨서 좋다"고 썼다. 그러고 보면 '빛'이라는 단어는 창문(ㅂ) 틈 아래 새어 들어오는 빛줄기(ㅊ)처럼 보인다. 그렇다면 시인이 말하는 빛의 대부분은 아마도 온 대지를 점령하는 압도적인 빛이나, 뚜렷한 윤곽을 남기는 스포트라이트가 아니라, 빛의 폭발 사이에서 상처 입은 빛에 가까울 것이다. 희미한 기호 같은 빛. 그런 희붐한 빛이 '나'의 희뿌연 윤곽 위에 게으르게 머무른다. 빛과 그림자는 윤곽 위에서 서로를 보듬는다. 빛과 그림자가 없다면, 재와 사랑이 그 자리를 묻고 있기 때문일 것이다.

상처 입은 것들이 서로를 보듬는 이 부연 공간이 『재와 사랑의 미래』 시적 화자의 마음의 처소이다. "그릇이나 화산, 목조 저택에 비유"되는 이곳은 "한번 죽어 본 사람들"이 거하는 곳이자 "다른 세계로 통하는" 통로다(「현실은 시작되어야만 할 것이다」). 이곳에서 화자는, 될 수 있었을 가능 미래와, 다르게 흐를 수도 있었을 과거를 감각한다. 이 시공(時空)은 지금-현재와 인과적으로 무관한 어느 시점일 것이다. 이곳은 시공의 조류에 조난당한 작은 난파선 같은 곳이지만, 동시에 삶을 연장시키는 피난처이기도 하다. 상처 입은 빛의 파편 위로 여러 다른 시간대가 겹친다. 예컨대 '빛'이라는 단어의 창문을 열면,

[21.2세기, 불] *미래가 불타고 있다.*[1] 그런 말이 덧없지만 불길한 소문처럼 거리를 배회한다. 미래는 현재의 동심원 바로 바깥에서 가파르게 타오르며, 넘실거리는 불길로 현재를 넘본다. 우리의 현재는 계속해서 불타는 미래로 밀려날 듯하다. 비결정성만이 미래에 대해 결정된 유일한 요소일 테지만, 파국의 예감은 뚜렷하다. "대폭발은 책에서나 보던 단어라 종말이란 말도 그저 농담 같"지만, 어쩌면 우리는 이미 느린 불길 속에 있는 것인지도 모른다.

우리는 나란히 누워 천장에 길게 난 유리를, 그 위로 일렁이는 나무 그림자를 바라보고 있었다. 손을 잡고 눈을 감고 반쯤 잠들어, 그간의 어떤 오후보다 사이가 좋게.

스스로 망가뜨린 기억도 잊을 수 있게.

(중략)

가루가 날린다. 바닥이 기운다. 마른 잎이 하나씩 바스러진다.

---

1 나오미 클라인(Naomi Klein)의 기후 위기에 대한 저서 *On Fire*(2019)의 국역판 제목이다. 기후 재앙과 관련한 '미래 없음'에 대한 이야기가 비교적 최근의 일이지만, 신자유주의 경제 위기와 관련한 (담론의 측면에서는 진보하는 역사의 끝을, 일반 삶의 입장에서는 불투명한 미래와 불안정한 삶에 관한) 미래 없음에 대한 이야기는 21세기와 함께 도래했다.

—「재와 사랑의 미래」①[2] 부분

시는 하나의 "세계의 끝"에서, 어떤 재난의 풍경 속에서 마지막을 기다리는 연인의 풍경 같다. "네사랑은미래보다앞서있"고 '나'는 "세계와네끝으로" 들어간다. '네' 사랑이 미래보다 앞서 있다는 건, 미래 이전에 사랑이 끝난다는 것일까, 미래 이후에도 사랑이 계속된다는 것일까. 알 수 없지만, 나란히 누운 '우리'가 "가까이 붙어 숨 쉴수록" 바닥은 기운다. 어느 쪽이건 세계의 끝은 '네' 끝과 겹쳐 있다.

"불분명한 미래만이 전부"이고, "불분명한 미래"는 바닥이 기우는 듯한 항구적 불안을 야기한다. "불분명한 미래" 때문에 끝이 나는 사랑도 분명히 있고, 그 불분명함을 통해서 가능해지는 사랑도 있다. 어쨌건 사랑이 끝날 때 누구라도 한 번쯤 죽듯이, 미래가 꺾일 때 사람은 한 번쯤 죽는다. '나'는 "세계와네끝으로" 들어가는 쪽이다. 세계가 끝나고 '우리'가 죽더라도 사랑이 끝날 이유는 없으니,

[0079년, 재의 연인] 바깥이 온통 불타고 있다. 떨어지는 화산재를 피하던 연인이 불타오르는 죽음을 맞는다. 2000년 전, 소위 '폼페이 최후의 날'에 베수비오 화산의 화쇄류가 도시를 뒤덮고 사람들이 희생되기까지 15분여가 걸렸다고 전해진다. 죽음의 순간은 짧았지만, 후대 사람들은 폼페이의 연인이 재(災) 속에 파묻힌 긴 시간 동안 서로가 서로에게 서로뿐인 긴 사랑을 했다고 믿는다.

사랑에는 두 가지 시간대가 있다. 하나, 어떤 사랑은 폭발하듯 가

---

2 『재와 사랑의 미래』에는 동명의 「재와 사랑의 미래」가 6편 실려 있다. 인용 시 시집에 실린 순서대로 번호를 붙여 구분 표기한다.

파르게 치솟아 '나'의 임계점을 넘는다. '나'를 불태우고 '나'를 '나'에게서 벗어나게 한다. "스스로 망가뜨"리면서 가능한 사랑이다(「재와 사랑의 미래」①). '나'의 소실(燒失)로 '너'에게 가까운 다른 사람이 되게 한다는 의미에서 이 사랑은 짧은 죽음을, 사랑의 탄생을 거듭한다.

사랑이 영원을 지향할 때는 활화산 같은 상태의 지속을 의미했을 것이다. 하지만, 둘, 그것의 불가능이 재 속의 연인을 만든다. 불은 언제든 꺼지지만 재는 오래도록 남아 퇴적된다. "반복해 겪을 고요와 불" 속에서 그것은 "안전하고 흔한 죽음 같은 일"(「재와 사랑의 미래」③).

> 우리는 나란히 누워 천장에 길게 난 유리를 계곡을, 햇빛에 그을린 거실과
> 수영 선수를
>
> 그 위로 일렁이는 그림자를 바라보고 있었다. 손을 잡고 눈을 감고 반쯤
> 잠들어, 그간의 어떤 오후보다 사이가 좋게.
>
> 스스로 망가뜨린 기억도
> 잊을 수 있게.
>
> —「재와 사랑의 중추식 미래」 부분

불태울 것이 남아 있지 않은 재 속의 연인에겐 긴 죽음(사랑)이 있다. 모든 재는 불타오르던 것들을 기억한다. 불탄 것들은 재 속에서 소실된 미래를 뒤적인다. 피난 온 빛이 그림자로 일렁이는 것을 바라본다. 서로만이 유일한 피난처이자 과거인 최소 공동체 속에서, 바깥의 다른 가능성으로부터 유기된 이들에게 서로에게 느리게 몰락하는 것 외에 다른 미래는 없다. 무한한 가능 미래에 존재하는 모든 '네'가

하나의 '너'로 무너져 내린다.[3] "어지러운 토양 사이를 할 수 있는 한 많이 거닐며 소유하는 상처"(「포프리」)를 늘리며, 붕괴는 발생 중이다. 서로를 향한 채널 뿐인 오랜 순환 회로를 거친 결괏값에 대해서 알 수 있는 것이라곤 '내'가 이전의 '나'와는 다르다는 것뿐이다. 하지만 붕괴가 모든 것의 사라짐을 뜻하지는 않는다. 어쩌면 오랜 어느 시공에 문득 재가 불탄 것을 잊고, 화학적 변이를 겪을지도 모를 일,

[10,000년, 빙산] 예컨대, 각얼음은 물(水)로 쉽게 상전이(相轉移)되지만, 빙산은 영구히 단단한 것으로 여겨진다. 빙산의 시간 속에서 사랑은 "영원의 내리막"[4]을 타고 느리게 붕괴한다.

"얼마쯤 죽어 있는 느낌 속에" "부서지거나 녹는 것 외에는 다른 몸을 택할 수 없는 상태".[5] 돌이킬 수 없는 붕괴, 증가하는 무질서 속에서 사랑은 하나의 방향을 제시한다. 여느 재난처럼 바닥이 기울고 돌아누운 등에도(「재와 사랑의 미래」①) 불태우는 사랑이 있다. 몰락(의 슬픔) 외에는 더 사랑할 게 남지 않을 때까지.

네가 깎은 산은 얌전히 앉아 조는 산 풀도 흙도 바위도 얼굴도 없이
투명한 얼음 불안과 조명으로만 이루어진 산

(중략)

---

3 캐롤라인 M. 요킴, 「사랑의 고고연대학」, 『에스에프널』, 김상훈 외역, 허블, 2021, 158쪽의 문장 변주.

4 알랭 바디우, 『사랑 예찬』, 조재룡 역, 길, 2010, 59쪽.

5 김연덕, 「졸업과 오리—2021년 1월 13일」, 『릿터』 28호, 2021.2/3, 66쪽, 67쪽.

우리가 만나 새하얀 산에 오른 건 느리고 희박한 온도가 된 건 그곳에서
서서히 그리고 완전히 다른 사람이 되어 내려온 건 한참 뒤의 일인데

—「재와 사랑의 미래」③ 부분

"도형들끼리 부딪혀 상처를" 내듯 사랑에 있어 무언가는 필연적으로 마모되어 간다. 그것이 사랑 안에서 다른 것으로 채워지지 않는다면, 산의 정상에서 다른 방향으로 내려오게 될 것이다. 하지만 이 빙산의 사랑은 "온갖 불안감과 좌절들에 맞서 매일 새롭게 싸워 쟁취해야 하는"[6] 사랑이 아니라. "소진되지 않고 계속해 성실할 수 있는 죽음"[7] 같은 사랑이다. 빛이 윤곽을 조형함과 동시에 윤곽의 경계를 흩트리듯, 서로를 향한 오랜 스며듦 속에 '너'와 '나'는 서로에게 무너진다. 마모된 것들이 쌓인 "산은 나뉘어 이어져" 완만한 산등성이는 0으로 수렴하지 않는다. 쉽게 사그라들고 녹는 사랑과는 다른, 사랑이 재발명된다.

이러한 느린 부식 역시 사랑이니, 여기 "오랜세계더미" 속에도 "파괴되지 않는 생명력"이 있다. "내일이/물소리가" "동시에 쥐어지기를"(「재와 사랑의 미래」⑥) 기다린다.

[발굴] "조금 전과 먼 미래를 가르는 빛은 지금 내가 보는 장면과 얼마큼 닮아 있을까"(「재와 사랑의 미래」③). 허구적 실체에 대한 실제적 감각은 과거나 미래를 영사하는 빛이 여전히 도달 중이기 때문에 가능하다. 멀고 희박한 것들을 지금-여기의 것으로 받아들이는 연약함

---

6 울리히 벡, 『사랑은 지독한 그러나 너무나 정상적인 혼란』, 강수영 외역, 새물결, 1999, 182쪽.

7 김연덕, 「졸업과 오리—2021년 1월 13일」, 67쪽.

의 감각이다. 세르는 허약함이 시간을 만든다고 썼고,[8] 시인은 희미함에 대한 감각을 유지하며 느리게 붕괴하는 시간을 산다. 시 속 어떤 저층에 파묻힌 재의 연인들의 형상은 대개 '웅크리며 껴안는' 모습이다. 어떤 재난의 비극 속에서 할 수 있는 일이 그것뿐인 듯. "내 것이 아닌 건 이토록 부드러워/다른 꿈 다른 느낌으로 갈 수 있다고 믿"기도 한 것이다(「웅크리기 껴안기」). 웅크림이 '나'의 무릎을 안고 있는 한 그것이 느린 죽음을 향해 있다면, 껴안기는 죽음을 등진 채 그 행위 안에서 죽음을 지연시킨다. 아니, 시간을 소거시킨다. "포옹, 그것은 사라지는 중인 동시성"[9]인 것이다.

> 이토록 확실한 추위를 느낀다면 어떻게 해야 해? 아무도 탓하지 않는 너를
> 침묵이 누르고 지나갈 만큼 가벼운 너를 어떻게 안아 줘야 해?
>
> 잠들 듯 깨어날 듯
>
> 구멍 난 빛이
> 발밑에서 끝없이 움직이고 있어서
>
> —「재와 사랑의 미래」 ③ 부분

빛은 장소를 특정하기 위한 스포트라이트가 아니다. 빛이 지금 내린다는 것은 그때에도 내렸고 앞으로도 내린다는 의미이다. 시인의 시점이 과거나 미래를 오갈 때에도 시인이 지금-여기를 감각하는 것

8 미셸 세르, 『해명』, 박동찬 역, 솔, 1994, 321쪽.
9 파스칼 키냐르, 『옛날에 대하여』, 송의경 역, 문학과지성사, 2010, 222쪽.

은 빛이 아주 먼 곳으로부터 아직 (그리고 나중의 어딘가에도) 오고 있기 때문이다. 빛의 동시적 편재에 가까운 이어짐이 시공의 경계를 지운다. 같은 빛을 공유하며 시간들은 동시(同時)의 장소에 도달한다. 포옹 안에서 '우리'는 같은 곳에 묻혀 있다.

그 "지나치고 원시적인 사랑이" "거실 풍경과 미래를 하나로 꿰어 방치시킨다." '나'는 "가끔 내게 없는 삶을 기억해 내"지만, 이젠 "빛"이 "내게 없는 삶을 기억해" 낸다(「예외적인 빛」). 빛이 기억의 주어가 된다. 마치 재 속을 발굴하면, 시인 혹은 다른 누군가가 웅크려 있는 것이 아니라 사랑만이 오롯이 홀로 눈뜨고 있을 것이라고 말하듯. 발굴해야 할 것은 그뿐이라는 듯.

세상은 이렇게 끝나네, 쾅 하고가 아니라 울먹이며[1]

—김종연, 『월드』, 민음사, 2022

1. 겹침-복수-어긋남

레이 브래드버리의 SF 단편 「세상의 마지막 밤(The Last Night of the World)」은 잠이 들고 나면 세계가 끝날 것을 예감하는 한 부부가 마지막 밤을 보내는 소설이다. 세계 멸망의 예감 속에서도 부부는 별다른 감정의 동요 없이 대화를 나누는데, 소설 말미의 작은 행동이 오히려 최후의 세계에 대한 이상한 감각을 환기한다. 잠들기 직전, 부인은 수도꼭지를 잠그기 위해 부엌에 다녀온다. 모든 것이 곧 무의미해지는 마지막 시간, 물이 조금 새는 게 무슨 의미일까.

"침대에는 처음부터 C만 누워 있지만,/A와 B는 자기들도 같이 누워 있는 줄 안다.//그래서 세상이 생겼다"(「💧💧☼」). 김종연의 시 「💧💧☼」는 브래드버리의 소설과 기묘한 교차를 이룬다. 두 사람만 등장하는 브래드버리의 소설과 달리 김종연의 시에서는 아마도 부부일 A, B

---

1 T. S. 엘리엇, 「휑한 자들」, 『사중주 네 편』, 윤혜준 역, 문학과지성사, 2019.

와 더불어 세번째 인물 C가 어긋난 시공간 안에 겹쳐 있다. 시집 『월드』의 「자서(自序)」에 쓰인 "지금까지는 세계/여기부터는 월드"라는 문구에 빗대자면, 브래드버리의 밤은 세계의 끝이고, 시 「♠♠◎」에서 C의 겹쳐짐 이후 생긴 세상부터는 '월드'일 것이다. 시에서는 수돗물이 잠기지 않았고, '월드'에서는 물이 계속 새고 있다. 하나의 세계가 끝이 난 이후에도, 슬픔은 계속된다. 끝 이후의 세계, '월드'는 슬픔 속에서 탄생한다.

김종연의 『월드』는 이 세계의 끝에 대한, 미래 부재에 대한 감각, 인류 멸망에 대한 감각에 기초한다. 인류에게 미래는 있는가. "오래 전의 미래"는 "거의 소진되"(「A-lone take film」)었고, "미래에서 불길이 번져 오고 있다"(「베타 월드」). 너무 짙어진 파국의 징후와 그만큼 많은 경고. 시는, 거의 끝에 다다른 세계 멸망에 대해, 멸망 이후의 세계 혹은 가상의 다른 세계들을 병치시키며, 그 다른 세계에서 지금의 멸망을 진술한다. 두 세계는 어긋나면서 겹쳐 있다.

> A:B에 각각 대입하여 연상을 해도 단절되지 않고 자연스럽게 통합된 이미지가 떠올라 개체 모두의 속성을 내재할 수 있도록 우리가
>
> 간섭되고 있어.
>
> —「SMR」 부분

『월드』는 세계와 월드, 과거와 미래, 이전과 이후뿐만 아니라, 마음과 기계, 생물과 무생물, 리얼과 버추얼, 이스트와 웨스트 월드 등 많은 부분에서 이원론을 구성하고 있다. 물론 이런 이원론은 선명한 분할을 목적하지 않는다. 경계는 선이 아니라 모호한 지대(zone)이며, 그것은

확장되어 두 세계의 겹침, 시공간의 동시성을 위해 작동한다. 특히 시적 공간에서의 양극성은 그 사이 내포한 모든 것을 함께 보여 주며, 관계 속에서 우열을 파기하는 비이원론을 지향한다. 극단 사이의 모순이 평평하게 펴지지 않은 채 공간 속에 내재하는 것이다.[2] 시의 이원성은 분할 불가능한 저지대의 넓음을 보이기 위한 두 항(項)일 뿐이다.

SMR(Shingled Magnetic Recording)은 '기와처럼 기록을 겹쳐 쌓는' 하드디스크 저장 방식이다. "참과 거짓 이전에 있음이 있어서 없음을 알 수 없게 되어 버리는//아주 캄캄한……/빛" 같은 모순적인 '있음'이 있다. 이항의 언어적 한계 너머 공존 불가능한 것들을, 특히 모순을 간직한 이질성의 공존은 "A:B" 같은 특정의 항에 국한되는 것이 아니라, 세계와 월드처럼, '리얼 월드'를 가정한 '버추얼 월드'처럼 복수(複數)의 세계로 확장된다.

현실을 반영한 다른 세계에서 난파하는 현실 세계를 바라보는 것. 그래서 그 세계의 난파를, 그것이 필연적으로 이 세계의 난파일 수밖에 없음을 알고 슬퍼하는 것. 그러므로 김종연의 시적 풍경은 흔히 얘기하는 장르로서의 포스트 아포칼립스의 풍경과는 다르다. 오히려 묵시록(黙示綠)을 응시하며 세계의 끝을 함께 슬퍼하는 묵시(默詩)이다.

2. 끝의 미래, 묵시를 위한 묵시

사회적 개인으로서의 실존적 불안에 더해, 근 몇 년 사이에 인류세와 팬데믹 담론, 기후변화의 체감에 따라 종으로서의 멸망에 대한 예감이 가파르게 증폭됐다. "남쪽에서부터" "기후가 오고 있"고 "기온

---

2 Andreas Weber, *Enlivenment: Toward a Poetics for the Anthropocene*, Mit Press, 2019, pp.174-176.

이 변화하고 있"으며(「생물」), "기상 기계"는 전례 없던 오류를 일으킨다(「허밍 댄스」). 환경에 대해 오랜 시간에 걸쳐 축적되던 '느린 폭력'[3]은 급격히 가시화되었다. "세상은 이미 다른 세상이 아니라면 이해할 수 없도록 변"했고 "무언가 이상해지고 있다는 예감과 돌이킬 수 없다는 불가능성이 목을 조"인다(「레코드 클럽」). '느린 폭력'은 실제 '느린 자살'이었고, 그것은 이제 완성되기 직전에 이른 것이다. 한편에는 생태주의, 다른 한편에는 비인간 담론이 이토록 성행하는 건 결국 지금의 '인간'으로서는 닿을 수 없는 미래 때문 아닌가.

인류의 멸종이란, 멸종의 풍경을 목도하고 이후의 삶에 대해 사유할 '인간'의 부재를 가리킨다. 멸종의 현재에 누군가 있다면, 그는 '인간'이 아니거나 최소한 우리가 알던 인류는 아닐 것이다. 이런 측면에서 멸종은 죽음이라기보다 하나의 "종의 생"으로 이해되던 "생의 비존재"이다.[4] '우리'가 상실될 것이라는, 아마도 '우리'의 세계는 끝나게 될 것이라는 예감. 하지만 지구-행성에서 인류를 제외한 이야기는 그 무엇보다 더욱 인간을 소환한다.

> 불 꺼진 인간의 거리를 건너다 문득 멈추어 한번 울어 보는 사슴이 고독이나 외로움 같은 인간의 말을 알 수는 없겠지만
>
> 그도 어제는 거리의 인간이었고
> 그보다 오래된 마음이 있었습니다.
>
> —「빛과 재의 메소드」 부분

---

3 롭 닉슨(Rob Nixon)은 기후변화, 빙하 및 삼림 훼손 등 오랜 시간에 걸쳐 눈에 보이지 않게 벌어지는 파괴를 '느린 폭력(slow violence)'이라 부른다. 롭 닉슨, 『느린 폭력과 빈자의 환경주의』, 김홍옥 역, 에코리브르, 2020, 18쪽.

4 유진 새커, 『이 행성의 먼지 속에서』, 김태한 역, 필로소픽, 2022, 183쪽.

인간이 제외된 미래 어느 지점, '우리'가 부재한 세계에서, 최소한 지금 이 세계의 인간은 아닌 비인류가 멸망의 현재를 진술한다. 이들은 어떤 시편에서는 "이 세상에 동시에 업로드"된 "우리"(「영원향」), "너도 인간이니? 물어보는 인공지능의 마음"(「순수 서정」)과 같은 표현에서 보듯 AI나 마인드 업로딩된 존재로 직접 등장한다. 또한 화자의 모호한 복수성과 대화인 듯 구성된 독백의 표현들은 GPT와의 대화로 형성된 듯한 뉘앙스를 보인다. AI가 인간을 학습하였듯 인간 역시 AI가 작성한 것을 학습하고 있는 만큼, 인간에게는 분리 불가능한 만큼 AI가 섞여 있고, AI에게도 그렇다. 디지털 비인류는 인간의 파생이며, 인간의 (차이-소거를 향해 가는) 반영이다. 이들의 진술을 통해, 지금의 '우리'가 존재 불가능한 미래-현실에서, 멸망의 진술자이자 묵시(默示)의 행위자인 디지털 비인류들이 바라보는 것을 '지금' 바라본다.

묵시의 행위자는 '나'의 데이터에 기반한 AI로 나타나건 "문득 멈추어 한번 울어 보는 사슴"으로 나타나건, '나'이면서 동시에 '내'가 아니다. 구분되지 않음을 위한 구분이지만, 동시에 차이 속에서 각각이 소속된 두 세계는 벌어진다. '나'와 AI의 차이나되 구분 모호한 존재감은 두 존재가 속한 각각의 세계를 겹치면서 이격(離隔)하는 세계-벌림을 만든다.

"가상 미래에서 나를 살려 두는 양자와 역학"이 '나'를 다른 세계에 지속게 한다. 현실 세계가 난파되었을지라도, 가상성은 다시금 현실을 요청한다. 하나의 세계와 그 세계의 반영이 그러하듯, 서로가 서로의 기원이자 파생이 되는 둘을 공존하게 하는 것은 복수의 세계에 "동시에 개입되는 서정"이 있다. 거기서 "공동의 마음"이 발생한다.[5] 그것

---

5 김종연의 『월드』에는 각 챕터를 나누는 듯한 기호 '——' 아래, 여섯 개의 사잇글(詩)이 기

이 비록 "고독이나 외로움" 혹은 슬픔이더라도, 미래의 폐허에 남겨진 슬픔이, 인간보다 오래된 그 마음이 "쇠락이 융성한"(「그저」) 지금 세계를 간섭한다. 그러므로 '인간'은 물러나고 슬픔이 주체가 된다.

3. "앞과 뒤가 맞지 않아도 사람의 이야기는 이어진다"(「영원향방감각」)

주체가 된 '슬픔'은 "여기서 저장하고/다시 하자"(「생물」)고 말한다. 무수히 많은 오류와 변경점이 있는 이 세계를 게임의 '베타 테스트'처럼 교정하고 수정하는 것은 불가능하다. 설령 가능하더라도 그때 제거되는 것들 중에는 필연적으로 '우리'가 섞여 있을 것이다. (앞선 디지털 비인류처럼) 슬픔은 사멸하는 세계에서 태어나, '우리' 세계의 사멸 이후에도 계속되어 묵시록 이후를 묵시한다.

> 바위슬픔이랑 이끼슬픔 하자. 흙슬픔이랑 박테리아슬픔 하자.
>
> 아름답게 밝아 가는 생물의 아침.
>
> 어둡고 조금 축축하고 찢어지기 쉬운 것이 되어 가는 너랑 바위가 이끼할 때까지 흙이 박테리아 할 때까지.
>
> —「??」 부분

데이비드 페리어는 시가 시간의 매듭이며, 물질과 감각과 기억의 복합체라고 썼다. 그에 따르면, 시는 인식의 순간을 확장하고 압축하여 '우리'를 감싸는 장구한 시간(deep time)의 스케일을 드러낸다.

재되어 있다. 상기 인용은 97쪽.

즉, 시는 우리의 미래에 남겨진 것들을 상상하게 한다.[6] 물론, 우리가 잃을 것들에 대해서도 마찬가지이다. 시는 우리가 미래에 잃을 모든 것을 미래에 남겨 둔다.

"우리가 서로를 대신한 사람이어서 사람을 대신한 사람이 우리와 같이 살았다는"(「!!」) 인류의 세계를 지나, 그들이 사라진 뒤 슬픔의 정서가 남은 세계. 인류가 사라진 뒤, 슬픔이 남아서 "누군가 여기 있었다"(「??」)는 유일한 동시에 마지막 증빙이 된다. 비인간-슬픔들 중 하나가 '인간'이었던 시절의 꿈을 꾼다. 꿈이 현실을 반영하듯, 인간이 없는 미래가 우리를 반영한다. "황폐한 풍경 속에서 출현한" "이끼슬픔" 등이 우리를 "우리의 공통의 집이 된 폐허를 탐사하게" 한다.[7]

아마도 미래는 지금의 '인간'을 위한 건 아닐 것이다. 그러니 거기에 남은 인간의 슬픔은 무슨 소용일까. 그럼에도 시인이 슬픔을 이야기하는 것은 '인간'을 고수하거나 지금 우리의 슬픔을 위해서가 아니라, '지금'의 힘에 대한 신뢰와, 여전히 다음을 살아갈 세대에 대한 예의에 가까울 것이다. 미래의 비전은 없어도 이어짐은 있다.[8] "우리가 가야 할 곳은 세상의 미래보다 가까운 미래의 세상"이고 "근미래"(「순수 서정」)는 언제든 지금의 몫이다. 그것은 "아주 조금씩./아주 오랫동안"(「애프터 더 월드」) 해 나가는 현재-미래이다. 폐허의 삶을 탐사하는 것은 거기-시간과의 연루됨을 통해 근미래를 변화시키는 힘, 지금을 좀 더 다르게 견뎌 내는 힘이다.

브래드버리의 소설에서 세계의 끝이 'C'라는 기묘한 존재를 통해

---

6 David Farrier, *Anthropocene Poetics: Deep Time, Sacrifice Zones, and Extinction*, Univ. of Minnesota Press, 2019, p.127.

7 Anna Tsing, *The Mushroom at the End of the World*, Princeton UP, 2015, p.3.

8 존 버거, 『모든 것을 소중히 하라』, 김우룡 역, 열화당, 2008, 111쪽.

교차하고 교집하듯, '나'라는 존재는 현재 중이며, 꾸준한 현재를 견디는 동시성의 동사이다. 슬픔은 '나'를 허물면서 '내'가 허물어진 잔여의 파생이 계속된 현재를 미래로 밀고 나간다. 이 허물어짐의 슬픔이 세계를 잇는다. 슬픔을 하이픈으로 하는 '나-현재-동사'는 이전과 이후, 과거와 미래, 혹은 세계와 월드 무엇이건, "이 유니버스와 저 유니버스를 잇는 가교 역할"을 한다(「레코드 클럽」). 근미래는 현재와의 관계항 속에 놓여져 있다는 의미에서 현재적이다. 어떤 세계는 가상이고, 어떤 세계는 멸망 중이지만, 세계들은 서로의 꼬리를 물고 변주하며 서로를 비친다. 이를 비치게 하는 거울이 슬픔이라도, 이 불가능한 공존의 동시성이 필연적인 세계의 난파를, 허물어지는 세계의 바닥을 지탱할 수 있는 유일함이다. 허물어지는 '나'의 슬픈 세계를 딛고, 거기 바뀐 미래에 '네'가 있다. 여기 모든 것이 허물어졌으므로 거기 "너는" "가능성으로 가득 차 있다"(「월드」).

제3장 연약한 것끼리 세계의 진창을 대신하네

우리가 서로의 어깨를 붙들고 사소하게 붕괴되는 동안

—임지은, 『무구함과 소보로』, 문학과 지성사, 2019

1. 우리도 귤처럼

귤은, 뭉개지고 터져 즙이 흘러나올 때 모습을 드러낸다. 까고 먹고 하는 것은 일상이라 그럴 때 귤은 색깔도 냄새도 없이 있는 듯도 모르게 있을 뿐이다. 하지만 우연히 밟은 귤은 뭉개지면서 전구처럼 환하게 켜진다. 귤이 곪아 갈 때도 마찬가지다. 박스 안에 있던 귤의 껍질에 희푸르게 슨 곰팡이를 발견할 때, 귤은 무감각했던 일상의 감각에 침입하고 무신경했던 우리의 신경을 긁는다. 매끄러운 일상 세계에 뭉개진 귤만 한, 혹은 뒤덮인 곰팡이만 한 얼룩이 덧붙여진다. 하지만 그렇게 드러난 것도 겨우 '귤'이나 '오렌지' 같은 것이라서, 겨우 성가시고 잠시 번거로울 뿐이다. 애초에 하찮고 사소한 것이라서 무신경했던 것이고, 또 그것이 뭉개지거나 곪아 드러날 때에도 여전히 사소해서, 금세 처리하면 될 뿐이다. 이내 일상은 원래의 매끈함으로 돌아간다.

이러한 잠시의 얼룩들에 의미를 부여하는 것은 시시한 일이겠지만, 그 잠시의 감각이 무언가를 남긴다. 무엇이 시시하고 사소한 일인가. 우리도, 우리 대부분의 시간도 누구도 모르는 곳에서 어느 날 문득 밟힐 귤처럼 굴러다니거나, 아무도 신경 쓰지 않는 "시간을 담은 박스"(「차가운 귤」) 안에서 찬찬히 곪아 가지 않나.

> 나는 덜 익은 오렌지를 밟고
> 노랗게 터져 버렸다
> 가끔은 푸른 안개가 묻어 있어도 좋았다
>
> 이제 나는 오렌지가 어떤 세계의 날씨인지
> 알아내는 일에 빠졌다

—「과일들」 부분

임지은은 이목구비 없는 빈 곳의 흔적을 더듬는다. 주의와 관심의 필터에 의해 걸러진 것들, 사소하거나 하찮아서 무신경했던 것들, 실은 무신경했기 때문에 사소하거나 하찮은 취급을 받고 있는 것들. 우리의 시선과 의식의 바깥에서 흐르는 귤과 귤의 시간이란, 하나의 오브제로서 탐구의 대상이 된 세잔의 과일과는 물론, '먹기' 위해 찾는 귤-대상과도 다르다. 그러니 명사도 아닌 것들, 무엇이라 이름 붙이기 어려운 것들, 아니, 무엇이라 이름 붙이면 그것 아닌 것으로 남겨지는 것들, 뭉개졌거나 찌그러졌거나 깨져 있는 것들. "지워 버려도 의미가 변하지 않는다는 이유로" "함부로, 쉽게, 간단하게" 취급받는 부사(副詞) 같은 것들(「간단합니다」). 시인은 그런 것들이 "어떤 세계의 날씨인지/알아내는 일에 빠졌다". 그것은 귤 혹은 오렌지 같은 것들이 "노랗게 터"지거나 "푸른 안개가 묻"는 감각의 발견으로부터 시간을 되감는다. 그리고 가려진 세계의 틈새를 다시 열어 보는 것이다. 버지니아 울프라면 '끔찍하게 민감한 마음'[1]이라고 불렀을 감각이 무채색으로 내쳐진 것들을 원래의 색으로 돌린다. 귤과 우리가 과즙으로 뭉개지고 푸른곰팡이로 분해되고 있을 동안 세계는 딴청을 부리고 있었지만.

2. 나는 말라 가고 당신은 벽이 된다. 내가 벽이 되고 당신이 말라 가듯이

뭉개지거나 곰팡이 슨 귤이나, "뭉크러지게 썩어" 가는 토마토, "구멍 난 접시", "깨진 컵", 무수하게 편재해 있는 파편들(「구성원」). 이 하찮은 것들, 부가적인 것들, 없어도 될 것들, 때로 잃(잊)어버리는 것으로 소용이 다하는 것들, 다해 버린 것들. 컵이 일상적이고 사소한 것이라면 깨지거나 구멍 난 컵은 그런 사소함으로부터도 쓸모를 다한 것들이다. 그러니 주변부에서도 더 주변으로 밀려난 삶의 잔해 같은 것들, 혹은 느리게 이는 보풀과 여름의 기모들.

> 후드티나 바지 안을 긁어서 만든 보풀입니다
> 멀쩡한 것을 조금 망가뜨리면 내가 됩니다
>
> (중략)
>
> 나는 기모입니다, 입고 있자니 덥고 벗어 버리자니 싸늘한
>
> —「아무것도 아닌 모든 것」 부분

---

1 버지니아 울프는 캐서린 맨스필드의 『일기』에 대한 서평에 "끔찍하게 민감한 마음"이라는 제목을 붙였다. 버지니아 울프, 『끔찍하게 민감한 마음』, 정덕애 역, 솔, 1996 참조.

추울 때 '기모'는 꼭 필요한 것이었으나, "방심한 사이" 3월의 날씨 속에서 기모는 마치 부사처럼 거추장스러운 것이 된다. 그리고 기온이 더 올라가면 "쓸모없이 아주 긴 낮잠"에 들게 될 것이다. 한없이 느슨해지다 불필요한 것으로 떨어진 보풀, 겨울의 쓸모로부터 느슨해지다 여름에 남겨진 기모의 시간. 쓸모를 다해 가는 시간과 그때 남겨지는 하찮은 것들의 잔해는 서로의 꼬리를 물고 잊힌다. 무신경과 무감각 속에서 느리게 분해되는 사소한 엔트로피의 시간이다. "조금 망가뜨"려진 '나'도 다르지 않다. 쓸모나 필요가 의해 우리를 규정짓는 잣대라면 특히 그러하다. 그러니 "쓸모없이 아주 긴 낮잠"을 자는 '나'는 얼마나 무수하게 편재되어 있나.

바짝 마르고 싶은 심정으로 옥상에 올라갔습니다
누군가 내 이름을 한 번만이라도 불러 주었더라면
생선이 되는 일 따위는 없었을 텐데요

(중략)

몸은 하얗게 썩고 있지만
이제 막 생겨난 지느러미만은 빛나는

—「생선이라는 증거」 부분

한번은 메말라 가는 생선이다. 생선은 물고기가 아니라 물고기의 사체(死體)다. 메마름은 축축함 이후의 일이다. 축축함이 슬픔이나 우울과 깊게 연결되어 있다면, 임지은의 말라 감은 슬픔·우울 같은 것이 햇볕에 봄 이불이 보송보송 마르듯 하는 것이 아니다. 오히려 오래된 얼룩이 눅눅하게 눌어붙는 메말라 감이다. "가스 불에 올려놓은 국이 흘러넘쳐"(「모르는 것」) 이후 얼룩이 되듯이.

누군가의 시선을 끌기보다 옥상 위에서 홀로 그리고 느리게 "하얗게 썩"어 가는 시간이다. "비린내"와 "옥상 냄새"가 섞여 들어간다. 시간을 되돌리면, 한때 "누군가 내 이름을" 불러 주던 일, 발견되고 의미가 되는 일도 있었을 것이다. 예컨대, 귤을 사서 집에 들고 오거나, 정성스럽게 생선의 내장을 빼고 건조하기 좋게 꿰거나 하는 일 등. 하지만 의미는 잠시이고 우리는 이내 그 의미의 쓸모로부터도 희미해진다. 로베르트 무질은 "존속하는 모든 것은 점점 그 각인하는 힘을 상실"한다고 쓰지 않았던가. "벽에 걸어 놓은 그림들도 며칠이 지나면 벽에 흡수되어 버"리고, "우리가 일부러 그 그림 앞에 서서 그림을 관찰하는 일은 극도로 드물어진다"[2]고. 그러니 한때의 '남편'도 "벽으로 빨려 들어가" "벽의 일부가" 되고(「깨부수기」), '나'도 "벽지 안에 웃고 있는 무늬가 되"(「기린이 아닌 부분」)어 버리지 않나.

그러므로 "왜 사람이 사람인지 움켜"(「궁금 나무」)쥐는 각인과 명명이 아니라, 그때 남겨지고 버려진 것들을 위해 의문을 그치지 않는 것, 그리고 그 시간이 '나'의 시간임을 아는 것. 이 정서를 뭐라고 할까. 어떤 이름들도 뭉개지고 말라 가며 잔해만 남길 뿐이니 특히 이와 관련한 명명은 어울리지 않을 테지만, 편의상 이를 '비의미화의 센티멘털'이라 부른다면, 그런 것은 이런 나열을 통해 감각적으로 정서적으로 환기된다. "계절이 바뀌어도 찾아가지 않는"(「빈티지인 이유」) 세탁소의 옷들, "상한 우유처럼 흐르는 저녁"(「검정 비닐」). "서랍 속에 가득"한 "쓰다 만 로션" "비에 젖은 현관을 닦은 수건"들(「모르는 것」). 이 사소한

2 로베르트 무질, 『생전 유고/어리석음에 대하여』, 신지영 역, 워크룸프레스, 2015, 90쪽.

엔트로피가 붕괴시키는 것이 다만 기모(칫솔)의 쓸모 같은 것이 아니라 '나'의 실재, '남편'의 실존 혹은 우리의 관계 같은 것임에 이 사소한 엔트로피의 보편적 비극이 있다. 한때 의미이고 이름이었으나, 흐릿하게 스러지며 작아져 가는 것들을,

> 이 작고 주름진 것을 뭐라 부를까?
> 가스 불에 올려놓은 국이 흘러넘쳐 엄마를 만들었다
>
> 나는 점점 희미해지는 것들의
> 목소리를 만져 보려고 손끝이 예민해진다
>
> (중략)
>
> 엄마가 흐릿해지고 있다
> 자꾸만 사라지는 것들에게 이름표를 붙인다
>
> 미움은 살살 문지르는 것
> 칫솔은 관계가 다 벌어지는 것
> 일요일은 가능한 헐렁해지는 것
>
> 비에 젖은 현관을 닦은 수건은 나와 가깝고
> 불 꺼진 방의 전등은 엄마와 가깝다
> 오래된 얼룩을 닦는다
> 엄마 비슷한 것이 지워진다

—「모르는 것」 부분

뭐라 부를까. 이름표를 붙이는 것은 "자꾸만 사라지는 것들"을 멈춰 세우려는 절박한 시도다. 하지만 이름은 언제나 실패한다. 어떤 이름도 최초의 그것으로 멈춰 있지 않고, "흘러내리지 않으려고 서로의 어깨를 부둥켜"안아도 "냉장고 속 차가움이 우리 사이를 가로질러"가는 걸 막을 도리는 없다(「피망」). 그러니 그 근사치가 도달할 수 있는 최대한이 이 구체적으로 외로운 실물들이다. "비에 젖은 현관을 닦은 수건"이 "나와 가깝고" "불 꺼진 방의 전등"이 "엄마와 가"까운 것처럼. 하지만 그러한 실물도 "서랍 속에 가득"한 "쓰다 만 로션"처럼 "지워진다". 칫솔모가 벌어지는 시간처럼 한때 쓸모 있던 기억도 사라져 쓸모없음의 미래를 향해 간다. 하지만 이 불가피함 속에서도, 그것을 잊(잃)어가는 동안에라도, '시인'은 잠시 아주 작은 불편들을 환기한다. "잘 닦인 유리창에 지문을"(「간단합니다」), 매끈한 것들에 얼룩을 남긴다.

3. 다시 사라지기 위해서

엔트로피의 증가가 보편적 법칙이라 하더라도 그것이 유일한 법칙인 것은 아니다. 엔트로피에 반(反)하는 다른 과학 법칙이나 철학적·예술적 시도를 말하려는 것은 아니다. 그런 거창한 이야기는 '귤'이나 '소보로'와는 어울리지 않을 것이다. 다만 이 사소함들과 각별해지자. "몸은 하얗게 썩"어도 "이제 막 생겨난 지느러미만은 빛나"니까(「생선이라는 증거」). "둥글게 파먹은" "수박은 그릇이 되어" 시간을 담고 있으니까(「개와 수박」). 어쩌면 엔트로피는 '우리' 관점의 엔트로피이고 필요나 쓸모 역시 그러하니까.

울프의 문장을 변용하자면, 평범한 날의 평범한 마음속에는 하찮은 것, 놀라운 것, 덧없는 것들이 모든 방향에서 무수한 원자의 소나기로 내리고, 그것들에 대한 인상이 우리의 삶을 구성할 때, 예전과는 다른 곳에 강조점이 떨어진다.[3] 그런 것들과 접촉하는 '시인'은 "발끝부터 새로워지려고 이름을 지우고 시를"(「꿈속에서도 시인입니다만」) 쓴다. 여기 임지은의 '시인'은 예술적 자각이나 자의식의 발로가 아니라, 쓸모없는 것의 곁을 오래 지켜서 같이 쓸모없어진, 실은 쓸모와 무관하게 편재해 있는 (보풀과 다르지 않는) 무엇일 뿐이다.

그러므로 임지은은 어떤 의미 부여나 명명에서가 아니라, 부사처럼 '쉽게 버려지는' 것들, 잔해들로부터 시작하는 것이다. "죽은 단어를 핀셋으로 건져"(「오늘은 필리핀」) 올리며, 그것들이 붕괴되어 가는 시간을, 그것들이 사라지고 있음을 드러내는 것이다. 이 노출은 무감각에 대한 저항이다. 물론 어떤 노출도 그것이 유효한 유통기한이 있다. 감각이 무뎌지는 것 역시 모든 와해만큼 필연적이다. 그러니 시인은 시작(詩作/始作)한다. 그것들과 같이 서로의 어깨를 붙들고 '다시' 사라지기 위해서. 이 사소하고 하찮은 것으로부터 시작하여, '다시' 끝내기 위해서.[4]

---

3 버지니아 울프, 『끔찍하게 민감한 마음』, 116쪽.

4 베케트는 "두개골은 사라지는 대신 이렇게 다시 끝내기 위하여 다시 스스로를 드러내기 시작한다"고 썼다. 사뮈엘 베케트, 『죽은-머리들/소멸자/다시 끝내기 위하여 그리고 다른 실패작들』, 임수현 역, 워크룸프레스, 2016, 61쪽.

엉망이라는 비질서와 진창이라는 바닥에서 우리 함께

—이진희, 『페이크』, 걷는사람, 2020

1. 그러니 다만

한 페이지도 읽은 적 없으면서

나를, 이름 없는 나의 심정을 안다고 생각하는

이에게 당부한다, 한 번쯤 아름다운 상상력을 발휘해

나의 이름을 무어라 하면 좋을지

아파해 달라고

—「프랑켄슈타인」 부분(『실비아 수수께끼』)

한 편의 시는 각각 하나의 세계다. 독자는 그 세계에 침투함과 동시에 그 세계로부터 침식당한다. 하지만 세계의 벽은 꽤 공고해서, 나-독자의 세계와 시-활자의 세계 사이의 침식은 자주 일어나지 않는다. 그런데 「프랑켄슈타인」의 화자는 애초 우리의 세계가 이어져 있었다는 듯 나-독자를 불러낸다. 그 목소리는 세계의 벽을 뚫는 벌레 구멍(worm hole)이다.

화자 '이름 없는 나'는 우리에게 무명인, 우리가 모르는 모든 타인들이다. 또한 '이름'이라는 제 몫 없는 자들, 억압받는 자들이다. 화자는 "나의 이름을 무어라 하면 좋을지" 지어 달라고 하지 않는다. 이름을 지어서 '의미'를 만들어 달라고 하는 것이 아니다. 손쉬운 이름표를 붙이는 순간 의미가 될는지 모르겠지만, 아픔은 멈춘다. 그러니 다만 아파해 달라고.

타인에 대한 애정과 연대의 호소가 이진희의 시적 뿌리다. 이는 『페이크』에도 이어진다. 하지만 뿌리를 지탱할 세계의 지반은 유효한가. 불안정성이 일상화된 세계[1]에서 우리는 끝내 모든 타인에게, 다른 모든 이름 없는 타인에 대한 호소를 그칠 수 없겠지만, 그것이 얼마나 쉽게 무기력해지는지 안다. 공감에 대한 그 많은 요청은 그 이상의 회피가 있어 왔기 때문이 아닌가. 이제 시인은 더 낮은 곳으로 내려간다. 상처를 헤집고 자신의 고통으로 타인에게로 가는 길을 낸다.

2. 고통의 사회화, 사회의 함께화

어떤 고통은 생명 일반의 보편적 문제에서 기인할 것이고, 어떤 고통은 지극히 사적인 이유에서 연유할 것이다. 하지만 각각의 모든 고통이 온전히 개인의 몫일까. 그것에 대한 우리의 납득과 체념은 자연스러운 일일까. 고통의 개인화는 고통에 대한 다른 물음들, 예컨대 고통에 관한 제도적이고 사회구조적인 연관성에 대한 물음을 소거시키지는 않을까.

---

1 주디스 버틀러는 신자유주의 사회에서 사회구조적·경제적·실존적 불안정성과 불안 등에 의해 만연해진 불안정성을 '불안정성의 일상화(precaritization)'라고 쓴다. 주디스 버틀러·아테나 아타나시오우, 『박탈』, 김응산 역, 자음과모음, 2016, 77쪽.

이런 질문은 시인이 되찾으려고 했던 "새로운 답이 아닌/진부한 질문"(「사랑의 유령」) 중 하나가 될 수 있을 것이다. 세계는 여전히 엉망진창인데, 모두 아무렇지 않은 척 '페이크'를 쓰고 있지 않나. 엉망과 진창을 숨기고 그 속의 고통은 그저 각자의 몫인 양 시야를 막고 있지 않나. 오랫동안 제기되어 진부해진 질문이라고 하더라도 원인이 사라지지 않았다면 질문이 폐기될 이유는 없다. 오히려 질문을 진부한 것으로 여기게끔 만들어 질문의 내적 의미를 가리는 또 다른 '페이크'가 작동하고 있는지도 모른다.

고통스럽게 죽어 간 이들이 겪은 세계
협소한 잠자리 안에 웅크리고 있었다

(중략)

어제까지 살아 있던 이들의 아침과 저녁
대신 죽어 간 이들의 손과 발

도처에 널려 있으므로
그들처럼 내가 죽어 가야 할 순간
차분히 헤아리며 살아야 한다

—「생활」 부분

"고통스럽게 죽어 간 이들이 겪은 세계"가 "도처에 널려" 있다. 세계 속 폭력의 목록을 나열하자면 끝이 없다. "복부가 전부 으깨진" 개(「그 개」)나 "다리를 저는 사내"가 "여자의 뺨을 후려"치는 일(「칼」) 같은 눈에 띄는 폭력의 장면들은 일상에 대비해 특수한 일이다. 하지만 이 특수함이 그들에게는 만연한 폭력의 일상이고, 또한 그 폭력에 대한 우리 대부분의 무딘 반응은 다분히 일상적이다. 그 무딤으로 우리는 폭력에 공모한다. 무딤의 폭력은 모두의 공모와 함께 만연하다. 눈에 보이는 폭력은 상처지만, 그것에 익숙해지는 일은 비참이다.

비참은 세계의 공기, 공해 같은 것이다. 만연해 익숙해진 고통과 비참은 드러나 있어도 지각되지 않는다. 그러므로 시인은 거듭 다짐한다. "비참한 세계의 공기를 호흡해야 하지만 우리는" "세계의 고통을 흡수"하는 사람으로 살려고 애써야 한다고(「공기 속에서」). 고통을 받으며 죽어 가는 타자에게 응답(response)하고 타인의 고통에 책임(responsibility)을 다하겠다고. '나'도 '너'처럼 죽어 가고 죽을 것이니, 죽음을 기억하겠다고. 우리는 쉽게 망각하니 "고통스럽게 죽어 간 이들이 겪은 세계"가 '나'의 세계임을 거듭 헤아리겠다고. 세계의 상처를 드러내면서, 세계-상처를 함께 아파하겠다고.

고통받으며 살아가는/죽어 가는 운명이라는 유일한 공통성과, 죽음에 대한 상상력의 불능이 우리를 우리 바깥으로, 타인에게로 열리게 만든다.

내가 목격한 것은 다만 검은 연기. 나에게 너는 아직도 휴학을 거듭하며 학비를 모으고 친구들과 수업 시간을 그리워하는, 강의실 안팎을 수줍게 배회하는 이십대. 우리는 서로를 몰랐지만 너는 여태 나인 것 같고, 모든 우리인 것만 같은데. 이 뒤늦은 편지를 언제 어디에서 태워 올려야 할지 나는 아직도 모르겠다.

—「옥미에게」 부분

공장에서 화재 사고를 당한 이 죽음이 단지 '옥미'의 것일 이유는 어디에도 없다. 화재는 어디에나 누구에게나 일어날 수 있다. 사고 당사자가 되는 것은 우연이지만, 여타한 구조적 문제는 희생자의 발생을 필연으로 만든다. 어째서 불이 나야 했는가, 누군가 죽어야 했는가, 문제를 우연으로 돌릴 때 무책임이 만연해진다. 우연히 일어난 불운일 때, 죽음에 대한 책임은 누구도 지지 않는다.

그러니 아프게 질문한다. 어떤 불안정성이 일상이 되어 있는지, 억압이 어떤 다른 모양새를 가장한 채 "여태 나인 것 같고, 모든 우리인 것만 같은" '너'를 화재로 내모는지. 시인은 화재가 '나'의 일이 아님에 당장 안도하는 것이 아니라, 언제든 이미 '나'의 몫이었음을 안다. 질문을 그치지 않음으로 고통과 함께한다. 언제든 세계의 한 꺼풀을 벗기면 거기 도처에 널려 있는 폭력과 희생이 이미 '나'의 것임을, 모두의 몫임을 헤아린다.

3. 가면과 포장 아래—진창으로부터

하지만 많은 폭력과 부조리들은 스스로를 은폐한다. 우리는 때로 그런 것들을 느끼고, 세계에, 사회에, 어떤 사태에 어딘가 잘못된 구석이 있다고 생각한다. 하지만 그 일에 '깊이' 개입하지 않는다. 그것은 피로한 일이고 또 그래 봐야 그것에 대해 할 수 있는 일이 없다고 여기기 때문이다. 우리는 반성적으로 무기력하고 분열적으로 피로하다.[2] 생존과 경쟁을 위한 효율만이 당위 명제인 세계에서 '나'는 바

---

2 신자유주의 사회에서 청년들이 가진 이러한 삶의 태도를 가리켜 마크 피셔는 '반성적 무기력'이라 표현했고(마크 피셔, 『자본주의 리얼리즘』, 박진철 역, 리시올, 2018, 44쪽), 페터 한트케는 개인이 고립된 채 자신만의 피로 속에 빠져드는 것을 '분열적인 피로'라 불렀다(한병철, 『피로사회』, 김태환 역, 문학과지성사, 2012, 66쪽에서 재인용).

깥-타인으로 눈 돌릴 여력이 없다. 우리는 그저 "불완전한 세계를 몹시 불안해하면서도/무던한 표정을 가면 삼아 살아"간다(「내 의자」).

개인은 그저 사회에 유용한 것이 되기를 요구받는다. 유용한 것에만 통용되는 가능성은 다시 피로를 조장하며 순환은 반복된다. "사회 구성원으로 제대로 살아가려면" "유용한 자격증"이 필요하다고, "할 수 있어요, 용기를 내세요"(「직업학교 맞은편 사진관」) 같은 말들의 올바름과 양지바름은 그 바깥의 존재들을 용도 외의 것으로, 하찮고 비천한 것으로 만든다. 이 무용의 모욕의 "쓰디쓴" 맛을 가리라고 "달콤"한 것들(「페이크」)이 유혹한다. 우리의 고통과 비참은 유용성과 가능성의 포장에 가려지고, "더러움과 번거로움들"은 "눈앞에서만" 치워진다(「둥, 둥둥」). 사회적 고통과 비참은 은폐되고 우리는 사회적으로 수용되는 포장된 아름다움 속으로 회피한다. "마음을 감추느라 뻣뻣해졌"고 "뻣뻣한 몸으로 밤새 춤"추지만 벗어나지 못한다(「버티컬」).

고통을 직시하고 책임을 짊어지는 일은 어렵다. "온통 부서졌다가 다시 조립되려면/얼마만큼의 피가 필요한지" 어떤 고통을 경유해야 하는지 안다. "그게 무서워서 다시 취"한다(「어떤 사소한 감정에 대하여」). 도취와 회피가 고통의 자리를 대체하며 지속된다. 이 무한한 지연에는 지반이 없다.

> 가짜 미소와 거짓 포옹, 속삭임만 난무해
> 발밑이 쑥 꺼져 내렸어
>
> (중략)
>
> 잠 깨어 있을 때면

다른 환영이 흘린 이름으로 호명되었고
내가 꾼 꿈속에서조차 나는
기대앉을 자리부터 지워졌다

—「싱크홀」 부분

“가면과 피부”(「그것이 되어 가는 느낌」) 위에 적당한 이름표를 달고, “가짜 미소와 거짓 포옹”(「싱크홀」)을 한다. “진짜 손을 감추고 의수를 내밀어 포옹한 나날”(「끝과 시작」)이다. 이러한 가면과 거짓은 사회적 인격을 나타내는 페르소나라거나 다른 창조적 가능성을 지닌 자아의 연장이 아니다. 단지 습관적으로 이어 가는 조작된 반응이고 감각의 빈곤함이다. 이 위장막은 고통과 상처를 은폐하는 동시에 타자로 가는 길도 가로막는다. 타인에 대한, 그리고 ‘나’에 대한 직시가 무한히 지연된다. 여기서 타인은 물론 ‘나’ 또한 길을 잃는다. ‘나’는 사라지고 없는 존재가 된다. “나는 무얼까”. 진부할지언정 질문을 그치지 않는다.

매일 나는 곤충이거나 애벌레인 듯한데

밤이면 짐승이나 꿀 법한 꿈에 시달리면서도
한낮에는 천연덕스럽게
꽃이나 나무의 이름표를 가슴에 붙이고
간신히 성장하는 기분, 도무지

나는 무얼까

—「탐구생활」 부분

여러 번 뒤집어쓴 껍질을 깨고 나온 것
단백질 덩어리일까 밀가루 반죽 따위일까

가면과 피부를 기꺼이 포기한
진짜 나

—「그것이 되어 가는 느낌」 부분

시인은 "다른 환영이 흘린 이름"(「싱크홀」)이나 "꽃이나 나무의 이름표"를 떼고, 아름다움의 포장을 걷어 내고자 한다. 그래서 "창 없는 습하고 어두컴컴한 미로"(「어떤 사소한 감정에 대하여」), 악취 나는 개천(「저물녘의 빛」)의 세계를 드러내고자 한다. 그것이 실상 우리의 세계임을 아는 것으로부터 '나'와 '너'의 세계가 열린다. "나는 무얼까".

"가면과 피부" 아래 드러나는 "진짜 나"는 고정된 아이덴티티를 의미하지 않는다. 그것은 "단백질 덩어리"나 "밀가루 반죽 따위"처럼 이름 없는, 규정될 수 없는 어떤 것이다. '이름표'와 '형체'를 떼어 낸 미규정성의 아무것도 아닌 '그것', 그러므로 '너'와 다르지 않고 언제든 '너'일 수도 있는 '그것'이다. "꽃이나 나무"이기보다 "곤충이거나 애벌레"다. 좀 더 바닥에 가까워 비천한 것으로 치부되는 것이다.

이러한 진창, 음습한 미로, 악취 나는 개천을 가리고 "꽃이나 나무" 같은 양지바름만을 포장하는 세계에서, 시인은 스스로 비천해지면서 세상의 비참을 드러내고자 한다. 폭력의 희생들, 세계의 잔해를 들춰내는 것은 비천한 것들과 벌레들의 곁에서 자신의 모욕을 드러내면서 가능해진다. 스스로 '벌레'임을 고백하는 시인의 자학은 누구도 짓밟지 않는 가장 낮은 곳을 향하기 위함이다. 시인은 스스로의 비천함을 '페이크'의 세계에 던진다. 깨지는 것은 반드시 벌레 쪽이겠지만, 그 깨진 만큼의 균열과 얼룩이 세상 쪽에도 생긴다. 어쨌건 벌레도 세상의 일부이니까. 이는 세계의 상처를 드러내기 위해 제 스스로 먼저 부서지는 일이다. 그러니 시인의 자학은 나르시시즘적 쾌락의 이항으로써의 자기혐오나 연민이 아니라, 어디까지나 불안과 위태로움의 옆에 서기 위함이 아닐까. '나'의 비참이, 그리고 우리의 모든 무용함이 여기 있음을 드러내면서 세계의 그것 역시 함께 드러내는 것이다. "지독한 악취 또한 떼어 낼 수 없는 나의 일부"(「저물녘의 빛」)이고, 더불어 '나'의 악취 또한 세계의 일부임을. 벌레는 우글우글한 '나'의, 세상의 상처다.

4. 엉망-비질서의 곳에서 다시

'나'의 규정을 파기하는 것으로부터 타인이 탄생한다. 물론 그것은 고통스러운 일이다. 타인과의 소통을 위해선 스스로 파기됨을 감수해야 하지만, 소통하지 않으면 우리는 고립된 삶의 공허 속으로 무화된다.[3] 고통의 바닥에서 '나'는 '옥미'와 '내'가 다르지 않음을 안다. 미규정과 비천함은 타인을 향해 연 상처의 통로다. 소통은 "상처를 부정하고 눈을 감아 버리는가 아니면 그것에게로 몸을 기울이는가에 달려 있다."[4] 상처의 통로로 이행하는 일은 피로 속에 무기력해지는 것에 대한 저항이다. 적당한 이름표와 위장막 속에 숨지 않는 일이다. 타인에게로 가는 길은 상처와 고통을 포기하지 않는 것, '나'와 같이 모든 비천하게 살아가는/죽어 가는 이들을 울면서 기억하는 것으로부터 열린다. 삶의 '살아감/죽어 감'의 동시성에서, '살아감'에 방점을 찍는 일이다. 그것이 보다 생존에 가깝다.

---

3 George Bataille, *On Nietzsche*, trans. Bruce Boone, London: continuum, 1992, p.24.
4 양창아, 『한나 아렌트, 쫓겨난 자들의 정치』, 이학사, 2019, 376쪽.

깊숙한 동굴에 비친 황량한 숲의 그림자
악취 풍기는 개천에서 반짝이는 저물녘 햇빛을
보석보다 아낀다

(중략)

외면당한 모든 것들과 손잡으려 애쓴다
네가 아니라 나를 위하여
사랑한다

친구를 적처럼
구름을 명예처럼
돌멩이를 법처럼
나뭇잎을 왕관처럼

무한히 파기되는 하찮음을 무용하게 기록한다
내가 아니라 모두를 위하여

그리고 끝내
아무도 사랑하지 않고 아무것도 하지 않는다
망치고 나서 완성하기 위하여

—「그곳의 그것」 부분

익숙해지면 악취도 무뎌져 악취로 느껴지지 않는다. 세계의 비참이나 고통과 같은 감각도 그와 같다. 세계의 거짓이나 가짜의 포장을 자연스러운 것으로 받아들이는 것 역시 마찬가지다. 그러므로 때로 개천의 "악취조차 그리워"하는(「다시 한번」) 시인은 "자진하여 막다른 골목으로 들어서 길을 잃"는다. 막다른 골목의 막막함으로 자진하여 들어선다. 그런 곳에서야 실상 매일의 일상인 "저물녘 햇빛"도 '감각할 수 있는 것'이 된다. 결함들, 장소들, 순간들을 감각할 수 있는 것으로 만들기 위해 시인은 무능력을 선언한다.[5]

이는 세상의 비참에 익숙해진 스스로의 무딤에 저항하기 위해서, 다시금 신체와 감각의 영도(zero degree)로 돌아가기 위함이다. "심장에서 잃어버린 열쇠를 찾아" 다시금 "바깥을 탐색"하기 위해서(「끝과 시작」), "다시 조립"되기 위해 "온통 부서"지는 고통을 감수하는 일이다(「어떤 사소한 감정에 대하여」).

시인은 모든 익숙한 것들의 연관성을 제거하며 무용한 것들의 비질서를 드러낸다. "외면당한 모든 것들과 손잡으려" 애쓰고, "무한히 파기되는" 하찮은 것들을 귀하게 여김으로써 기존 가치의 위계에 대한 감각을 새롭게 재편한다. 여기서 벌레의 비천함을 자처한 것처럼, '구름, 돌멩이, 나뭇잎'이 가진 무용함은 하나의 전위를 형성한다. 예컨대, 모든 인공적 사물은 만들어진 용도 즉 쓸모의 체계로 구성되어 있다. 그것은 제 쓸모를 명령한다. 하지만 시인은 온전히 무용한 것들을 통해 "망치고 나서 완성하기 위"함이라는 용도의 영도를 만든다. 그러므로 시인이 말하는 "아무도 사랑하지 않고 아무것도 하지 않는다"는 말은 체념이나 방기가 아니라 전위적인 무위(無爲)가 된다. 벌레처럼 돌멩이처럼, '내' 모든 하찮음과 무용함으로, '나'와 세계를 철거

---

5 조르주 디디-위베르만, 「감각할 수 있게 만들기」, 서용순 외역, 『인민이란 무엇인가』, 현실문화, 2014, 143쪽.

하겠으니, '내'게 손쉬운 이름표(명령어)를, 포장된 아름다움을 붙이지 마라. 그러지 않아도

완전히 이해할 수 없을지라도
충분히 사랑할 수 있는, 그런 사랑을 믿는

—「느린 슬픔」 부분

5. 진(眞)—저물녘 햇빛

시인은 죽어 가는 것들, 죽어 가므로 비참한 이들, 삶의 비루함을 건너는 "허기진" 모든 "당신"에 대한 윤리, 그런 "당신 어서 오시라 반기는" 환대(「삼거리 국밥집」)를, 낮고 작은 이들을 위한 계보를 그린다. 하지만 이들을 '위해서'가 아니다. 이런 '위함'은 얼마나 쉽게 위계의 위험에 빠지는가. "불행한 자를 위로하는 더 불행한 자들"(「이런 질문」)이란 표현은 한편으론 '타인'의 불행을 확인하며 '나'의 '덜 불행'에 안도하는 값싼 위안을 의미한다. 하지만 역으로, 스스로 더 불행함에도 불구하고 환대의 마음으로 다른 불행한 자들을 위무해 주는 어떤 이들을 가리킬 수도 있다. 대부분의 우리는 전자의 위안을 살지만, 때로 후자일 수 있기 위해 다짐한다. 다짐은 지향이되, 완결되지 않는다. 그것은 늘 새롭게 다짐하는 한에서만 유효하다. 스스로 망각과 도취에 빠지는 것을 경계하며 경계선 위에 다시 서는 것, 타인의 경계를 외롭게 또 넘어서는 것이다. 이 위태로운 긴장을 위해 시인은 가장 비천한 벌레로, 하찮은 돌멩이로 내려간다. 세상은 최적과 쾌적을 위해 아름다움을 포장하고 쓸모의 체계를 만들지만, 우리는 "하나같이" "넘치거나 모자라는 존재"들이다(「느린 슬픔」). 그러니 이것은 "네가 아니라 나를 위"함이고, "모두를 위"함이다. 그 개천과 '나'와 '너' 모두

에게서 악취가 뿜어 나겠지만, 동시에 포장되지 않은 "저물녘 햇빛" 같은 아름다움들도 보일 것이다.

꽃의 뒤, 여남은 분홍들의 시간

—권순, 『벌의 별행본』, 상상인, 2023

1. 전경(前景)들

어느 여름의 끝자락으로 걸어 들어간다. 아마도 노을, 끝과 시작의 시간에 백일홍 꽃잎들이 시간의 무상성을 궤적으로 그리며 떨어지고 있다. 시간의 잔해가 그곳에 쌓인다. 꽃잎은 덧없는데, 덧없는 것들의 잔해는 어째서 아직 사라지지 않고 있을까. 떨어진 백일홍 꽃잎들은 지금-여기의 실체로서도, 또 은유적으로도 어느 '여름의 끝'을 지탱한다. 이에 더해, 시간의 잔해는 백일홍 꽃나무가 꽃을 피우고 떨어뜨리는 공간을 지금-여기에 다시 구축해 낸다. 그러면 우리는 우리의 여름을 무른 뒤, 꽃잎의 궤적이 보여 주는 인도에 따라 여름의 끝에 머물고, 백일홍이 아직 계속 피고 지는 가을로 접어든다.

이러한 이미지에 있어 꽃잎이 '어느 여름의 한때'로 틈입하는 접점이자 틈새가 된다는 것은 틀림이 없지만, 거기서 구축된 시공간은 꽃잎이 덧없음의 상징으로 번역되는 것에 반대한다. 시는 덧없음을 노래할 때라도 그 기록으로써 덧없음에 저항한다. 꽃잎을 부유하게 하는 바람처럼, 기록 자체가 잠시나마 덧없음에 맞서지만, 무엇보다, 그 꽃이 백일홍이라면 더더욱 그러하다. 여느 꽃처럼 피었다 지는 운명 속에 있지만, 백일홍(百日紅)은 '피고 짐'이 계속 이어져 백 일 동안 붉다는 꽃이 아닌가.

위의 이미지는 두 편의 시에 대한 배경의 뉘앙스로 작성하였다. 하나는 이성복의 「그 여름의 끝」이다. 이성복은 "넘어지면 매달리고 타올라 불을 뿜는 나무 백일홍 억센 꽃들"이라고 쓰며, 강인한 생명력의 이어짐 속에서 "절망이 끝났"다고 썼다. 다른 하나는 이 시집의 첫 번째에 배치된 「그해 여름은」이다. 「그해 여름은」은 다음의 연으로 시작한다.

> 목백일홍이 붉게 타오르고
> 지렁이는 구부러진 죽음을 길 위에 남겼다
>
> —「그해 여름은」 부분

권순의 시는 이성복의 그것과는 다른 이미지를 그리고 있다. 권순의 "그해 여름"은 팬데믹이 번져 가던 지난 이삼 년 사이의 여름일 테고, 그래서 불안이 "우리를 구석으로 밀어 넣"고, "감추어진 얼굴들이 비대면으로 늙어" 가고 있음을 그린다. 이성복의 시가 화자가 가진 절망보다 긴 백일홍의 연속된 생명력을 빗대면서, 꽃에 일반적으로 붙어 있는 한시성(限時性)이라는 은유에 역접을 구성했다면, 권순의 시는 그해 여름, 무성하게 번져 가는 죽음의 번성을 이야기한다. 여기서 죽음은 실재하는 재난들에 더해, 우리를 구석으로 내모는 단절과 고립이다.

막장처럼 고립이 하나의 끝이라면, 끝에 다다른 시간으로부터 어떤 다른 시작을 가늠할 수 있을까. 그 끝을 어떤 매듭으로 묶어야 다른 시작(始作)을 모색할 수 있을까, "비대면으로 늙어 갔다"라고 시는 희망 없이 끝맺는 듯하지만, 그럼에도 불구하고 「그해 여름은」이라는 제목과 "목백일홍이 붉게 타오르"는 배경은 이성복의 시편이 가진 시공간과 이미지의 중첩을 요청하고 있지는 않은가. '피고 짐'의 연속이 그러하듯, 시간의 잔해 위에 생명과 이어짐의 열망도 같이 쌓이지 않았을까.

시인은 그 파국의 시간으로부터 깨진 시간의 잔해를 수습하고, 그 끝이 품고 있는 진통으로부터 시작(試作)하는 사람이다. 백일홍 떨어지던, 죽음이 울창하게 번지던 여름에 대한 기억은, 이어진 가을과 다음의 여름을 어떻게 살게 하는가.

우리가 마주한 시간의 끝은 우리가 지나온 모든 것들을 품고 있다.

2. 후경(後景)들

우리는 시간을 통상적으로 선형적인 것으로 감각한다. 과거에서 미래로, 앞에서 뒤로, 시작에서 끝으로 이어지는 긴 선(線)으로 접근하는 것이다. 이러한 선형적 시간관은 다른 식의 시간 감각의 적지 않은 도전을 받아 왔지만, 그럼에도 그것이 여전히 우리의 인지적·감각적 구조에 깊이 뿌리내려 있는 시간성임에는 틀림이 없다.

권순의 시에 함의된 두 가지 시간관 중 하나가 끝을 향해 흘러가는 선형적 시간이다. 시간 속에서 모든 생명의 존재는 점차 마르고 주름지며 닳아서 하나의 점(點)으로 축소된다. 그리고 시인은 선형의 시간, 그 선의 끝으로부터 계속된 시작을 모색한다. 도달한 끝이 하나의 점이라면, 그 점의 고립과 단절을 넘어 끝의 시작을 연장하는 것, 끝에 희미하게 매달린 다른 시작들의 이어짐을 가늠하는 것이다.

비슬라바 쉼보르스카는 「끝과 시작」에서 "피 묻은 넝마 조각이 가득한/진흙과 잿더미를 헤치고//(중략)//다리도 다시 놓고/역도 새로 지어야 하리"라고 썼다. 쉼보르스카의 "끝과 시작"이 어떤 파국에도 다음을 시작해야 하는 '그럼에도 불구하고'의 시간이라면, 권순의 시간은 쉼보르스카의 그것에 공명하면서도 좀 더 끝의 조건들을 탐색한다. 시작을 위해 끝이 짊어지는 것들을 품는 것이다. 어떤 '귤'이 "마르고 쪼그라들더니/작고 단단한 돌이 되고" "제 속으로 파고들어 긴 고통의 끝점으로" 가서 "아주 고요한/처음이"(「숨」) 된다. 어떤 끝에도 긴 인내와 고통의 시간이 깃들어 있다. 그러므로 어떤 꽃이 끝으로 저물 때, 남는 것은 잔해만이 아니다.

때를 알고 꽃을 피운 나무들이 저마다 화관을 둘러쓰고 빛날 때 먼저 잎을 떨군 나무는 비켜서서 꽃의 뒤를 지키고 있어요 노랗게 곪은 상처 같은 꽃잎들이 나무의 살갗을 뚫고 피어오르다 바람의 날개를 달고 흩어집니다

흩어져 먼저 핀 내력대로 사라져요 떨어진 꽃잎의 내력을 깊이 알 수는 없지만 꽃잎이 제 그늘 밑에 수북이 쌓이다 바람으로 떠날 때 꽃나무만의 시간이 다가오지요 저만의 시간이 다가와야 알 수 있고 비로소 돌아볼 수 있어요 서둘러 핀 꽃의 뒤가 지워지고 있어요

—「꽃의 뒤」 부분

권순의 시에서 꽃은 한시성의 멜랑콜리를 포함하면서도, 단순히 저묾으로 한정되지 않는다. 개나리 꽃망울은 "철조망 울타리"(「수문통」)를 헤쳐 나오고, 망초꽃은 "좌대 틈으로 하얀 꽃"(「망초꽃」)을 솟아 올린다. 꽃의 미약하지만 확실한 항거는 현재의 틈을 비집어 다른 시

간과 연결하는 촉매가 되고(「수문통」), 다른 공간의 "붉게 흔들리"(「망초꽃」)는 대기의 동조자가 된다. 꽃은 흔들리며 두 공간을 동기화한다.

꽃은 앞에서 반짝인다. 꽃이 전경(前景)을 차지할 때, 꽃의 뒤는 앞을 지지하고 지탱한다. 그런데 꽃의 끝, 꽃이 낙상할 때 드러나는 꽃의 뒤란, 우리가 지금-여기까지 오느라 잃은 것들, 떨어진 꽃과 시간의 잔해만 있는 것이 아니라, 그와 동시에 지금 우리에게 남아 있는 것들을 감각하게 한다. 한 식물의 첨단이자 끝인 꽃은 그 나무의 시간을 품고 있다. 꽃을 밀어내는 힘은 그것이 지금까지 품고 온 나무의 시간에 있는 것이다. 시간은 순간의 잔여로 흩어지지 않는다. 매 순간들의 축적인 나무가 꽃을 기억하며 남아 있다. 그것이 '돌아봄'의 시간이다. 한때 지금-여기였던 꽃이 과거, 나무의 시간을 돌아보고, 동시에 나무가 이제 과거가 된 꽃을 기억한다. 그러므로 꽃의 끝 이후, 시작과 끝의 방향은 역전하고 시간은 겹겹이 쌓여 중첩을 이룬다. 이에 기억의 촉매는 단순히 과거로만 향하는 것이 아니라, 기이한 도래를 예약한다.

"밤새 내린 봄비로 (중략) 꽃잎이 수북했고/어린 눈들이 흩어졌다." 그런데,

> 화면에는 총 맞은 어린 눈이
> 흔들리다 떨어지고
> 떨어진 아이는 너무 멀리 있고
>
> —「흔들리며 바뀌는」 부분

위의 시는 어느 봄날에 어린아이들이 우수수 떨어진 어떤 비극, 우리 삶의 중심을 바꾼 사건에 대한 것이다. 시인에게 떨어지는 것들,

연약한 존재인 꽃잎, 어린 눈들, 아이들은 유사한 지평을 가진다. 연약함은 외부의 작용에 영향을 쉽게 받는다는 의미에서 위태로움과 연결되지만 동시에 수용의 예민함을 포함한다. 연약함이란 외부 감각에 대한 최대치의 수용을 위한 조건인 것이다. 하지만, "총 맞은 어린 눈"이라는 비정상성과, 그것이 우리를 닿지 못하게 하는 (동시에 우리를 무감하게 하는) 화면 속에서 벌어진다는 것은, 세상의 중심마저 사라지게 하는 파국(破局)이다. "거꾸로 비가 불고 바람이 내린다." 뒤집힌 세상이다.

파국이란 어떤 사태가 끝장나 그것의 국면이 깨지는 것이다. 어떤 국면이 깨진 파편 위에도 다른 국면의 시작이 함의되어 있다고 말할 수 있을까. '그럼에도 불구하고' 무언가를 수습해야 할까. 애도가 불가능해지고 파국이 일상이 되는 현장에서, "서로의 안을 의심하며"(「이월」) 대립한 채 각자의 끝 속에 고립되는 세계에서도 시는 유효할까. 다만 또다시 그럼에도 쓸 수 있는 건, "없는 동생의 멀건 울음이/가슴에 박"히듯, 언제든 "오래된 기억이 온몸에 차오르"는 것처럼(「차오르는 기억을 지고」), 이어짐은 어떤 약속에 기대서만 비롯되는 것은 아니라는 것이다.

3. 동시(同時)들

우리를 마모시키는 것은 시간의 흐름이나 어떤 비극적 사건뿐만이 아니다. "세상이 쏟아 내는 독기 묻은 말들"(「특실 203호」)은 우리를 움츠러들게 하고, "아이에게 눌어붙은 골방 냄새"(「숲으로 간 아이는」)처럼 팍팍한 현실은 치덕치덕 몸에 들러붙어 삶의 가능성들을 가라앉힌다. 시간도 기회비용으로 바라보게 된 시대에 우리는 현실의 세태에 맞추며 닳아만 갈 뿐일까. 삶과 시간에 뒤따르는 마모와 쇠퇴는 필연적일까.

권순의 시가 함의하고 있는 다른 시간의 감각은 꼭 그렇지만은 않다는 답을 내놓는다. 앞서의 끝의 시작이라는 잠재성의 영역과 함께, 그것과 충돌-공존하는 시간감은 동시성의 감각, 공존의 시간이다.

줄이는 일만 생각하다 나는 아주 작은 목각 인형이 되었다

곰곰이 줄이는 일만 생각하니 공짜만 떠오른다 마음 졸이지 않고 쓸 수 있는 것들은 다 멀리서 온다 나뭇잎 사이로 한 올 한 올 비치는 햇살과 애인의 숨결에 묻어오는 달달한 공기와 쪽동백과 옥수수 푸른 잎을 더욱 시퍼렇게 적셔 주는 빗물과 무주구천동 깊은 골짜기에 쏟아지던 별빛과 저 멀리 자월도의 고운 모래밭과 외갓집 마당에 드리워진 감나무 그늘은 언제나 가져다 쓸 수 있다 그것들을 쫄지 않고 마음껏 쓰다 보면 불쑥 커질지도 모른다 늦지 않게 그곳으로 간다면

—「숨은 폭탄 찾기」 부분

세금을 포함한 생계의 문제는 삶을 고단하게 만들고 우리를 궁색하게 만드는 조건들이다. 생활의 문제에 쫓기면 생이 가진 부피와 선택의 가능성은 줄어들고, 팍팍해진 삶은 "작은 목각 인형"같이 된다. 반면, 무한정 사용할 수 있는 '자월도'에 대한 기억은 그런 줄어듦에 대한 대항 시간이 된다. '자월도'는 단순히 기억의 한때, 현재의 문제로부터 도피하기 위한 과거의 순간이 아니다. 지금-여기의 시간이란 이전의 많은 삶의 선택지를 제거하고 남은 앙상한 끄트머리이기만 한 것은 아니다. 그것이 어떤 현실에선 진실이더라도, 모든 현실에서 진실인 것은 아니다.

자월도에 대한 기억과 그것에 대한 탐색은 현재의 시간에 틈입하

여 일상의 단일한 프레임을 깬다. "다른 시간, 즉 어린 시절의 시간, 꿈의 느린 리듬에 대한 갈망"은 선형적 시간에 대해 반항하고, "인간 조건을 괴롭히는 시간의 비가역성에 굴복하는 것을 거부"한다. "다른 시간대를 상상하고, 다양한 장소에 거주하고 방법을 탐구"하는 성찰적 노스탤지어의 기억은 "시간으로부터 시간을 가로채고, 도망치는 현재를 붙잡는 것"이다.[1]

주름져 가는 세태 속에서 기회비용 같은 것을 따지지 않고 "마음 졸이지 않고 쓸 수 있는" 가능성은 쪼그라든 삶의 주름을 펴는 것, 안드레 애치먼의 비유에 빗대면 "수플레"의 "공기 가두기"[2] 같은 것이다. "오래된 것에는 헛헛한 마음을/부풀게 하는 힘이 있"고(「고아」), 이는 삶의 존재력, 지금-여기에 선 인간의 크기에 살을 붙인다.

삶의 왜소화에 저항하는 공존의 시간성에 대한 탐지는 기억을 통한 삶의 부풀리기에 한정되지 않는다. 기억이 '내' 삶의 부피를 증대시킨다면, 그것이 타인에게까지, 멀리 있는 이들에게까지 확장하는 감수성을 머금을 때, 이는 시의 영역, 즉 예술이 된다. '나'의 지금-여기의 확장이 타인에게 닿는 단초가 되는 것이다. 예술은 "경험을 증폭하는 방법이자 개인의 운명이라는 한계를 넘어 동지인 인간과의 접점을 늘리는 방법"[3]인 것이다. 권순은 아마도 이 시집이 그렇게 되기를 바란다. '사람책'으로서 이 시집에는 "그렇게 뻔하지" 않은 "다른 숨결들"이 배어 있고, 그런 숨결들과 "행간에 숨은 문장"을 찾아

---

1 Svetlana Boym, "Nostalgia and Its Discontents", *The Hedgehog Review*, Summer 2007(https://hedgehogreview.com/issues/the-uses-of-the-past/articles/nostalgia-and-its-discontents).

2 안드레 애치먼, 『호모 이레알리스—비현실적 인간』, 정미나 역, 잔, 2023, 277쪽.

3 앤드루 H. 밀러, 『우연한 생』, 방진이 역, 지식의편집, 2021, 96쪽.

(「사람책」), 삶의 행간에도 숨과 공기와 의미가 불어 넣어지기를. 그러면 우리도 "불쑥 커질지도 모른다."

> 아이가 어른의 얼굴을 하고
> 꽃밭으로 들어간다
>
> 백일홍 꽃밭에 오래된 얼굴이 담긴다
>
> (중략)
>
> 어른의 얼굴을 한 아이가 호수를 바라보며
> 흐르지 않는 물을 염려한다
>
> —「오래된 얼굴」 부분

시간이 선형의 구조를 벗어난다면 우리는 모든 인간의 '얼굴'에서 '오래된' 시간들이 층층이 포개져 있음을 상상할 수 있다. 어떤 "어른의 얼굴"에도 '아이'가 포개져 있다. "반성하는 시간" 속에서 우리는 타인의 시간이 가진 '오래됨'을 본다. 들뢰즈는 "우리 안의 아이는 어른, 노인, 그리고 소년과 동시대인"이고, "스스로를 보존하는 과거는 시작과 또 다른 거듭된 시작의 모든 덕성들을 선취"한다고 썼다. 이러한 공존성은 "죽음을 향해 가는 현재와, 스스로를 보존하면서 삶의 배아를 간직하는 과거라는 이 두 가지 측면은 끊임없이 서로 개입하면서 겹쳐"져 있음을 의미한다.[4]

---

4 질 들뢰즈, 『시네마 2』, 이정하 역, 시각과언어, 2005, 182-183쪽.

어른의 얼굴에서 아이를 보며 그 얼굴에 축적된 과거의 한때를 감각하고, 아이에게서 어른의 얼굴을 보며 그 미래의 한때를 본다는 것은 오래됨의 시간이 겹쳐져 있다는 것이다. 그리고 다른 시간으로의 감각적 뻗침은, 그게 타인인 한 시간의 영역을 넘어선다. '나'의 시간 속에서 '너'를 보고, 어떤 '너'의 죽음을 통해 '나'의 죽음을 가늠하는 것은 시간뿐만 아니라 공간 역시 격(隔)한다. 권순의 끝이 잇고자 하는 시작은 시간성의 측면에 국한되지 않는다. "죽은 아이 얼굴이 네이버에 떠오르는 사이에/먼 나라에서 어린아이들이 죽어" 간다(「마틸다와 네이버」). "지구 반대편에서는 모르는 여자들이 죽어 가고 눈을 뭉쳐 제 몸에 붙인 아이는 눈사람이 된다"(「갑자기 눈이」). 멀다는 것은 다만 지리적인 거리만을 의미하지 않는다. 그것은 때로 물리적으로 먼 곳이고, 그보다 먼 죽음의 처소이며, 혹은 어떤 기억의 이미지이다. 시인은 지구 반대편의 먼 곳까지도 감각하고, 그보다 멀리 있는 죽은 이들을 애도하며, 기억을 통해서, 먼 곳에 대한 감각을 통해서, 그리고 시를 통해서 시작을 발생시키고자 한다. 그것이 고통과 죽음 앞에 선 '나'의 연약함이고, 그 연약함이 먼 곳에서 죽어 가는 이들에게도 확장되는 감각과 감수성이다.

4. 서로를 향해 구부러지는 시간

> 물렁한 밤은 안락하거나 불안하고
> 새날을 기다리는 사람과
> 새날이 무서운 사람이 서로 이불을 덮어 주며
> 함께 구부러지는 시간이다

텅 빈 놀이터에 낮은 가로등이 빛난다
아이들 가까이 가려고 낮아진 불빛이
혼자 시소를 탄다

놀이터에 아이들이 없다고
아주 텅 빈 것은 아닐 것이다

—「낮은 불빛이 시소를 타는」 부분

"낯익은 생활이 떠내려"가고 "정든 것들이 사라"져도 "새날은 오지 않"는다(「새날은 오지 않고」). 우리가 닿고자 하는 것들은 모두 먼 곳에 있고, 여기의 끝이 아직 품고만 있는 시작이 발아하기엔 먼 곳은 멀고 희미해 보인다. 다분히 비관적으로 보이는 지금의 끝은 어떻게 끝날까. 권순의 시는 우리를 움츠러들게 하는 고립과 단절, 서로에 대한 적대 등에 대해 쓸 때에도 그것들에 대한 적대감에 빠지지 않는다. "새날을 기다리는 사람과/새날이 무서운 사람이" "함께 구부러지는 시간"에 대한 감각의 구성은 낮고 연약한 존재들을 위한 공통의 밤을 향하기 때문에 형성되는 것이다.

우리의 지금-여기의 끝을 여기까지 오느라 잃은 것이 아닌, 여기까지 오면서 남은 것들의 시간, 그 무수한 축적과 접점들의 시간으로 보면, 끝과 시작은 조금 달리 써질 수 있지 않을까. 권순의 시에서 끝은 다른 곳에 닿기 위한 사유와 감각의 최소 조건이다. 낮이 끝나고 텅 빈 놀이터에서 발견하는 것은 "실내화 가방"이나 남아 있는 눈사람은 그것을 쥐고 만들던 아이의 환영 등을 비춘다. 그것은 시간의 잔해가 아니라, 축적된 시간의 한때이며, 지금 없는 것들도 지금 우리에게 "온기 가득한 눈길"을 되돌려준다. 그 눈길이 먼 곳, 아이들, 연약한 이들, 죽어 가는 이들에게 닿아 지금-현재를 돌아보게 하고, "반성"하게 하는 "분홍"의 시간을 만든다(「오래된 얼굴」). 그 시간은 낮은 것들의 편에 서서 작은 것들을 수습하며, 그 작은 것들이 품고 있는 연약함과 같은 거대한 공통성으로 우리의 팍팍한 존재감에 숨을 불어넣는 시간이다. 그리고 그것은 저기 먼 곳에 있는 이들의 삶까지 이어진다.

시인은 그 눈길을 품고 낮은 쪽으로 기울어 간다. 스스로 시작을 품고 있는 시인은 제시간의 끝에서 발을 딛고 시간을 뻗어 먼 곳에 닿으려 한다. 권순의 시에 나오는 많은 '먼 곳'들은, 때로는 죽은 이들의 공간이라 애도를 동반하고, 때로는 물리적으로 먼 곳에서 바스러지는 연약한 이들의 공간이라 이어짐을 동반하는 장소들이다. 그러므로 불빛은 낮은 곳을 향하고, 그곳을 향한 모든 발디딤은 모든 작아지는 것들, 작고 연약한 존재들과 함께하기 위한 것이다. 어떻게 보면, 그것만이 유일한 조건이 된다.

애도와 태도: 죽어 가는 이들과 함께 지금-여기
—송진, 『럭키와 베토벤이 사라진 권총의 바닷가』, 작가마을, 2022

지구의 생태적 위험을 알리는 숱한 지표들과 우리가 당장 목도하고 있는 기후 위기 속에서, 마크 피셔(Mark Fisher)는 '미래는 없다(No Future)'고 말한다. 피셔의 표현은 중의적인데, 우선 이대로 세계가 지속된다면 '미래는 없'을 것이라는 전망이며, 동시에 지금 당장 행동하지 않으면 '다음'의 기회 같은 건 없다라는 위급한 요청이다.[1] 이러한 전망 속에서, 미래 인지 감수성[2]을 지닌 누군가들은 '가능한 모두'의 미래를 위해 당장 무엇을 할 수 있을까 사유하면서, 모든 '지금'이 미래를 붙들 수 있는 마지막 순간이라는 시급함에 쫓긴다. 송진도 그런 이들 중 한 사람임에 틀림없다. 하지만 동시에 시인은 시급함 속

---

1 Mark Fisher, "No Future", *The Occupied Times*, October 23, 2014(https://theoccupiedtimes.org/?p=13483).

2 정혜윤은 작금의 여러 생태적 위기 속에서 어떤 행위가 미래에 폭력이 되는지 질문하고, '함께' 살 만한 미래에 대해 가능하는 것을 '미래 인지 감수성'이라 부른다. 정혜윤, 『앞으로 올 사랑』, 위고, 2020, 38쪽.

에서 놓치고 외면해 왔던 것들에 대해 쓴다. 인간은 무엇을 짓밟고 여기까지 왔나.

'다음'을 이야기하기 위한 중요한 절차 중 하나는 지금까지의 것을 곱씹는 것이 아닌가. 시인은 '인간'을, 또한 시인 스스로 '인간이었음'을 반성한다. 이전의 '인간'을 위해서라기보다, 생명의 이어짐을 위한 토양이 되려 한다.

> 부끄럽고부끄럽도다어리석고어리석도다이살덩이누구에게던져줄까동물원원숭이도먹지않네이정신누구에게던져줄까지나가던악장도먹지않네(중략) 가련한인간이여가려한인간이여예약에빠진인간이여연민의인간이여연약해빠진인간이여그러나햇살에빛나는청동처럼강한인간이여슬프고슬픈아름다운애린인간이여
>
> —「참회록 100」 부분

시집 『럭키와 베토벤이 사라진 권총의 바닷가』의 3분의 2는 「참회록」 연작으로 채워져 있다. 그래서 '참회'는 연작이 아닌 다른 시들에도 그림자를 드리우고 있다. 불과 물과 지진을 비롯한 환경 재앙, 실재하는 전쟁, 우리 안팎의 난민(難民), 나열하자면 끝이 없는 '인간'의 재난이 비극적인 건, 그것이 '인간' 스스로에 의해 자행되고 있다는 것이고, "가난하고 차별받고 힘없는 사람들의 피해와 고통이 항상 크고 오래 간다"[3]는 사실이다. 지금-여기에 오기까지 밟힌 이들이 누

---

3 박범순, 「우리는 모두 인류세 난민이 될 수 있다」, 『디어 아마존』, 현실문화연구, 2021, 274쪽. 박범순은 2005년 미국 뉴올리언스를 강타한 허리케인 카트리나를 예로 들며, 그것의 피해가 흑인에 집중되었다는 점, 제방(堤防) 관리에 문제가 있었다는 의혹 등 카트리나의 피해가 인재(人災)일 수 있는 부분에 대해 서술한다. 한편, 2023년 2월, 튀르키예의 지진과

구였는지, 누군가의 죽음 위에 만들어진 '인간'이 무엇이었는지, 스스로 인간임을 시인은 반성하고, 참회한다. 현재는 지난 수많은 죽음과 지금 죽어 가는 이들을 밟고 올라서 있다. 그리고 숱한 죽음과 고통을 밟고 와서 닿은 곳이 겨우 이러한 파국인 것이다.

인류세(Anthropocene)는 인류에 의한 환경 급변이며 지질학적 변환이다. '나' 역시 "6.25㎜ 높아진 해수면으로" "3도 화상 입은 뜨거운 봄을 데리고" 오지 않았나(「내 몸 안에는 저탄소 사과가 자란다」). 파국의 시대에 대한 결백도, 그것의 불가피성에 대한 주장도 우리가 원하는 것을 마음대로 할 면죄부가 되어 주진 않는다.[4] '나'도 결국 환멸의 인간과 인간의 가련함 사이 어딘가에 있고, 시인의 참회란 결국 '인간으로서의 나'이다. '인간'은 지구를 이 지경으로 만든 환멸의 대상이지만, 역설적이게도 그런 '인간'에 대한 환멸의 기원에는 지금까지 남은, 그리고 앞으로 남을 생명을 위한 마음이 있을 것이다. 그 생명에 다소간의 '인간'이, 죄 없는 후속 세대를 위한 자리가 있길 바란다. 또한, 그럼에도 '과거의 인간'이 자라 '미래의 인간'인 될 게 뻔한, 비극의 연속성을 끊기 위해서라도 돌아보는 것이다.

우리는 우리를 '우리'로 만드는 수많은 타자들에게 빚지고 있으나[5] 우리를 증여하려 하지 않는다. 그러므로 시인은 기필코, 이미 죽은 이들 중의 하나이며, 지금 밟히는 누군가 중의 하나가 될 것이라고 쓴다. 아니, 이미 시인은 그들 중 하나로 죽어 있고, 함께 썩어 가고 있다.

그에 따른 희생에 대해, 튀르키예 출신 언론인 시나씨 알파고(Şinasi Alpago)는 피해 지역의 지진 위험성에 대한 학자들의 경고가 지속적으로 있어 왔다는 것과 해당 지역의 부실 건축을 거듭 지적한다. https://www.youtube.com/watch?v=Cw4VxJU_UAc&t=1000s.

4 Vinciane Despret, *Penser comme un rat*, Versailles: Quæ, 2009, p.78.

5 에두아르도 콘, 『숲은 생각한다』, 차은정 역, 사월의책, 2018, 332-333쪽.

우글거리는 벌레 속에 알몸으로 누워 있다 벌레들은 눈으로 입으로 질로 구멍마다 가득 찼다 전생에 뭘 하고 살았느냐고 하늘에서 번개 같은 소리가 들려왔다 (중략) 지금 보다시피 다 뜯기고 구멍만 남았는데 그 구멍마저 벌레로 가득 찼고 그 벌레들이 너무 사랑스러워 진물마저 내어 주는 중이라고 없는 혀로 말했다

—「참회록」 부분

시인은 죽어서 벌레에게 온몸을 내준다. 벌레가 몸의 구멍을 파고드는 감각은 그로테스크한 질감을 일으킨다. 목전에 다가온 인류의 비극마저 추상화되는 세계에서, 이러한 감각적 소름을 일으키는 건, 이미 고통당하며 죽어 간 이들과, 곧 이어질 죽음을 실감하길 바라는 시인의 간곡함이다. 시인은 버려진(abject) 사체들이 그득하다고, "진짜는 고름이요 진득진득한 썩은 정신과 육신의 분비물만이 진짜"(「나의 독자들에게」)라고 강조한다. 이러한 부정성이 죽음과 실감에 대한 시인의 참회의 한 축이라면, 이와 동시에, 다른 한 축은 그러한 것에 기꺼이 몸을 내주는 증여의 감각이다. "스스로를 몰아내고 토해 내며, 스스로를 버리며(abject)"[6] 다음의 걸음을 위한 토양이 되고자, '인간(human)'에 대한 고수가 아닌 더불어 삶을 위한 '부식토(humus)'[7]가 되고자 한다.

마치 그것이 지금의 세계에 대한 가장 명징한 증거인 듯 시집에는 죽음과 주검이 가득하고, 귀신과 유령이 온갖 곳에서 나타난다. 귀신

---

6 Julia Kristeva, *Powers of Horror: An Essay on Abjection*, trans. by Leon S. Roudiez, New York: Columbia UP, 1982, p.3.

7 Donna Haraway, *Staying with the Trouble: Making Kin in the Chthulucene*, Durham: Duke University Press, 2016, p.97, p.4.

이 나타나는 자리가 "상처 입은 현실의 불완전성을 표시해 치유를 요청하는 좌표"[8]라면, 현실의 상처가 온 세계를 채우고 있으며, 지금 세계는 이미 그 자체로 불완전하다는 표식일 것이다. 그럼에도, 세계는 그것들을 외면한 채 지나갈 뿐이므로, 시인은 계속해서 "죽은 이들을 불러오고" "구석에서 석탄처럼 웅크리고 있는" "돌멩이"와 "동맹을 맺"고, 그것들 사이에 함께 "죽어 있"다(「참회록 59」).

> 천사의 날개는 토네이도를 견디지 못한다
> 그래도 사람들은 구인사로 꾸역꾸역 주먹밥처럼 모여들었다
>
> —「참회록—겨울 숲」 부분

"천사는 머물러 있고 싶어 하고, 죽은 자들을 불러 일깨우고 또 산산히 부서진 것을 모아서는 이를 다시 결합시키고 싶어한다. 그러나 천국으로부터는 폭풍이 불어오고 있고, (중략) 이 폭풍은, 그가 등을 돌리고 있는 미래 쪽을 향하여 간단없이 그를 떠밀고 있"다.[9] 천사는 폭풍에 떠밀려 가는데도 불구하고, 사람들은 꾸역꾸역 모여든다. 폭풍의 잔해, 폐허의 자리다. 시인은 시급함을 이유로 외면해 온, 밟고 온 생명들에 대해 쓴다. 그들은 한때 역사의 낙오자로 취급받았으나, 그들은 삶을 연명하기 위해, 삶을 연명하는 '주먹밥'처럼 모여든다. 낙오가 아니라, 그들의 최저낙원을 위한 주먹밥으로.

그들은 안다. "무한히 많은 희망이 있지만 단지 그것이 우리를 위한 희망이 아"니라는 것을.[10] 그리고 시인은 안다. 미래 없는 그들이야

---

8 최기숙, 『계류자들』, 현실문화, 2022, 10-11쪽.

9 발터 벤야민, 『문예이론』, 반성완 역, 민음사, 1986, 348쪽.

10 발터 벤야민, 『문예이론』, 101쪽.

말로 미래에 가장 가깝다는 것을. 폐허를 이루고 있는 그들 없는 미래는 누구를 위한 것도 아닌 것을. 그러므로 시인은 이제 미래로 가지 않는다. 죽은 자들, 죽어 가는 이들과 함께 지금-여기에 남을 테니까. 우리를 위한 미래가 아닌 어떤 미래가 '겨울 숲'에서 시인을 밟고 지나가다, 돌아볼 것이다. 토네이도에 휩쓸려 간 천사처럼. 미래의 천사는 우리를 위해 울어도 괜찮다. 그 눈물이 주먹밥을 뭉치게 할 테니까.

제4장 세계의 상처 속에 함께 머물기 위해

재실패화를 향한 헛스윙, 헛스윙

—박규현, 『모든 나는 사랑받는다』, 아침달, 2022

메리 셸리의 소설 『프랑켄슈타인』에서 '프랑켄슈타인'은 '괴물'을 만든 인물의 이름이다. 소설 속 '괴물'은 이름이 없지만 '프랑켄슈타인'은 자주 '괴물'의 이름으로 오용된다. 오용의 이유는 여러 가지겠지만, 그중 하나는 지칭할 이름이 없으므로 편의에 따라 대충 부른 것일 테다. 그렇다면 '괴물'이라는 표현은(혹은 '프랑켄슈타인 박사의 피조물'이라는 표현은) 적합한가, 하면 그건 또 아닐 것이다.

지칭과 실재 사이의 균열을 무시하는 편의성의 기저에는 폭력이 깔려 있다. 괴물의 괴물성이 명명을 포함한 어떤 법칙이나 "재현 혹은 명료화의 과정 밖에 존재"[1]하는 것에서 비롯된다면, 이러한 폭력에 대한 저항은 명명과 그것의 불가능성 사이에서, 불가능성 쪽에 힘을 실으며 발생한다. 그러므로 명명에서 삐져나오는 거듭된 실재의 실패를, 그 미해결을 끝까지 함께하는 것, 그것이 세계에서 지워진

1 알렉사 라이트, 『괴물성』, 이혜원·한아임 역, ORCABOOKS, 2021, 13쪽.

'괴물'에 대한 시적 책임일 것이다.

시인은 잘못된 명명 뒤에, 이름 없음으로 은폐된 비가시성 뒤에 실패를 위한 공간을 마련한다. 이때 마련된 '자기만의 방'들은 대개 프랑켄슈타인의 괴물이 끝내 은신할 수밖에 없었던 북극과 같은 세계의 끝이지만, 시인은 그곳의 소식을 전한다.

> 눅눅한 종이 뭉치를 한 움큼 쥐고 있었는데
> 눈을 뭉쳐 사람을 만듭니다 우리가 소원하고 희망해 온 사람
>
> (중략)
>
> 메리, 나는 겨우 있어요
> 내일과 같이 여전히
>
> —「이것은 이해가 아니다」[2] 부분

위 시는 어떤 화자가 '메리'라는 인물에게 편지를 전하는 형식으로 써졌다. 시에 나타나는 폭설과 극야, "사람을 만"드는 이야기에 대한 언급은 메리 셸리의 '괴물'을 연상하게 한다. 북극으로 사라진 '괴물'이 소설이라는 자신의 세계를 넘어 실재의 기원인 메리에게 편지를 쓰는 듯하다. 물론 이는 희미한 연상이지만, 화자의 자리는 폭설이 내리는 곳에 "겨우 있"는 '모두'에게 가능할 것이고, '괴물'의 불특정성만큼 불투명한 그라데이션 어디쯤에는 이름 없는 이가 있을 것 같다.

---

2 본 장에 실린 신·근작 시를 제외한 박규현의 시의 출처는 박규현의 첫 시집 『모든 나는 사랑받는다』(아침달, 2022)이다.

박규현의 시는 우선, 가부장제와 성적 이분법에 의해 결여된 존재로 규정된 여성들을 위한 시적 공간을 마련한다. 강제된 역할 속에서 '유령'처럼 비존재가 된 여성들을 위한 자리이다(「나의 가정용 사람들」). 그것은 이내 '무지개 퍼레이드'를 하는 소수자들(「포즈」)을 포함해, '사람'으로 취급받지 않는 존재들, '틀렸다'고 여겨지는 모든 존재들의 공간으로 확장된다(「유도리」). 세계의 모든 극야에는, 불충분한, 이름 없는, 틀린 이름으로 불리는, 오류로 상정된, 불가능하게 존재하는 모든, 하지만 그 자체로 "유일한" "모든 나"들(「나를 돕고 왜 돕지 않고」)이 만연하다.

존재론적 불충분성은 무언가의 결여, 어떤 것들의 부정성에 기인하는데, 시급한 것은 기존 체제의 인정을 받기 위해 결여를 채우는 것이 아니라 그들의 '있음' 자체를 위한 자리이다. 이에, '나'는 이러한 결여적 존재의, 비존재 유령의 거주 공간으로 마련된다. 그리고 시인은 '나'에게 잠시 거주하는 이들에게 이름을 부여한다. 아주 많은, 그러므로 다시 실패를 담보하는 이름들. 잘못 쓰인 이름, 예컨대,

> 로쿄가 울타리를 넘어 굴러온다. 그 뒤로 또 로쿄가 울타리를 넘어 굴러오고 있다. 로쿄는 하나가 아니고 로쿄는 로쿄, 로쿄. (중략) 언제나 출석부에는 로쿄가 아니라 료코라고 적혀 있었다. 그것은 틀렸다. 우리는 틀리다. (중략) 모든 것이 뒤엉키고 있다. 우리는 로쿄. 로쿄 가운데 하나를 골라 로쿄, 하고 부른다. 로쿄에게 내 얼굴을 선물한다. 나는 나를 보게 된다. 이런 일은 처음이다. 나는 로쿄를 보게 된다. 나는 사라진다. 로쿄는 생겨난다. 언뜻. 로쿄가 있다.
>
> —「로쿄, 로쿄」 부분

"[다른] 이름 짓기(naming)와 '여러 자아(multiple selves)' 주장하기"는 "역사적으로 차별받아 온 몸들에 대한 일차적인 이해"에 맞선다.[3] '우리'는 틀리게 적힌 이름에 맞선다. 맞섬의 무기 자체도 '틀림'을 통한 것이다. 이 '맞서는 틀림'은 사회나 시스템에 의해 '틀린' 이름으로 가해지는 폭력과 다르다. 시스템의 그것이 시스템에 맞춘 규정으로 옥죄는 것이라면, '맞서는 틀림'은 시스템의 규정이 틀렸다고 하는 것이다. '우리'를 규정하는 좁디좁은 이름 공간의 '울타리'에서 몸부림을 치고 간극을 넓히고 외부를 열며 다른 모든 틀린 이들을 위한 공간을 마련하는 것이다.

애초에 '맞는' 이름이란 무엇인가. 이름을 구성하는 '울타리'도 실은 작은 '문턱'에 지나지 않는다. '나'와 '로쿄'를 구성할 성분들은 "문턱들을 가로지르며 서로를 데려가고 서로를 변형시킨다."[4] '내' 안에 여럿의 '로쿄'가 있는가, '로쿄' 안의 여럿 중에 하나가 '나'인가. 이 질문은 틀렸다. '나'인지 '로쿄'인지 특정하고 정의하는 것은 사회의 판정이다. 이를 거부하면서 "우리는 조금 무너"지지만, 서로의 무너짐 안에서 여럿으로 불어난다. '틀린' 이름에 틀림으로 맞서고 그 틀림만큼 여러 자아와 함께하는 것이다. 이 공간 안에서 누가 틀렸는가, 틀린 게 있다면 출석부의 인정뿐이다.

이 여럿의 '우리'들을 기어이 가리켜 본다면, 이들은 '내' 안의 분열이라기보다, 아직 발견되지 않은, 이름이 없는, 자기만의 방을 찾는, 그래서 '겨우 있는', 불가능함 속에서 "언뜻" 나타나는 무수한 타자들이다. 언제든 울타리가 무너지고 있는 '나'는 그들에게 자리를 내주는

---

3 레거시 러셀, 『글리치 페미니즘 선언』, 다연 역, 미디어버스, 2022, 29쪽.

4 Gilles Deleuze & Felix Guattari, *A Thousand Plateaus*, trans. Brian Massumi, Univ. of Minnesota Press, 1987, p.272.

희미한 인칭의 공간일 따름이다. 여러 자아에 대한 주장이 불충분한 존재들을 지탱한다. 그리고 자리를 내준 '나'는 '여러 자아'들로 증식되고, 그들과 자리바꿈한다. 그중, "언뜻. 로큐가 있다."

이러한 '맞서는 틀림'은 앞선 '프랑켄슈타인' 같은 편견과 편의에 따른 재단(裁斷)을 거부한다. '나'의 명명에 의한 '너'의 획득이 아니라, 그런 포획의 불가능성을 사유하고 감각하며 타자에게 공간을 내주는 것이다. 타자를 깎고 잘라 내지 않으며, 서로 함께 증식하려는 불가능한 이상이다. 이는 어디까지나 겨우 '나'를 내주는 한에서, 불가능을 충실히 가늠하는 한에서 타진하는 함께 있기다. 그러므로 불가능에 대한 현시는 불가능 자체를 위함이 아니라, 함께 있음의 가능성에 대한 목마름을 심화시키는 역설이다. 여기서 정의를 거부하고 언어를 거역하며 단어들을 실패시키는 불가능, 인식되지 않는 미지수, 오류의 공간이 마련된다.[5] 그러므로 틀림들이 몸부림치는 공간을 위해, 미지수를 위해, 맞섬을 그치지 않는다. '우리'는 실패를 '우리'의 무기로 삼는다. '불가능한 함께하기'를 추구한다.

"닿지 않는 악수"가 되겠지만, 어쩌면 그러니 더더욱 "다시 편지하자"고 한다. "헛스윙,/헛스윙을" 하기로 한다. '헛스윙', 즉, 공을 맞추기 실패하기, 부재한 공을 치려 시도하기. 성과 없는 행위의 반복 등등. 하지만 그것은 실패의 시도이며, 부재에 대한 감각이고, 언제든 성사될 타격을 위한 근력의 증진이다. 실패를 가늠하면서 벼려 낸 감각은 '너'의 부재라기보다, 부재를 통해 현전하는 '너'의 구체적 실재성을 갈구하는 경험이다. 그것은 어떤 의미 이전에 다만 "조금/더 아름다워 보이는" 방향이다(「영원히 가장 죽은」).

---

5 레거시 러셀, 『글리치 페미니즘 선언』, 84-85쪽.

스스로 유령의 길을 택한 친구 생각이 났다 유령이 있음을 증명하겠다며 홀연히 떠남에 있어 다들 혀를 찼으나 나는 내심 그를 퍽 훌륭하다고 느꼈다

그것이 그의 용기 같았다

—「빛의 벙커」 부분

박규현의 근작들에서 시는 보다 선명하게 어딘가 오류인, 생명 자체가 결여된 존재들로 향한다. 의미와 정체성의 획득인 아닌, 그것들을 탈각한 불확실성 쪽에 몸을 의탁한다. 제도와 시스템의 판정에 맞춰 조정해 가는 것이 아니라, 스스로 오류와 실패를 선취한다. 실패는 "자본주의와 이성애적 규범 모두에 대한 비판을 시작하기에 나쁜 출발점이 아닌" 것이다.[6] '모든 나'와 같이, 부정과 결여의 존재들이 모여 있는 실패의 지대, 비존재의 세계로 나아간다. 위계와 억압을 조성하는 사회에서 유령이 된다는 것은 체제가 재단하는 "이분법의 몸"과의 관계를 끝내는 것을 의미한다.[7] '유령'이 실제적 죽음이든 혹은 사회적 비존재에 대한 은유이든 간에, 실패에 대한 판정을 체제에 맡기지 않는다. "우리를 실패로 보는 사회의 규범 속에서 제대로 작동하는 데 실패한다는 것"은 우리의 실패를 세계나 사회체제에 맡기지 않는 능동적 오류가 되는 것이다.[8]

6 Jack Halberstam, "On Behalf of Failure", lecture given at a Summer School for Sexualities, Cultures and Politics, organized by IPAK. Center, held in Belgrade, 20 August 2014(https://www.youtube.com/watch?v=ZP086r_d4fc).

7 레거시 러셀, 『글리치 페미니즘 선언』, 74쪽. 레거시 러셀이 비판하는 체제는 젠더 이분법 및 그것과 긴밀하게 연동되어 있다고 보는 자본주의적 사회이다(80쪽).

8 레거시 러셀, 『글리치 페미니즘 선언』, 22쪽.

우물 안을 들여다봐 여기에도 사람이 있다고

(중략)

보라고 네가 나를 부른다 귀한 것이 있다 한다 살면서 이런 건 다시 볼 수 없을 거라며 환하게 이를 드러낸다 나는 스스럼없이 네가 있는 쪽으로 간다 그저 남아 있어서

—「기일날씨맑음」 부분

최소한 어떤 존재, 그것의 '있음' 그 자체에 '틀림'은 없고, 거기에는 어떤 다른 의미나 이해도 필요하지 않다. 오히려 문제는 무엇이, 어떤 권력과 제도가 그들을 실패로, 어딘가 결여된 존재로 재단하는가 하는 물음일 것이다. 시인은 부정되고 부인되어 온, 실은 그 자체로 모든 '옳음'에 그 스스로의 '있음'을 통해 함께한다. 오히려 시인이 명명한 많은 이름들을 통해 시인 역시 탄생하는 것이다. 있음 그대로 옳은, '모든 나'들이 옳기 때문에 이유도 원인도 필요 없이 존재하는, 그러므로 그 존재 위에 의미를 덧씌울 필요가 없는, "이유 없고/원인 없음/에러 아님"(「나를 돕고 왜 돕지 않고」)을 향해 넘어지면서 간다.

'우리'는 이미 "사람들이 누운 자리 위에서" "살아"가는 존재들이다. 그러니 시인은 누군가를 밟으며 걷지 않는, "미끄러지다 흐르다 엎질러지다 넘치다 구르는" 것이 일상인 세계를 가늠한다(「이벤트」). 넘어진 채 굴러다니는 게 일반이므로 낙상이 걷기의 실패로 통용될 리 없고, 낙오의 통증은 아파도 타인의 것만은 아닌 것이다. 실은 이러한 술어들이 '우리'의 실존에 대한 서술 자체이다. 기존의 가치 기준에서 낙오는 실패에 내쳐진 것이겠지만, 성공을 목표하지 않는 한 실패는 실패되지 않는다. 그것이 실패에 대한 재설정이다. 물론 이는 슬픔과 외로움의 지대를 온몸으로 굴러서 지나야 하는 일일 것이고,

다분히 무력함과 금세 타협해 버릴지 모를 위태로움이지만, 그러나 이러한 재실패화는 기존 체제의 기준을 영점(零點)으로 돌리기 위한 최소한일지도 모른다. 그리고 어쩌면 어느 순간에는 '낙오'에 대한 두려움을 조성하며 "나를 쫓던" "낙오된 얼굴"과도 "웃으며 포옹할 수 있을지도 모"른다(「빛과 빛」). 그것이 고립된 '우리'끼리의 '헛스윙'처럼 가닿기 요원한 일일지라도.

어긋난 늑골과 함께 견디는 것

—최윤정, 『수박사탕 근처』, 시작, 2022

완전한 합치의 순간이 있다. 자궁에 있을 때의 근원적 감각, 성적(性的) 황홀경, 종교적 법열(法悅). 혹은 사랑 안에서 '당신'과 함께 녹아드는 한때. 또 때로는 "노을이 새빨갛게 타는" 광경이 너무 아름다워서 스스로 살아 있음을 느끼는 '완벽한 인식의 순간'에 흘리는 눈물 같은 것들, "그 순간 때문에 우리가 긴 생을 견딜 수 있는 그런 순간들."[1] 하지만 그런 순간이 삶에 있어 가끔 주어지는 기적 같은 순간이라면, 삶의 시간 대부분은 그런 합치에서 어긋나 있다. 합치의 한때에 대한 기억의 파편을 이리저리 맞대 보면서 어긋남을 견디는 시간이 오히려 삶에 가깝다.

어떤 감정적 소요를 안고 설거지를 한다. 삶에서 응당 마주칠 수밖에 없는, 예컨대, 어떤 상실의 슬픔, 시간이 주는 상실감, 또는 삶 자체의 이유를 안고, 닦았던 곳을 또 닦고 빨래를 갠다. 누군가의 소매

1 전혜린, 『그리고 아무 말도 하지 않았다』, 민서출판사, 1989, 117쪽.

인 양 조각보를 붙들고 퀼트(quilt)를 한다. 자신의 감정 외엔 다른 모든 것에서 무방비한 시간, 하지만 감정은 온전히 씻기거나 곱게 개켜지지 않는다. 그렇지만 감정의 수난자가 되어 행위에 몰두하다 보면, 마음의 부침은 개어진 빨래 속에 묻힐 듯하고, 조각보의 파편들에 스며들 듯하다. 행위를 반복하다 보면 슬픔이 대신해 슬픔의 일부를 껴안고, 시간이 대신해서 시간을 감당하기도 한다. 슬픔의 조각들을 이으며 삶을 견딜 때, 잇는 행위 자체가 견딤이 된다.

그리고 시간은 조금 더 흐른다. 최윤정의 시는 '이후의' 시간과 함께한다. 갈무리된 듯했던 감정의 잔여가 어느 모서리에, "어긋난 늑골의 그늘/막막한 목책 사이 움푹, 파인 자리에" 고여 있는 걸 발견한다(「늑골」). 어떤 대상의 알맹이는 "대상의 표면이 부수어지고 소멸의 가장자리에 남아 있을 때 비로소 발견"[2]된다. 이런 측면에서 시인이 지나온 시간의 알맹이는 슬픔과 견딤이다. 슬픔은 보이지 않아도 시간의 부스러기와 함께 견딤을 견디고 있다.

첫 시집에서 시인은 "쓰다 버린 조각을 모아/바느질"하고, "우연히 맞댄 조각"의 "가장자리 따라 삐뚤빼뚤 색실이 간다"(「소행성 2—색실이 간다」[3])고 썼다. 어딘가에서 버려진 채 고여 있던 이러한 잔여의 슬픔들, 조각난 것들의 모서리를 이으며 색실의 길을 따라가는 것이 시인의 시 쓰기였다. '내'가 무언가를 상실할 때 떨구었던 슬픔과 그때 상실된 '너'의 조각들, 이 조각 모음이 결코 이전과 같은 모양일 수 없음을 아는 슬픔 속에서도 계속해 나가는 것, 잇고 겹쳐진 시간의 파편들이 다시 시 조각이 된다.

---

2 그램 질로크, 『발터 벤야민과 메트로폴리스』, 노명우 역, 효형출판, 2005, 36쪽.

3 최윤정, 『공중산책』, 시작, 2017. 이후 나머지 시 인용은 『수박사탕 근처』, 시작, 2022.

행방을 알 길 없는 새의 조각난 부리가
잎새와 네 옆얼굴에 겹쳐져 떠 있다

(중략)

조각 틈에 흙을 발라서 옻칠 꽃병을 만든다면
맘껏 날지 못해 멸종된 빛과 고요가 새겨져 있을 것이다

—「낯선 봄—삼각형 퀼트 8」 부분

떨어진 낙엽이 뭉개진 곳, 무언가 엎질러진 자리, 녹아내린 촛농, 벌레 먹은 구멍들 등은 시간이 고여 만든 이지러짐을 간직하고 있다. 이것들은 정돈된 일상의 시간이 잠시 내비치는 틈이고 시간의 어긋남 자체이다. 그것은 잊힌 선반 속에 "찻잔처럼 잘 쌓인" '나'와 다름없는 것들(「낯선 봄—삼각형 퀼트 8」)이고, 시간의 다른 레인(lane)에서 각자의 루프(loop)를 그리고 있는, 잠시 잊고 내버려 둔 '나'의 다른 시간들이다. 고여 있던 것들은 "액자 밖으로 쏟아지고 싶은/굽이치는 바닷물처럼"(「새장의 마음」) 언제든 범람을 예기한다. 애초에 경계는 범람을 위해 복무할 뿐이었고, 개켜진 시간의 틀 바깥에서 일상의 시간과 불일치하던 것들은 정돈된 시간의 흠을 고발한다. 제각각의 시간을 감당하며 사위어 가던 한미한 흔적과 마주칠 때, 고여 있던 슬픔의 잔여가 흘러넘친다. 그리고 지난 시간이 내내 견딤이었음을 증거한다. "비닐 속"에서 녹아내리는 "수박사탕"(「네가 말을 숨길 때마다 별이 빛났다—삼각형 퀼트 9」) 같은 것과의 마주침은 사탕과 맞대어 함께 녹아내렸던 시간을, 그 속에 고였던 견딤의 시간을 마주하게 한다.

그러므로 슬픔은 잔여가 아니라 오히려 삶 자체에 가깝다는 것을,

슬픔이 고이는 구석은 그저 작은 모퉁이만이 아니라는 것을 알게 된다. 그리하여 시는 끈적한 시간의 점성(黏性)을 다시금 견디고, 삶은 벌어진 틈으로부터 무언가를 끝없이 직조하는 시간일 수밖에 없다는 것을, 매번의 "낯선 봄"마다 새롭게 깨우치게 한다.

사각 탁자 끝머리에
낡은 홈이 있어서

낡은 홈이 가진 건
아직 썩지 않은 건포도 세 개

먼지가 붙어서 선명해진 쭈글거림은
지나간 계절의 공기와 한숨에 섞여

—「건포도」 부분

"자정을 넘긴 화분 속"에 "반쯤 잠긴 흑자갈"이나 "탁자도 잊고 사는 건포도 세 개" 등은 가시권의 바깥에서 각자의 시간을 감당하던 것들이다. '내'가 부재한 곳에서 시간을 견뎌 낸 것들이며, 시간이 시간을 견뎌 낸 흔적들이다. 각자의 파편 속에 다른 시간의 흐름에 있었지만, '나'의 견딤과 마찬가지의 시간이 그 안에 내재되어 있다. "구겨지지 않게 잘 개켜 두"었지만(「풍선을 불어 줄까」), 그럼에도 불구하고 삶의 어느 국면에서 불현듯 나타나는 시간의 모서리에 놓인 것들에 의해 시인은 발견당한다. 이는 틈새의 공간, 산발적인 공간, 희소하게 위치한 '그럼에도 불구하고(malgré tout)'의 공간이다.[4] 이런 틈에 의

4 조르주 디디 위베르만, 『반딧불의 잔존—이미지의 정치학』, 김홍길 역, 길, 2012, 41쪽.

해 열리는 시는 그 자체로 희미한 대항이다. 그곳(그것)을 '사각'으로 만든 것에 대한, 잊은 듯 지내온 시간에 대한, 무엇보다 지금-여기를 마땅한 듯 살고 있는 시인 그 자신에 대한 대항이다. 그러니까 시인이 발견하는 것이 아니라, 그런 이지러짐들에 의해 시인이 지연시킨 슬픔이 돌아온다.

건포도의 '쭈글거림'은 포도가 견뎌 온 시간의 증거이며, 시간의 주름은 그동안 감싸고 있던 견딤의 시간을 펼쳐 낸다. "지나간 계절의 공기와 한숨"이 번진다. 슬픔의 기원을, 예컨대, '너'의 상실이라고 한다면, 여기서 '너'는 지금 어디서 실존한다고 하더라도 물리적 실체가 아니라 시간-현전의 좌표일 따름이다. 상실이 모든 '있던' 것에 뒤따르는 필연성이라면, 슬픔은, 최초의 상실에서 기원했다 할지라도, 기원이 시간 속에서 소진된 이후 시간 그 자체에서 반복된다. 어떤 슬픔은 하나의 과거의 결절점에 속하는 게 아니라, 견딤의 시간을 반복하는 삶 자체에 가까워진다. 시는 슬픔을 반복하는 것이 아니라, 슬픔이 반복되도록 감수한다.

가끔은 우리가

투명 비닐 속 녹다 만 수박사탕 같아서 걸음을 멈췄다
담장 너머 맺힌 풋열매가 사라질 절기 쪽으로 몸이 기울고

밤공기 속을 뒤척이며 익어 간다
시간을 벗고 스펙트럼을 벗어난 빛의 끈들

고요마저 벗으면

입김처럼 서너 걸음 앞에 네가 웃으며 서 있다

—「네가 말을 숨길 때마다 별이 빛났다—삼각형 퀼트 9」 부분

11편의 「삼각형 퀼트」 연작은 제각각 모두 "○"의 표기 아래 세 장면으로 구성되어 있다. 이 연작의 장면들은 과거와 현재, 미래로 이어지는 흔한 서사의 단선적(單線的) 시간을 따르지 않는다. 마음의 처음을 이야기하는 장면과 마음이 각자의 시간 속으로 물러나는 장면이 겹쳐지며, 시작은 끝을 물고 반복된다. 그 속의 '너'는 과거에 존재하다 사라진 듯하지만, 부재로서 현전하고 현전을 통해 부재한다. '너'는 다만 빛의 명멸에 따라 부재하는 동시에 현전하는 것이다. 즉 빛의 명멸은 현전/부재의 오래된 공식을(더불어 과거-미래의 시차를) 뭉그러뜨린다. 서로가 부재한 미래의 어느 때, 거기서 만나는 과거의 '너', 그리고 '너'의 부재로서 현전하는 현재들이 공존한다. 각각의 모두가 시간성 속에 떨군 슬픔들과 다르지 않다.

"시간을 벗고 스펙트럼을 벗어난" "빛의 끈"이 마치 퀼트처럼, 과거-미래의 동시성으로 현전하는 그것이 '너'와 '나'의 조각난 시간대를 묶어 낸다. 그러므로 "조각난 저수지가 된/당신의 꿈을 언젠가 내가 대신" 꾼다(「깨달음 없는 잠」).

수박사탕 담긴 상자를 옮기는 사람의 어깨에서
착실하게 플라스틱 사슬까지 가로지르는 비

(중략)

수박사탕은 껍질째 녹고 있을 어둠 근처 선반을 밝히고

달짝지근한 비의 걸음이 다시 나를 일으켜 세우는 밤

—「수박사탕 근처」 부분

비는 특정한 공간에 한정적으로 내리는 것이 아니다. 비는 그것이 내리는 공간의 공통성, 그 물질성 속에서 다른 빗속에서의 공통성 아래 다른 시공간을 한데 겹친다. 빛의 명멸 속에서처럼, "빗줄기 사이로/그의 환영이 나타났다 사라"진다(「순무」). 이 환영은 실재의 반대항인 착시가 아니라 시간이 어긋난 곳에서 실감의 정동을 일으키는 유령적 실재이다.[5] 비의 빛의 줄기들은 '너'의 부재로 조각난 패치들을 얽는 실이다. 그것은 실인 동시에 허공에 난 무수한 구멍들이다. 구멍의 실로 묶인 매듭, 그러므로 이는 연약한 것보다 더 연약한 부재를 통한 연결이지만, 그 연약함으로 지금을 걷게 한다.

비의 공통성이 시간과 공간의 겹을 만들고, 빗줄기는 사물의 표면으로 흐르면서 사물의 모서리를 발견한다. 빛도 마찬가지다. 모서리를 쓰다듬는 여린 빛은 선명한 빛들이 대상을 그늘 속에 고립시키는 것과 달리 대상과 그 미미함으로 대상과 그늘-세계를 이어 준다. 또한 이 빛은 모든 것을 쓸어 가는 현재의 시간 뒤에 남겨진 것들을 연결한다. 모서리는 다만 어떤 대상의 끝이 아니라 바깥과 맞대져 다른 것과 함께하는 이음의 가능성인 것이다.

"어긋난 늑골"(「늑골」)이 그늘에 무언가 있음을 밝히는 것은 '내'가 지금의 '나'와 불화한다는 것이다. 현재의 '나'를 위한 동일한 과거를 반복하는 것이 아니고, 현재의 틈을 통해 과거를 들여다보는 것이 아니다. 틈새를 통해 '지금'을 일으켜 세우며 다시 "비의 걸음"을 걷는

5 자크 데리다, 『마르크스의 유령들』, 진태원 역, 그린비, 2007, 76쪽.

다. 어긋남을 봉합하는 것이 아니라 어긋난 늑골과 함께 견디는 것이다. 그러므로 현재의 틈을 벌리고, 다시 간다. "반복은 다른 시작을 향하고, 시작과는 다른 것으로 되돌아"온다.[6] 견딤은 의미가 없는 곳에서도 있다. '나'의 어긋남을 견딤으로써 '나'를 일으켜 세우고, 이 어긋남이 멀리 있는 다른 것들을 이어지게 한다. 슬픔을 견디는 것이 삶의 보편성이라면, 이는 다만 마냥 '나'를 축소시키는 부정적 정서가 아니다. 그것은 삶을 살아 내게 하는 힘, 슬픔을 견디는 힘이다. 견딤의 시는 "끝자락, 극단, 가장 바깥의 것"을, 무엇보다 "다른 이의 기도의 끝을 건드리는 것"이다.[7]

다시, 시작은 상실이었을지라도, 견딤은 시간 속에 편재하는 모든 것들의 기본 자세이다. 그것을 반복하는 것은 제 안의 슬픔에 갇히는 멜랑콜리한 애착이 아니고, 특정 누군가에 대한 끝없는 그리움으로 동일한 과거를 반복하는 재생의 서사가 아니다. "껍질째 녹고 있을 어둠 근처 선반" 위의 '나'처럼 있는 것들에서 발견하는 것은, '나'와 마찬가지 방식으로 있을 모든 편재하는 '당신'들에 대한 애정 어린 슬픔이다. 지금도 구석진 어딘가에서 녹고 있는 것들, 다만 스스로의 부재를 견디며 제자리에 있는 것을 본다. 모퉁이 사이에서 흘러내린 말갛고 희미한 슬픔이 조각난 '나'와 '너'를 잇는다. 이어짐을 기도하는 시간이 조각난 우리를 견뎌 낸다.

---

6 베르너 하마허, 『문헌학, 극소』, 조효원 역, 문학과지성사, 2022, 105쪽.

7 베르너 하마허, 『문헌학, 극소』, 192쪽.

어둠이 백 개의 꺼먼 눈알로 내다보는 곳에서[1]

—신성희, 『당신은 오늘도 커다랗게 입을 찢으며 웃고 있습니까』, 민음사, 2022

1. 불, 탄 자국

불이 났고 지금 누군가의 "왼쪽 뺨이 타는" 중이다(「불타는 집」). 정말 일까. 언어는 특정한 상황에 진입하기 위한 통로가 되어 주지만, 그것의 실재에 도달하는 것은 조금 다른 문제이다. 예컨대, 죽은 아이의 빈소에서 잠든 아버지의 꿈에 죽은 아이가 등장해 '제가 불타는 것이 보이지 않나요?'라고 말한다. 아버지는 아이가 불타고 있는 트라우마적 실재(traumatic real)로부터 도피해 잠에서 깨어난다. 실재로부터 도피한 곳인 '현실'이야말로 '환상-구성물'이다. 시젝(Slavoj Zizek)의 독해에 따르면, "현실은 꿈을 지탱할 수 없는 사람들을 위한 것"이다.[2] 이 에피소드에 빗대자면, 누군가의 "왼쪽 뺨이 타는" 중이라는 언술은 실재에 대한 은폐막이 될지도 모른다. 물론, '죽은 아이'로서 시인

1 요한 볼프강 폰 괴테, 「환영과 이별」, 『괴테 시 전집』, 전영애 역, 민음사, 2009.

2 슬라보예 지젝, 『이데올로기라는 숭고한 대상』, 이수련 역, 인간사랑, 2002, 88-89쪽.

이 실재를 이야기하더라도 언어와 실재 사이에 놓인 심연은 좀처럼 넘기 어렵다. 그럼에도 시는, 트라우마적 실재가 되기를 자처한다. 당신, 그리 속 편히 건너편에서 세상을 볼 거냐고. 지금 당장 당신의 눈앞에도 실재를 향한 구멍이 나 있는데, 당신 인식의 차폐막이 그걸 가리고 있는 것일 수도 있다고, 이야기한다.

우리의 '현실'이란 어떤 실재를 가린 얇은 가림막일지도 모른다. 덧붙여 그 '현실'이란 우리가 가진 인지 한계 내에서 삶을 편하게 영위하기 위해 "고도로 선택적인 스크린(차단막)에 의해"[3] 맞춰 조정된 것일지도 모른다. '현실'이 완고한 필연성들로 뭉쳐진 강건한 벽으로 조성된 것이 아니라, 겨우 얇은 피막이라면, 그 뒤엔 무엇이 있는가? 신성희는 '현실'을 자명한 것으로 덮고 있는 얇은 꺼풀을 찢으려 한다. 불타는 살점보다 잔인한 것은 불타고 있는 이들에 대한 "편만한 무관심"[4]이고, '현실'의 막에 이불 삼아 꼼짝하지 않는 안주이다. 불에 탄 "왼쪽 뺨에 모르는 생물"(「산딸기의 계절이에요」)이 자란다. 신성희는 이것을 화상이나 흉터라고 부르지 않는다. 화상이나 흉터는 우리가 "해석하고 의미 부여하는 세계"[5]의 지칭일 뿐이다. 그 너머에는 무언가 있다. 꺼풀 뒤에 있는 것이 어떤 도달 불가능한 '실재'인지, 언어로 형용할 수 없는 무엇인지 아직 알 수 없다. 그것은 으슥한 곳에서 우리를 가두고 있는 "평범성(banality)의 벙커"를 뒤흔든다.[6]

---

3 에드워드 홀, 『문화인류학 3: 문화를 넘어서』, 최효선 역, 한길사, 2013, 125쪽.

4 존 버거, 『모든 것을 소중히 하라』, 김우룡 역, 열화당, 2008, 97쪽.

5 유진 새커는 "인간이 해석하고 의미 부여하는 세계"를 "우리에-대한-세계(world-for-us)", "접근 불가능하고 이미 주어진 상태에 있는 어떤 세계"를 "세계-자체(world-in-itself)"라고 부른다. 덧붙여, '세계-자체'를 사유하기 위해 "우리-없는-세계(world-without-us)"라는 사변적 개념을 제시한다. 유진 새커, 『이 행성의 먼지 속에서』, 김태한 역, 필로소닉, 2022, 12-14쪽 참조.

6 Thomas Ligotti, "Professor Nobody's Little Lectures on Supernatural Horror",

2. 구멍, 날카로운

이빨들이 거울에 돋아나기 시작했다

거울은 이빨로 가득 차 버렸다

이빨을 따라 나는 거울 속으로 들어갔다

—「12:00」 부분

"하늘로 뻗친" "검은 나무가"(「구덩이」) 걸어오고, 어디선가 "검은 구멍이"(「톱」) 내려와 현실의 장막을 찢고 '나'를 찢는다. 신성희의 시에는 이빨, 뿔, 산 그림자와 같이 날카로운 것들이 반복해 나타난다. 장막을 찢는 것들과 구멍은 찢고 찢김의 요철(凹凸)로서 서로의 파생이다. 기존의 미학에서 '베일'이 뒤에 있는 것을 감춤으로써 조금 더 실재적인 아름다움의 존재에 대한 징후로 기능하였다면, 검은 구멍의 뚫림은 깊은 곳에 불온하고 부정적인 (실은 무언지 알 수 없는) 것이 감춰져 있다는 으스스함의 정동으로 작동한다. 구멍은 현실 세계를 채우고 있어야 할 어떤 부분의 부재이면서, 동시에 현실에 있을 수 없는 것들, 예컨대 '죽음' 같은 것들의 현현이다. 부재와 현존의 기이한 뒤틀림은 '우리'가 부재하도록 지금-여기를 위협한다. 그것은 블랙홀처럼 도사린 채, 그 속에 있는 부재와 붕괴와 '우리'가 동일시되도록 매혹한다.

'나'를 잡아먹으러 오는 귀신이나, 혹은 잘린 신체, 죽은 이의 늘어진 발(「만두와 만두」)처럼, 삶(生)의 현장에 끼어든 죽음뿐만 아니라, 이마에 생긴 구멍, 어두운 창밖의 시선(「눈사람이 유리창으로 우리를 들여다본

Songs of a dead dreamer and, Grimscribe, Penguin Books, 2015, p.201.

다」) 등은 그것을 마주한 '우리'의 공간을 으스스함의 정동으로 채운다. 기이함은 "특정한 형태의 동요"이며, "우리가 세상을 이해하기 위해 지금껏 차용해 왔던 범주들이 더 이상 유효하지 않"다는 표지이다.[7] 정합적 세계에 나타난 존재-부재의 엇결들, 규정 불가능한 '무언가'의 존재(부재)를 나타내는 기이한 이질성들은 '나'를 두려움에 떨게 한다. '내'가 떨리는 만큼 '내'가 소속된 세계도 흔들린다.

3. 밤, 찢어진

밤은 검은 장막일까, 그 끝을 알 수 없는 넓은 허공-구멍일까.

> 밤을 찢고 부엉이가 날아들었다
> 내 머리에 머리를 박으며 푸드덕거렸다
>
> (중략)
>
> 눈을 찢고 들어가면
> 우리가 바뀔 수 있겠다
>
> —「부엉이」 부분

부엉이는, 블랑쇼라면 '또 다른 밤'[8]이라고 불렀을 "더 깊은 밤"(「입

7 마크 피셔, 『기이한 것과 으스스한 것』, 안현주 역, 구픽, 2019, 20쪽.

8 신성희의 '밤'은 블랑쇼가 논의한 '또 다른 밤'과 가까울 것이다. 이 밤은 낮의 생활과 노동을 위해 휴식을 취하는 시간으로서의 '밤'이 아니라, 온전히 미결정성과 그것의 위협만이 존재하는 심연으로서의 밤이다. 모리스 블랑쇼, 『문학의 공간』, 이달승 역, 그린비, 2010, V부 1장 참조.

말의 시간」)에서 밤의 막을 찢고 온다. 밤의 구멍으로부터 도래한 것이며, 그 자체로 세계에 뚫린 구멍이기도 한 부엉이는 '내'게 죽음을 권유하고, '나'는 부엉이에게 쪼이고 찢긴다. 죽음과 같은 '바깥'이 공포인 동시에 매혹으로 "나를 부르는"(「부엉이」) 것이다. 이러한 밤의 도래는 '나'의 죽음이자, 이전과는 달라진 '나-무언가'의 탄생을 예고한다. 우리의 가지성(可知性)의 한계와 세계의 피상성을 찢는 죽음의 통로를 통해 지금까지와는 전혀 다른 세계가 열린다. "'내'가 찢기면서, 또 결여에 대한 고통스러운 감각 속에서" 다른 무언가를 위한 부재의 공간이 마련된다.[9] 거기에 '내'가 아닌 무언가가 자리를 잡는다. 바깥의 "더 깊은 밤" 속에서 '나'는 일인칭과 정체성의 유지를 위한 가능성을 상실하고, '죽음'을 이행한다. '나'는 "목이 구부러지고/나는 나 아닌 채로"(「톱」) 걷는다.

테리 이글턴은 "가장 따분하고 형언할 수 없이 단조로운 동반자인 나 자신 속에 갇혀서 영원히 꼼짝 못하는 게 지옥"[10]이라고 썼다. '나'는 '나'의 연속을 살아 내는 것이 아니다. 그것이 '나'의 동일성 속에 갇힌 느린 익사라면, '내'가 이전의 '내'가 아니기 위해서는 '나'와 절연해야 한다. '나'는 이전의 '나'의 죽음을 통과해서만 '나'의 지옥 바깥으로 걸어 나갈 수 있다. 하지만 '나'의 죽음이라니, 그것은 얼마나 깊은 심연인가. 그 깊은 구멍의 심연, '나'에 대한 존재론적 와해, 정체성의 함몰은 '나'에게 더할 나위 없는 공포이면서, 또한 매혹이다.

작아지는 나를 껴안고

---

9 George Bataille, *On Nietzsche*, trans. Bruce Boone, London: continuum, 1992, pp.20-21.

10 테리 이글턴, 『악』, 오수원 역, 이매진, 2015, 36쪽.

작은 사람이 되어 가고 있다
주름 속에 나를 집어넣고
입을 꿰맨 채 살아 있지만
당신은 오늘도 커다랗게
입을 찢으며 웃고 있습니까

—「만두와 만두」 부분

어디선가 나를 부르는 밤의 웃음(「밤은 속삭인다」)과, "형광의 눈알을 달고 흘러 다니는 붉은 웃음들"(「고양이 거리의 랩소디」)은 현실에 드리워진 장막을 찢고 나타난다. 이 웃음들은 앞서의 구멍과 위상적 동형으로 허공의 입꼬리 너머까지 길게 내뻗은 기이한 분위기들을 가진다. 그것은 체셔 고양이의 웃음처럼 형상이 사라지고 난 뒤에도 공중을 떠다닌다. 이 웃음들은 신이 사라지고 난 뒤에 신의 심판만 남은 듯 무시무시하다.[11] 거기서 울려 퍼지는 웃음소리는 "이빨의 비명"(「12:00」) 같다. 그것은 "형상에 기대어 대화하는 모든 대상을 비웃는 금속성의 웃음"[12]이다. 이것들은 우리의 앎이 기대고 있는 형상과 현실 장막의 은폐를 비웃는 세계의 상처이다.

"만두의 미덕은/무엇을 집어넣고 만들어도 모른다는 것"이다. 만두 속에는 일만 하다 홀로 죽은 고모의 죽음이나 '나'의 불가해를 이유로 떠난 '그'의 작은 죽음 등이 들어가 있다. 또한 '내'가 가진 미지(未知)가 잘게 부서져 들어갔고, '나'는 잃은 미지만큼 작아져서 "입을 꿰맨 채 살아" 있는 어른이 되었다. 잃었던 미지와 죽음은 어느날 불

11 장 보드리야르, 『사라짐에 대하여』, 하태환 역, 민음사, 2012, 31쪽.
12 현시원, 「박미나, 드로잉, 1998-2012」, 『Drawings 1998-2012』, 스펙터프레스, 2012, 60쪽.

현듯 나타나 입안에 씹히는 실재가 된다. 그것은 이빨의 웃음처럼 비웃으며 작아진 채 살아남은 '나'를 비웃고 '나'를 씹어 꿰매진 '나'를 터뜨린다. 지금-여기의 안락한 생존을 위태롭게 한다. 여기서 무서운 게 있다면, 입을 찢으며 짓는 기괴한 웃음이 아니라 작디작은 세계에 '나'를 가두고, '나'도 갇힌 채 연명하는 것이다. 그러니 계속해서 미지를, 어떤 죽음들을, '내'가 꿰매 버린 상처를 계속해 파내려 가는 일, 은폐의 장막을 찢는 일이다.

4. 물, 회복할 수 없는 균열

> 어떤 날, 나는 칼 한 자루를 손에 들고 산속으로 들어가 구멍을 파고, 구멍 속에 칼을 묻었다. 구멍에 침을 뱉고, 돌을 던지고, 칼을 찾으러 올 미래의 한 사람을 생각했다. (중략) 구멍 곁에 쪼그려 앉아 하염없이 구멍 속을 들여다보고 있다. 오늘 밤, 나는 집으로 돌아가지 못할지도 모른다. 해가 지고, 밤이 오고, 승냥이들이 날뛰며 울어 대는 저 산속 어딘가에 나란 사람이 있겠지.
>
> —「오스티나토」 부분

'오스티나토(Ostinato)'는 변주 없이 한 모티프를 고집스럽게 반복하는 것을 의미하는 음악 용어이다. 인용 시는 "어둠이 다가와" "나를 삼켜 주기를 바라"는 "어떤 날"들이 반복된다. 화자는 고집스레 구멍을 파고 들여다보기를 반복한다. 이 구멍은 현실의 장막을 파기하는 심연일 수도, '나'를 찢는 "칼 한 자루"의 다른 항일 수도 있다. 그리고 이런 접근도 가능하다. 프랑스 시인, 데 포레(Louis-René des Forêts)는 딸의 익사라는 고통스러운 재난을 겪은 후 '오스티나토'의 시를 썼다.

시인은 죽은 딸이 꿈에 살아 있는 모습으로 반복해 나타나는 환상에 매혹되면서도 환상을 완강히 거부한다. 살아 있는 딸이라는 환상성이야말로 딸의 실재를 외면하는 것, 딸을 망각하는 것이기 때문이었다. 시인은 꿈에서 매번 딸의 죽음을 자각하면서 스스로 죽음 같은 고통을 겪는다. 매 순간 겪는 이 통렬한 고통으로 시인은 죽기를, 즉 다시 태어나기를 그치지 않는다. 이에 대해 블랑쇼는 시인이 "회복할 수 없는 균열(Irreparable crack)"을 직시하면서, "거대한 결여를 반복"한다고 쓴다.[13]

시인은 스스로 찢겨짐의 고통을 반복하며 그러한 균열이 사라지지 않고 끝없이 재진술되기를, 고통이 고통이라는 단어 속으로 안착되지 않기를 바란다. 그럼에도 불구하고 현실 속에서 죽음과 고통과 공포를 망각한 채 거주한다면, "미래의 한 사람"이 "칼을 찾으러" 오기를, 그래서 죽음을, 그 실재하는 공포를 다시 열기를 바란다.

어쩌면 현실을 가린 장막을 찢어 내면, 거기에 있는 것은 어떤 실재, 죽음의 공포라기보다는 벽을 긁은 자국과 벗겨진 도료와 돌이 섞인 부스러기뿐일지 모른다. 그것은 다만 허공을 긁는 무망한 몸짓일지도 모른다. 베일을 걷었더니 막상엔 아무것도 없어서 그 허무가 또 다른 공포로 다가올 수도 있다. 그럼에도 바란다. 우리가 우리 자신과 우리의 견고함에 맞설 수 있게, 우리가 우주적 섬뜩함을 즐길 수 있게 되기를.[14] 편만한 무관심 속에 갇혀 서서히 죽기보다, 우리 바깥에서 오는 죽음과 고통을 함께하면서 마침내, 살기를.

---

13 '오스티나토'와 데 포레에 관한 글은 Maurice Blanchot, *A Voice from Elsewhere*, trans. Charlotte Mandell, State University of New York Press, 2007, pp.5-29 참조.

14 Thomas Ligotti, "Professor Nobody's Little Lectures on Supernatural Horror", p.206.

기억의 기원 그리고 다른 소문들

—양안다, 『작은 미래의 책』, 현대문학, 2018; 『백야의 소문으로 영원히』, 민음사, 2018

꿈이란 나에게 항상 현실이다.
지나치게 몰입하여 경험한 삶이다.
그리하여 나는 꿈속의 삶에서 가짜 장미에게 가시를 부여한다.
—페르난도 페소아, 『불안의 서』

소문 1. 고아는 자라도 고아

악몽을 꾸다 깨어 울면 누군가가 다독이러 와 줄 것이다. 아이는 이런 기대를 할 수 있다. 누군가를 부르기 위해 울 수 있다는 건, 아이가 가진 특권이다. 그런 걸 할 수 없을 때 아이는 고아가 된다. 여기서 누군가를 '부모'로 한정 지을 필요는 없다. 지금의 '나'를 있게 한 절대적인 기원(基源), 현재의 '나'를 있게 한 게 '너'라면 '너'를 잃은 모두는 거의 고아에 가깝다. "Y를 떠나보낼 때 골목에는 '고아의, 고아에 의한, 고아를 위한'이라는 전단지가 펄럭이고 있었"던 것처럼(「작은 미래의 책」, 『미래』[1]).

"온몸에 소름 대신 가시가 돋는, 그런 꿈을 꾼 적이 있었다"(「펀치드렁크 드림」, 『미래』). 하지만 울어도 누군가 오지 않을 거란 사실을 아는

---

1 여기서 참조하는 양안다의 시집은 『작은 미래의 책』(현대문학, 2018.3), 『백야의 소문으로 영원히』(민음사, 2018.10)이다. 출처는 인용 시편 제목 뒤에 각각 『미래』, 『백야』로 표기한다.

양[2]은 울지 않는다. 다만 기원을 상실했던 기억의 장면 주변을 배회한다. '너'와 어긋났던 곳으로부터 단지 중얼거리면서. 기억 속 장면은 재구성되고 상실은 유보된다. 과거의 장면은 중얼거림의 서사에서 계속된 현재로서 실재한다. 그 속에서 '너'는 감각적 환영이지만 감정적으로는 실재이다. 기억 속에 '나' 또는 '네'가 계속 살아서 중얼거린다면, 그 중얼거림이 현재의 양에게서 범람하고 또 흘러서 기억의 미래에까지 닿는다면, 그때에도 그것을 기억이라 할 수 있을까. 그 속의 '우리'를 여전히 환영이라 할 수 있을까. 기억과 감정이 현실 세계에 영향을 미치고 있다면 그것은 실재가 아닌가.

기원도 없이 여전히 기억 중이고 기억 속에서 미래에 가 있다. 미래를 중얼거리고 있다. 중얼거리는 자이지만, 기원을 잃고 기억을 상상하는 양의 중얼거림이란 스스로의 중얼거림이 되는 일, 그 중얼거림을 미래의 누군가 들어줄 거라고 믿고 스스로 소문이 되는 일이다.

소문 2. 양의 나라

> 꿈인지 현실인지 분간하지 못한 채 혼잣말을 중얼거리다가 이것도 꿈이야 저것도 꿈이야 아니 현실이야 쏟아 내고 또 쏟아 내다가 누군가가 그것을 기록해 줬으면 좋겠는데 나는 최대치의 내가 누구인지 궁금해졌다.
>
> —「맥시멈 리스크」 부분(『백야』)

양의 내러티브는 꿈속이나 영화 속 장면, 상상과 망상, 과거의 어

2 양안다 시인의 시적 화자들을 양이라 부를 것이다. 그러한 호명의 이유는 뒷부분에서 해명할 것이다.

떤 기억과 함께 진행된다. 이를테면 현실적인 것 사이에 비현실적인 것이 삽입된 액자식 구성이다. 하지만 액자는 뫼비우스의 띠처럼 뒤틀려서 현실과 비현실이 서로 구분되지 않는다는 걸 표시하는 용도로만 유효하다. 비현실적인 것들은 현실 속을 침범하고 현실적인 것들도 비현실 속에서 현전한다. 양은 잠에서 깨어도 여전히 꿈속이거나 꿈이라 생각하는 현실 속이다. "스크린 속의 일인지 스크린 너머의 일인지 알 수 없"는 세계이고(「이상기후는 세계의 조울증」, 『미래』), 그러니 비현실과 현실을 구분하는 것은 무의미하다. "현실에서도 비현실에서도 너를 만나"고, "잠깐 졸다가 깼을 때"도 "환영을 보"니까(「24일에서 25일로」, 『미래』). 상상은 "비실재 혹은 정신적 주관적인 것이 아니라, 실재와 비실재 사이의 상대적 식별 불가능성을 제시"[3]한다는 의미에서, 양의 내러티브는 현실과 비현실이 뫼비우스의 띠를 그리듯이 둘 사이의 구분을 뒤튼다. "동시에 안과 밖이 되고 싶다고, 내가 닫은 문을 열어 놓으며 원이 말했"던 것처럼(「양을 흘리고 있었다, 내가」, 『백야』).

그러니 문제는 우리가 "꿈과 현실의 경계에 부딪쳐 온몸이 조각"나더라도 우리 바깥의 누군가의 "꿈속에 스며들 수" 있는가 하는 것이다(「백야의 소문으로 영원히」, 『백야』). 이 환영들의 현전을 최대치로 상상하고 망상해서 우리가 우리를 가두는 현실과 현재의 한계를 얼마만큼 넘어설 수 있는가 묻는 것이다.

> 만약 우리, 미래가 다가오기 전에 마음을 겹칠 수 있다면, 우리가 같은 장르로 묶인다면, 서로의 이름을 소리 내어 불러 본다면, 그때서야 나는 네가 모래 위로 적었던 문장이 무엇인지 알게 되겠지 안녕, 너는 그곳이

---

3 안 소바냐그르, 『들뢰즈와 예술』, 이정하 역, 열화당, 2009, 35쪽.

미래인 줄도 모르고 내게 인사를 건네겠지 빛으로 축조된 성, 그 한가운데
에 서서

—「밝은 성」 부분(『백야』)

양은 '너-기원'을 상실한 기억 속에서 미래를 만들어 간다. 기억은 과거 어느 시점의 사건이 현재에 소환되면서, 현재의 기억 당사자에 의해 편집되고 재구성되는 과정을 거친다. 과거와 현재의 이미지 사이에서 작동한다는 측면에서 기억은 기본적으로 몽타주이다. 양에게 기억은 과거를 추적하는 일이 아니라 "과거를 생각하는 일을 멈추지 않"으면서 과거나 현재와는 다른 세계로 가는 길이다(「그곳」, 『백야』). 멈추지 않는 것들은 현재를 넘어 미래로 이어진다.

앙투안 볼로딘은 "어떤 상황, 감정을 포착해서 고정해 주는, 기억과 현실 사이, 상상과 추억 사이의 흔들림을 포착해서 고정해 주는 소설적 스냅사진들을 '나라'(narrat)"라고 불렀다.[4] 양이 기억과 현실, 상상과 추억을 혼재시킨 세계를 '나라'라고 부른다면, 이 '나라'는 중얼거림을 그치지 않으므로 하나의 시점으로 귀결되지 않는다. 양의 '나라'에서 과거와 미래는 우로보로스(Ouroboros)의 머리와 꼬리가 되어 서로 맞물린다. 여기서 기억 속 과거는 미래와 만난다. 이 '나라'에서 "너는 그곳이 미래인 줄도 모르고" 인사를 건넨다. 그러므로 양의 몽타주는 과거에 대한 추적 중에 나타나는 어쩔 수 없는 왜곡이 아니라, 중얼거림을 통한 상상 혹은 미래-기억이다. 보르헤스의 소설에서처럼 환영을 현전시키는 원형(圓形)의 한가운데가 폐허이더라도,[5] 그

4 앙투안 볼로딘, 『미미한 천사들』, 이충민 역, 워크룸프레스, 2018, 9쪽.

5 보르헤스의 단편소설 「원형(圓形)의 폐허들」은 한 사람이 스스로 환영인 줄 모르는 환영-사람을 만들어 내는 내용이다. 소설은 환영을 만드는 그 사람 역시 누군가에 의해 "꿈꾸어진

곳이 “어디인지 잠시 잊고 그 사실이 불편하지 않다면”(「장미성운」, 『백야』), 가능한 미래다.

소문 3. 자발적 주저

남아 있는 낮의 빛이 밤의 시간대를 침범하여 낮이 밤에 겹쳐지는 것이 백야라면, 뫼비우스의 띠와 우로보로스가 그리는 원형의 내러티브는 기원을 잃은 양의 기억 속에서 순환하는 이야기들이다. 이것이 ‘너-기원’의 상실에 대한 애도의 과정이라면, 양은 그 애도가 완수되지 않기를 바란다. 성공한 애도는 ‘너’에게 기우는 감정의 소요를 끝내는 일이고, 양은 애도가 미완으로 남아야 ‘네’가 끝내 살아 이어질 수 있다는 것을 안다. 그런 측면에서, 양은 “우린 우리가 만든 기록물 속에 갇혀 슬픔만 느끼게 될 거”고 “죽지 않고 죽음에 빠지게 될 거”라고(「결국 모두가 3인칭」, 『백야』) 말하는 것이다. 이는 우울한 진단이지만, 그 슬픔이 망실되지 않기 위한 바람이기도 하다.

> 끝내지 못한 연작이 있습니다 미완성의 정서가 나를 지배하고 있습니다 끝을 내는 순간 다시 처음으로 돌아가야겠지요 아직 우리는 완성되는 중인데
>
> —「레몬 향을 쫓는 자들의 밀회」 부분(『미래』)

양의 미완의 애도는 끊임없이 과거를 대필하고 과거를 생각하며 질문과 중얼거림을 그치지 않으면서 진행된다. 중얼거림은 과거의 ‘너’에 대한 도달 불가능과 포기 불가능 사이에서 한쪽으로 결정하지

하나의 환영”이라는 것을 깨닫는 것으로 끝난다. 보르헤스, 「원형의 폐허들」, 『픽션들』, 황병하 역, 민음사, 1994, 90-101쪽 참조.

못한 채, 끊임없이 질문을 내세우며 자신의 생각을 완결 짓기 거부하는 자발적 무기력의 상태 같은 것이다.[6] 이 불가능한 양자 사이에서 양은 질문을 하되 답에 도달하지 않는다. 대부분의 고아가 미아의 시기를 건너듯, 질문은 이어지지만 나아가는 할 목적이나 방향은 알 수 없다. 양은 "알 수 없는 일이 가득해서 알 수 없다는 말을 영원히 되풀이"한다(「크로스 라이트」, 『백야』). 하지만 완성과 분류의 세계는 고아의 끝없는 방황을 '문제시'한다. 시작과 끝이 있는 세계, 돌아갈 곳과 도달해야 할 정답이 있는 세계, 액자의 프레임이 확연한 세계에서, 고아는 고아 자체로 문제가 되는 것이다. 이 세계의 선형적·목적론적 서사는 시간을 과거와 현재, 미래로 나누고, 목표를 담보한 기원은 귀결점을 답으로 내세운다. 여기서 양은 언제나 답의 강요 속에 내몰리는 미결정이다.

하지만 양은 완성의 세계에 속하고 싶지 않다. 그런 세상과 동떨어진 채 죽고 싶다고 중얼거린다. "죽고 싶다 죽고 싶었는데 사실 죽음이 무엇인지도 모른 채, 그저 그렇게, 죽고 싶다는 막연한 기분을" 느낀다(「오늘의 숲」, 『미래』). 양의 기억 속의 어느 취객이 그러하듯.

어느 취객은 유기견을 걷어차면서 걷고 있었다

그는 생전 처음 들어 보는 욕을 뱉으며 죽어 버리자 그냥 죽이고 죽어

6 아감벤은 "자기로부터의 도주와 상상에 상상을 거듭하며 불안 가운데 계속되는 다변(verbositas)", "끊임없이 질문을 내세우며 자신의 생각에 질서와 조화를 부여할 줄 모르는 무기력한 상태 같은 것"이 '상상력의 팽창', '상상력의 오류'로 인해 나타난다고 하며 이를 '나태'와 우울증을 묶는 특징들 중 하나로 보았다. 조르조 아감벤, 『행간』, 윤병언 역, 자음과 모음, 2015, 30-31쪽 참조.

버리자, 중얼거렸지만 다음 날도 그다음 날도 그는 취한 채 다짐만 되풀이 하고 있었다

(중략)

광장에서 피켓을 들고 시위하는 사람들을 보며 어쩌다 세계는 이 지경이 됐고 사람들은 액자 안으로 걸어 들어가는지 모르겠어서

우리들은 자꾸 반대로 걷고

누군가는 방향이 틀렸다고 하지만

유기견을 걷어차면서까지 되고자 했던 건 아마 고아가 아니었을까 우리는 멀리 달아나자고,

우리는 언제까지나 우리로 존재했으면

—「미열」 부분(『미래』)

액자의 프레임이 확연한 세계는 이 세계에 속하지 못하는 '우리'와 '취객'과 '고아'들로 하여금 "죽어 버리자"는 중얼거림을 반복할 수밖에 없게 한다. 그것은 "한 번도 그런 구분을 명확히 하지 못했"고 "구분하고 싶지 않"았던 양을 무기력하게 한다(「양을 흘리고 있었다, 내가」, 『백야』). 하지만 어떤 액자, 프레임, 구획 속에 들어가는 일은 '우리'의 어떤 부분을 잘라 내는 일이다. 거기서 '우리'는 '우리'가 아니게 된다. 그러므로 양은 "아무것도 하지 않는 포즈(pose)" "아무것도 하지 않는 어떤 행위를" 하는 것이다. 이는 자발적 무기력이다. 이때의 슬픔과 우울은 일반적인 것들의 프레임 바깥에서 여전히 차이로 남는 어떤 미결의 것을 위한, 끝내 규정하지 않고 규정되지 않으려는 절망적인 거리 유지

의 상태이다. 그러므로 양은 끝내 차이와 소수(少數/素數)로 남는 자발적 고아이며, "모호한 것들과 맹점을 걷어 내지 않는"[7] 자발적 루저이다. "무엇도 판단하지 않고" "계속 주저하고 싶어" 하는 것에 "죽고 싶은 마음"이 따라붙더라도 말이다(「아주 조금 다정하게 혹은 이기적이게」, 『백야』).

소문 4. 백스물다섯 번째 양의 미래

"알 수 없다는 말을 영원히 되풀이하면 나는 내가 누군지조차 알 수 없게 되어 버릴지도" 모른다(「크로스 라이트」, 『백야』). 결정 보류의 세계에서 '양'은 3인칭이 된다. 실은 고아란 1인칭의 '나'로부터의 고아이기도 하니, '나'를 있게 한 '너-기원'을 잃은 순간 이미 '나' 역시 망실된 것이었다. 1인칭의 '나'란 '나'를 규정하는 정체성이고, 끝이 없기 위해서는 '나'라는 시작점도 사라져야 하는 것이다. 미완성을 완성시키지 않기 위해, 고아가 성인이 되지 않게. "1인칭이 사라져서 스스로 끝을 예감할 수도 없이 슬프고 슬프고 슬플 수 있"기를 바란다(「저 멀리 미래에게 애증을」, 『백야』). 그 슬픔을, 불충실한 애도를 유지하는 것, 미성숙을 유지하는 것, 고아이기를 그치지 않으며 수많은 고아 중 하나로 남는 것, 이것이 실상의 '나'와 '네'가 영원을 살아 내는 방법이다.

소문의 출처는 불명확하다. 기원의 상실은 '나'의 출처를 되묻게 한다. 되물음의 끝을 끝내 알 수 없고, 알 수 없어서 미완성은 완성되지 않는다. 하지만 양의 선택은, 혹은 양이 내몰린 것은 1인칭의 '내'가 사라지는 것이다. 1인칭의 '나' 대신 3인칭의 양에게는 물론 '너-기원'을 상실한 슬픔이 동반된다. 하지만 상실을 그치지 않기 위한 불가피하며 절망적인 시도가 각각의 내러티브에서 미래-기억을 살아

---

7 아비탈 로넬, 『루저 아들』, 염인수 역, 현실문화연구, 2018, 382쪽.

내게 한다. '나'는 어떤 정체성을 지닌 존재가 아니라 그저 과거의 경험과 기억의 흔적이고, 기억이 상상되는 곳에서 3인칭의 '나'란 그저 각각의 내러티브적 상황에서만 유효한 '나'들로서 존재할 뿐이다. 그러니 "소문이 사실로 변질되"기 전에(「아주 조금 다정하게 혹은 이기적이게」, 『백야』), 현실이 아니라 현실과 비현실의 뒤엉킨, 과거와 미래가 서로의 꼬리를 물고 있는 이상한 나라로 함께 달아나자고 하는 것이다. 이것이 기원을 잃은 양이 '결국은 모두가 3인칭'이라고 말하는 이유이고, 이 글에서 양을 '양'이라 부르는 이유이다. 더불어 한 개인의 중얼거림이 시적 서사가 되는 이유[8]이기도 하다.

> "치매 환자의 마지막 기억이 잠들기 위해 양을 세는 것이라면, 그 환자의 머릿속에는 얼마나 많은 기억들이 모여 양 떼를 이루고 있을까. 양 한 마리, 양 두 마리, 열세 마리, 백스물네 마리…… 양들은 이리저리 떠돌다가 누군가의 머릿속으로 들어가 타인의 기억이 될 거야."
>
> 그 순간이 데자뷰구나, 원의 말을 들은 영이 대답했다
>
> 우리는 우리가 양을 흘리거나 풀어놓게 될 일이 없을 거라고 믿었는데
>
> —「양을 흘리고 있었다, 내가」 부분(『백야』)

양은 중얼거리면서 기억 속 어느 장면의 양 한 마리를 흘리고, 그 양은 또다시 다른 양을 끝없이 흘린다. "모든 목소리 뒤에 다른 목소리가 뒤따"르듯(「파수꾼」, 『백야』) 기억들은 흘러가며 이어진다. 불면의 밤에

8 들뢰즈는 "문학적 언표행위의 조건은 두 1인칭이 아니다. '나(Je)'(블랑쇼가 말하는 '중성적인 것')라고 하는 권력에서 우리를 해제시키는 3인칭이 우리 내부에 태어날 때만 문학은 시작된다"고 쓴다. Gilles Deleuze, "Literature and Life", *Essays Critical and Clinical*, trans. Daniel W. Smith & Michael A. Greco, Univ. of Minnesota Press, 1997, p.3.

떠도는 양처럼, 시적 서사, 서사 속 장면의 분별은 비몽사몽으로, 풀어 놓은 중얼거림을 통해 각각의 다른 세계를 만든다. 어느 취객과 치매 환자의 기억처럼 출처는 잊혀진 채, 기억은 끝없이 이리저리 어딘가를 떠도는 소문 같은 것이 된다. 소문은 양의 수만큼 늘어나고 그만큼 변주된다. 여기서 만약 주체라고 할 것이 있다면 중얼거리는 양이 아니라 중얼거림들 자체이다. 중얼거림은 실 꿴 바늘이 되어 양들을 잇고 과거와 미래, 현실과 비현실을 겹겹이 연결한다. '백스물네 마리째 양' 이후에도 끊이지 않은 채 양의 기억 속에서 꼬리에 꼬리를 문 현실이 된다. 각각의 미래-기억을 떠도는 출처 불분명한 소문은 그 출처 불분명함으로 제 살을 불리고 변주되면서 다시 떠돌 수 있게 된다.

소문 5. 소문(小問)

> 과거에 소년이었던 자들이 더 이상 소년으로 불리지 않고 나는 비밀이 더 이상 비밀이 아닐 때까지 너에게 조금씩 흘려보냈다 이 세계의 금서와 레코드판을 모아 태우는 일 미래의 소년들에게 구전될 이야기를 만드는 일
>
> —「낮은음자리표」 부분(『미래』)

소년은 자라 어른이 된다. 하지만 소년의 이야기 속 소년은 계속 소년으로 남아 이야기를 전한다. 소년은 이야기 속에서 미완을 완성한다. 역으로, 소년이 더 이상 소년으로 불리지 않는 세계는 세상 모든 사람이 소년인 곳이다. 하지만 모든 사람이 소년인 세계가 있다고 해도, 그중에 누군가는 자라나 버릴지도 모른다. 그때는 그 비소년이 소수가 될 것이다. 모든 사람이 고아인 세계가 있다고 해도 고아와 고아가 만나 사랑을 하고, 두 명의 고아를 부모로 둔 누군가 태어난다.

그러니 끝내 소수(少數)가 차이로 남는다. 이 외로움의 순환 속에서 또 다시 고아가 된 소년의 미래를 상상할 수 있는가. 미래는 시로 미리 씌어졌다. 끝내 작은 차이로 남기 위해 기원이 불분명한 기억을 영원히 맴도는 작은 물음들. 작은 물음(小問)을 그치지 않으면서 어떤 경계선을 넘어 남겨지는 작은 미래들의 시로서.

양들은 경계를 넘지 않았다. 경계선이 양들을 갈라놨을 뿐. 고아들은 멀리 가지 않았다. 우리가 갇혀 있을 뿐.

제5장 우주의 가장자리에서 시하고 노래하네

보이저호에 대해 잘 알려진 사실과 덜 알려진 사실

—하재연, 『우주적인 안녕』, 문학과지성사, 2019

1. 이토록 가까운 우주적 외로움

1977년 발사되어 지금도 우주를 항해하고 있는 보이저 탐사선에는 레코드판 한 장이 실려 있다. 레코드판은 보이저가 우주 어딘가에 있을지 모를 외계 생명체를 만날 때를 대비한 것으로, 그 안에는 60종류 언어의 인사말, 지구 여러 문화권의 음악을 비롯해 혹등고래들이 인사로 주고받는 노래 등이 수록되어 있다. 칼 세이건은 "여기에 실린 음악은 지구인이 느끼는 우주적 고독감, 이 고독에서 벗어나고 싶은 심경, 외계 문명과 접촉하고 싶은 우리의 갈망 등을 표현하고 있다"[1]고 썼다.

우주적 외로움은 우주의 시공간적 크기와의 대비에서 비롯된다. 상상 가능한 우주의 크기가 커질수록 그 안에 내쳐진 인간은 먼지처럼 미소(微小)해진다. 우주의 크기가 상상 가능한 임계점을 넘어가면

---

1 칼 세이건, 『코스모스』, 홍승수 역, 사이언스북스, 2006, 574쪽.

우주적 외로움은 숭고를 획득한다. 우주 대 지구(혹은 인간)의 대비에 어떤 수치를 대입해도 거의 무한(無限) 대 1이라는 환산 불가능한 비율이 나온다.[2] 우주란 일종의 크기의 불가능이다. 상상 불가능한 대비에 부딪힌 가련함의 고독에는 일종의 자학적 나르시시즘이라고 할 만한 것이 있다. 여기에, 먼지같이 작은 '내'가 '누군가'를 만날 가능성의 불가능이 더해진다. 먼지적(dustic) 외로움이다.

보이저호는 별에 닿길 바라던 인간의 오래된 기도가 우주과학 지식의 탐사체라는 기계적 외피를 입고 현현한 것이다. 밑도 끝도 없는 캄캄한 밤을 수명이 다할 때까지 날아가는 우주 속 작은 한 점, 거기에서 비롯되는 것이 우주적인 외로움이라면, 또 하나의 점인 누군가에게 닿을 가능성이 무척 희박하다는 사실은 이 항해를 불가능에 대한 희구로 만든다. 우주가 클수록 티끌인 인간은 외롭고, 티끌과 티끌이 만날 확률이 희박할수록 바람은 간절해진다.

고립으로부터 접촉을 향해 떠도는 이것은 인간의 오래된 존재론적 고독이다. 보이저호는 늦어도 2030년에는 통신이 끊어질 예정이다. 그즈음 보이저호는 이렇게 생각할지도 모른다. "나의 숨소리가 우주처럼 희박하구나"(「미아의 긴 비행」). 인간, 존재, 고독 등이 다소 허망한 감정의 소여라면, 하재연의 '우주적인 안녕'은 그런 것들이 사라지는 자리에서 시작한다.

---

2 그것은 무한의 숫자를 다소 정교하게 측정하더라도 마찬가지다. 팀 딘(Tim Dean)은 이렇게 쓰고 있다. "우주에는 약 2조 개의 은하가 존재하고(오차 범위는 몇 십 억 정도이다) 각각의 은하에는 수천억 개의 항성이 존재하며(오차 범위는 수십 억 정도이다) 그 많은 항성에는 각각 10개 이상의 행성이 딸려 있다. 이 모든 숫자를 곱하면 당신이 아는 단위로는 표기할 수조차 없는 어마어마한 값이 나온다." 팀 딘, 「우주적 외로움에 대하여」, 『뉴필로소퍼』, vol. 3, 2018.7, 85-86쪽.

2. 인간, 4.16.

인간은 먼지로부터 와서 먼지로 돌아간다. 오래된 철학적 고찰이자 신학적인 믿음이기도 한 이 언술이 근대과학의 범주로 넘어와 바뀐 건 그것이 '별'의 먼지라는 사실뿐이다. 실상은 바뀐 게 없다는 이야기다. 모든 물질은 별의 죽음으로부터 뿌려진 우주의 먼지(원소)에서 비롯되었고, 인간 역시 "산 위의 소나무나 은하 속의 별들이 교환하는 것과 똑같은 원자와 광신호로 이루어져"[3] 있다. 이 같은 철학적·신화적·과학적인 레이어가 『우주적인 안녕』에서 우주 먼지적인 고독 속에서 다층적인 서사를 이루고 있다.

플로베르는 겨울옷에 묻은 한 알의 모래에서 사하라 사막을 보았다.[4] 하재연은 일상의 지근거리에 있는 손자국, 얼룩 같은 것들을 우주의 먼지와 동일한 수준에서 병렬하고 등치시킨다. "태양 광선 속" "한 개의 알갱이"는 가깝게는 일상의 장면에 떠다니는 먼지지만, 동시에 그것은 비가시성과 망각이라는 공통분모 속에서 태양의 언저리를 도는 "한 개의 알갱이"까지 확장된다. 무수히 흩어져 있는 분자적 파편으로 쪼개진 알갱이들은 태양을 휘돌아 "이름을 잊은 소년이 쥐고 간 조약돌에/묻은 손자국"으로 내려앉는다. 우주를 떠도는 먼지의 희박함과 그 외로움은 조약돌에 묻은 손자국의 그것과 다르지 않다. 어떻게 그런 것이 가능할까. 그것은 "더 이상 알아볼 수 없을 데까지" "나의 내면"이 "쪼개어진" 탓이다(「어떤 화학작용」). 왜 그럴까, 그것은 단순히 시인의 감수성일까.

어떤 세계의 시작도 먼지로 이루어진다는 사실을

---

3 카를로 로벨리, 『모든 순간의 물리학』, 김현주 역, 쌤앤파커스, 2016, 114쪽.

4 W. G. 제발트, 『토성의 고리』, 이재영 역, 창비, 2019, 16쪽.

너의 눈동자로 증명하는 것이다.

망가진 시간의 골짜기에 굴러떨어지는 스피릿

(중략)

슬픔이 무한으로부터 전달되어 온다.

무한과 무한의 사이에 찍힌 하나의 점과 같은
우리에게

—「스피릿과 오퍼튜니티」 부분

'스피릿과 오퍼튜니티'는 2004년 화성(Mars)에 착륙한 탐사 로봇 두 기의 이름이다. '스피릿'은 화성을 탐사하며 지질학적 정보를 전하다 2009년 모래언덕에 빠졌고 2010년 통신 두절되었다. 2011년 나사(NASA)는 스피릿의 사망을 선언했다. ('오퍼튜니티'는 2019년 2월 교신 중단이 결정되었다.) "무한과 무한의 사이에 찍힌 하나의 점"이 우주적인 고독을 만든다. 하지만 무한으로부터 전달되는 슬픔의 이유가 단지 아득하기 때문일까.

탐사 로봇을 포함하여 '기계류'인 "우리"에 대해 말하고(「기계류」), "광물의 영혼"을 상상하며(「27글자」), 인간을 포함한 모든 것들의 공통성을 원소적 층위까지 상상하는 시인이 시집 전반에 걸쳐 '인간'을 되묻는다. "나는 인간입니다/나는 인간입니다"(「해변의 아인슈타인」), 거듭 다짐하듯 읊조리는 말에는 의심과 회의가 있다. 인간인가, 아직 인간인가. 이제 시인의 물음은 아우슈비츠에서 살아나온 프리모 레비의 말과 겹쳐 들린다. "이것이 인간인가."[5]

인간이 먼지에서 왔다면 먼지를 뭉쳐 인간을 인간이게 하는 것은 무엇인가. 이 인간은 단지 우주가 크기 때문에 외롭고 가련해진 인간은 아닐 것이고. 이 물음은 고립된 인간의 존재론 고독에 대한 것만은 아닐 것이다. '스피릿'이 굴러떨어진 "망가진 시간의 골짜기"는 어그러진 시간처럼 기존에 믿어 왔던 신념이 모두 파괴된 곳이 아닐까. 그것은 인간으로서 우리가 기대고 있던 모든 근거가 붕괴되는 어떤 사건의 기록이 아닐까. 인간에겐 무슨 일이 있었나.

이제 앞서 던진 몇 가지 질문들을 수습할 수 있을 것 같다. 더 알아볼 수 없을 데까지 '내'가 쪼개진 건 '인간'을 견딜 수 없는 수치심 때문일 것이고, 무한의 슬픔 속에서 희박한 마주침을 희구하는 건, 그럼에도 놓을 수 없는 죽은 아이들이 '인간'이기 때문일 것이다. 우주적 고독이 인간이 먼지로 화할 때의 결과론적 정동이라면, 애초에 먼지를 '인간'의 형상으로 뭉쳐지게 한 인력(引力)은 슬픔이 아니었을까. 여기에 어떤 분절이 있다. 멀리 떠나가는 먼지를 붙들려고 슬픔이 온다.

우리가 기억하는 수요일들[6]이 있다. 이제 "나의 수요일"은 "다가올 수요일들을" 위한 자리가 되고, 이제 여기에 "인간의 울음"을 남겨 둔다(「드로잉」). 여기서 '나'는 지워지고 겹겹치 포개진 자리만 남는다. '나'를 '나'라고 믿게 했던 모든 것은 진즉 무의미해졌다. 인간? 그게 뭔데? 우리가 이 수요일 앞에서 어떻게 더 이상 인간을 운운할 수 있을 것인가.

"아이들이" "대륙의 틈으로" "사계절 뒤로 목소리가 안 보이는 곳

---

5 프리모 레비, 『이것이 인간인가』, 이현경 역, 돌베개, 2007.

6 가톨릭교의 '재의 수요일(Ash Wednesday)' 외에 나치에 의한 유대인 학살이 본격화된 '수정의 밤(Kristallnacht)'도 1938년 11월 19일도 수요일이다. 2014년 4월 16일도 수요일이다.

으로" 사라졌다(「네 눈 안의 지구본」). 시인은 (그리고 우리는) "로스타임 이후의 삶을" 산다(「스노우맨」). 망가진 것은 시간만이 아니다. 우리가 알고 있던 것들이 모든 것들이 그와 동시에 사라졌다. 사라짐의 자리에서 이전의 인간도 이전의 우주도 함께 사라졌다. "빛과 함께 사라"진 '그'와의 "우주적인 안녕"은 더는 인간의 개인적 고립을 향한 것이 아니다. 그때 외로운 것들이 더는 이전의 인간은 아니다. "이곳저곳에 묻어 있다가/쓱 닦이곤"(「빛에 관한 연구」) 하는 먼지 같은 '나'는 밤하늘을 조금 더 검게 만드는 우주의 먼지들을 감지한다. 인간이 인간 아니게 된 곳에서 우주적 카오스가 다시 일어난다.

이전에 믿었던 모든 것들이 산산이 붕괴되고, 이에 절박하게 스스로의 신체를 분해할 수밖에 없는 곳, 거기에 먼지와 원소들의 우주가 다시 남겨진다. 그러므로 인간의 영도(zero degree)에서, 우주적 영도에서 다시 묻는다. 슬픔으로 묻는다. 우주 속 '너'의 고독이 도무지 상상이 되지 않는다.

> 지구라는 이상한 행성에서
> 죽음에 둘러싸여
> 가끔 사랑을 나누는
> 인간이라는 현상을
>
> 이제는 지상에 없는 아이가 울리고 간 종소리의 궤적처럼
>
> 슬프고 아름다운 자국에 대해
> 자국으로만 남은 존재들에 대해
>
> —「고고학자」 부분

그런 수요일들에도 불구하고 '인간'을 이야기하는 것이 얼마나 수치스러운 일인지, 그럼에도 불구하고, 할 수밖에 없는 인간에 대한 물음은 어찌나 절박한지. 이때 인간이 이전의 인간이 아닌 만큼, 이제 언어는 이전의 언어가 아니다. 인간과 우주의 영도에서, 그러니 이전의 인간이 아니라 먼지로, 어딘가에 묻은 얼룩이나 손자국으로만 남겨진 것들에 대해 쓰는 것은 "태양과 별들 속에 타고 있는 언어를 잠시 빌려"서만 (불)가능하다(「원소들」). 우주적인 만남은 "하나의 손가락이 지나간 자리에/다른 손자국이 포개"(「드로잉」)지는 것을 통해서만, 그때 남은 얼룩 먼지가 다른 손가락의 얼룩에 뒤섞이는 것을 통해서만 (우연히) 이루어진다. "얼룩 없는 조각으로 돌아갈 수 없"는 "우리는 무늬"로서, 우주를 떠도는 "얼룩의 고리"로서 "발신음을 전송한다"(「검은 도미노」). 지상의 인간이 먼지일 때, 죽은 이들이 어느 행성의 고리를 "끝없이 돌면서/팽창하"는 먼지일 때(「행성의 고리」), 그 아득한 불가능의 거리를 격하고서.

토성의 고리가 되어 버린 어떤 죽음을 생각하며

네가 도착할 수 있는 거리를
처음으로
발명하기 위해

—「양피지의 밤」 부분

3. 먼지의 중력

그러므로 '우주적인 안녕'에 어떤 고독이 있다면 그것은 존재론적 고독이 아니라, 지상의 먼지의 자리에서 우주를 떠도는 '너'에게 끌리는 고독이다. 무한으로 멀어진 거리에 겨우 슬픔의 인력을 투사해 보는 것이다. "네가 도착할 수 있는 거리를 처음으로 발명하기" 위해 "너의 이름 앞으로 초대장을 쓴다"(「양피지의 밤」). 안녕, 우주적인 안녕.

손자국의 얼룩에서 우주에 떠도는 먼지를 보고 사라짐을 매만지는 하재연의 시집에는 보이저호에 대한 언급은 없다. 하지만 시집에서 거듭 엿보이는 프리모 레비와 W. G. 제발트의 흔적[7]으로 추측컨대, 하재연의 인간에 대한 물음은 보이저호와 관련하여 덜 알려진 이런 사실 때문이 아닐까.

제2차 세계대전 중 크로아티아 의용군은 독일군의 지지를 등에 업고 대학살을 자행한다. 여기서 만 단위의 아이들이 살해되었고, 또 그만큼의 수의 아이들이 크로아티아의 여러 집결소에 강제 이송되었다. 제발트는 가축용 화물 차량에 수송되던 아이들에 대하여 이렇게 쓰고 있다. "목숨이 붙어 있던 아이들 중 많은 아이는 배가 고픈 나머지 목에 걸고 있던, 개인 정보가 적힌 마분지 판을 씹어 먹었으니, 결국 극도의 절망 속에서 그렇게 자신의 이름을 지워 버렸던 것이다." 그리고 이 현장에서 어떤 식으로든 역할을 했을, 나치에 정보장교로 부역했던 쿠르트 발트하임은 후에 유엔사무총장의 직책의 이름으로 "외계인들을 위한 인사말을 녹음"했다.[8] 그러니까 보이저호에는 나치 장교의 인사말도 들어가 있는 것이다.

물론 보이저호의 외로움에는 죄가 없다. 다만 인간의 미래와 우주를 향한 순진한 꿈에는 언제든 '인간'의 밑바닥이 가려져 있다는 것,

---

7 프리모 레비는 아우슈비츠의 경험을 토대로 『이것이 인간인가』, 『주기율표』, 『가라앉은 자와 구조된 자』 등의 글을 남겼다. 『토성의 고리』 등을 쓴 W. G. 제발트의 소설적 기반 역시 유대인과 아우슈비츠에 대한 기억과 망각에 관한 것이다.

8 W. G. 제발트, 『토성의 고리』, 120-121쪽.

그리고 도저한 죽음이 함께한다는 걸 망각하지 않는 선에서, 보이저호의 유영은 공허해지지 않을 것이다. '너'의 무한한 외로움을 끝내 우리의 슬픔으로 불러들일 때에야 '나'의 외로움도 자격을 얻는다. 우주의 모든 '안녕'이 복수(複數)인 이유이다.

가장자리에서 만난 우리가 서로의 이름을 바꿔 부를 때
—임지은론

1. 우리는, 그리고

시인은 "지구에 잘못 배달되었다". "팔과 다리가 조금씩 어긋난 감정을 입고" "사람 행세"를 한다(「낱말 케이크」). 그 *잘못*으로 지구의 *다른* 곳에 있다. 그 *잘못*이 지구의 *맞음*(right)을 뒤튼다. *잘못*이지만 어쨌건 있으니, 그 어울리지 않음과 불일치와 불균형으로 익숙한 지구를 깨부술, 수는 없겠지. 하지만 지구에 왔고 이미 지구의 일부이므로 지구도 조금은 *잘못*될 것이다. 그사이 지구의 어긋난 곳을 배회하다 미래에 의해 소멸하게 될지라도.

2. 같지 않으니

> 외로움이 눌어붙은 갈색 소파가, 접시 위에 먹다 남긴 후회가 차례로 버려지는 동안 나는 코끼리가 가벼워진다고 믿었다 그건 정전이 되는 일 내 안에 동물이 두 눈을 번쩍 뜨는 일 비로소 창밖이 환해지는 일

창밖은 내다 버린 것들로 가득했다

—「코끼리는 잘 알아」[1] 부분

시에서는 "*코끼리는 가장 코끼리에 가까워*"라는 표현이 반복된다. '코끼리'는 '코끼리'에 가깝지만 일치하지 않는다. 가깝다는 건 결국 어딘가에는 간극이 벌어져 있다는 것이다. 이 불일치의 틈새가 열린 바깥에 대한 첫 발자국이다. 여기서 삐져나온 잔여, 잔해, 흔적, 잉여 같은 것들만이 시인의 시적 대상에 가깝다(가깝지만 일치하지 않는다). 차이 나는 것들과 차이로 인해 버려지는 것들, 불필요해진 것들이 가장자리들에 쌓인다. 비유컨대, 색종이 두 장을 겹쳐 오리는 것은 '중심'에 '같은' 모양을 만들어 쓰려는 행위이다. 시인의 관심은 잘려 나간 가장자리에 있는 듯하다. 가깝지만 동일하지 않아서 떨어져 나간 것들이다. 각자의 코끼리는 모두 다르고, 시인의 관심은 겹치는 코끼리가 아니라 어긋난 코끼리 잔여에 있다. 가깝지만 동일하지 않아서 떨어져 나간 것들이다.

시인은 같은 것, 맞는 것에서 어긋나 있다. '나'의 어긋난 부분이 '나'에 가깝다. 어긋나 버려지고 하찮아진 것들을 사랑한다. 그것을 자신과 가깝다고 느낀다. 마치 시집 전체를 하나의 '부록'으로 읽기를 바라는 듯, 임지은 시인의 『무구함과 소보로』의 가장 앞에 배치된 시의 제목은 「부록」이었다. 부록은 덧붙여진 것, 그러니 없어도 무방한 것이다. 얼룩이 덕지덕지 붙어 있고 떨어진 것, 버려진 것, 깨진

---

1 인용 시의 대부분은 『무구함과 소보로』(문학과지성사, 2019)에 실린 것이고, 그 외 시의 출처는 다음과 같다. 「개미 연습」 「구태여, 씨의 이사」(『릿터』 19호, 2019.8/9), 「#집에가고 싶다」(『실천문학』, 2019.겨울), 「오전반이 되었다」(『언유주얼』 6호, 2020.1).

것, 삐걱거리는 것, 떼어진 것들로 그득한 시집의 끝에서 시인은 "끝을 꽃으로 잘못" 쓴다. 끝은 "끝"나지 않고 "열린 채로 창가에" 놓인다.(「식물에 가까운 책」) '끝'을 '꽃'으로 '잘못' 쓰는 것처럼 시인은 의지적/무의지적으로 잘못 있다. 우리 대다수가 그러하듯이. 잘못 쓴 끝은 꽃이 되지만, 꽃이 의미 생성의 숨을 완료하면 끝으로 여문다. 시인의 잘못은 바깥의 발견을 거듭한다.

이 글은 시인의 중심에 도달하려 하지 않을 것이다. 아마도 "뺨일 거라고 만진 곳은 엉덩이"일 것이고 "진심이라고 만진 부분은 주로 거짓인 벽"일 테니까(「깨부수기」). 시인이 깨부순 시의 언저리를 배회하며 파편들을 하나씩 줍고 버릴 것이다. 시인 가까운 것에 닿는 데 실패할 것이다. 그러므로 이 글은(시인의 시를 인용하고 시를 빌려 말할 때에도) 임지은과 다-소 무관하다.[2]

3. -

빈방으로 걸어 들어간다. 오래된 사물들이 방 곳곳에 흩어져 있다. 익숙함으로 인해 공간은 도드라진 것 없이 매끈하다. 방 안이 눈에 담기지만 느슨한 감각망은 어떤 의미, 정서 작용을 일으키지 않는다. 익숙한 것들은 실재라기보다는 상태이다. 시간은 돌올한 것들을 펴 바르는 마감재다. 익숙한 것들은 피상성의 막을 두른 채 망각을 향해 간다.

그러고 보면 방 한구석에 놓인 귤에 곰팡이가 슬고 있다. 벽에는 얼룩이 지고, 싱크대에는 넘친 국의 흔적이 눌어붙어 있다. 남편은 벽으로 있고(「깨부수기」), 엄마는 눌은 국의 얼룩으로 있다(「모르는 것」). 또

---

2 그러므로 여기서는 임지은의 시를 정의하거나 범주화하려는 시도는 하지 않기로 한다. 아마도 그런 시도는 '잘못'된 덧붙임일 것이므로. 그럼에도 불구하고 "잘못은" 어떤 것이라고 "블라블라……"(「러시아 형」, 분리수거 낭독회, 2020.10.17, 발표 시) 하게 될 테지만.

그러고 보면 '나'는 '의자'였으니(「론리 푸드」). 빈방으로 들어온 건 '내'가 아니라 오후인 것도 같다. 개는 카페트 위에 게으른 오후의 햇빛마냥 누워 있다. 또는 오후의 볕이 개처럼 빈방에 엎드려 있다. 오후의 빛을 개로 인식하니 시간이 흐른다(「개와 오후」). 인식된 것들은 그 순간 다시 사라지기 시작한다. 의미의 수명은 짧다. 간과된 것들의 공간은 잃어버린 시간과 비슷하다. 의미는 동결될 것이고 시간은 내용 없는 기억만 남길 것이다. '나'도 "오래된 사물처럼 앉아 있"다(「프리마켓」). 그러니 방은 다시-여전히 빈다.

이 공간은 시인의 시적 공간 일부에 대한 상상적 파편이다. 이곳은 무신경하게 내버려진 텅 빈 곳이거나, 무감각으로 인해 서로에게 사라지는 존재들의 공간이다. 존재와 사물의 실재 여부와 무관하게 관계-정동은 각자의 벽으로 물러나 있다. 빈방은 그 안의 내재적 관계들을 상실하는 중인 핏기 없는 공간이다. 얼룩은 방이라는 공간에 새겨진 시간의 윤곽이자 잔해이다. 동시에 얼룩은 맥락에 따라 시어가 경유한 '남편', '엄마', '나' 자신이기도 하다. 오후-개처럼, 각각의 대상들은 하이픈을 붙들고 서로를 대체한다. 텅 빈 방에서 은유와 직설은 서로 포개지며 붕괴한다.

오늘 이후에 무엇이 상하는지 알고 싶어
둥글게 파먹은 수박을 식탁 위에 올려놓았다

수박은 그릇이 되어 가장자리가 말라붙었다
그건 시간이 담기고 있다는 증거

—「개와 수박」 부분

가장자리는 시간과 그 시간에 머무르는 것들이 만나는 통로가 된다. 벽지의 얼룩, 국의 흔적은 사라지는 것에 대한 증빙이지만, 동시에 시간의 윤곽선을 드러내는 공간의 일그러짐이다. 이 사소함으로 우리는 손에 좀처럼 잡히지 않는 시간의 흐름을 조망한다. 공간이 드러난다. 거기에 여전히 무언가 있다. '오후-개'가 '밤-검둥개'에게 자리를 양보하듯이(「개와 오후」).

어떤 대상과 대상에 대해서도 그렇지만, 시간 역시 불필요한 부산물을 만든다. 지나 보니 문득 자리 잡은 얼룩은 늘 같던 벽에 새겨진 불필요한 차이다. 시간으로부터 흘러넘친 것들은 얼룩을 남긴다. 다시, 불일치의 가장자리에서 버려진다. 하지만 "본래 위치해 있던 맥락이 사라지고 난 후" "대상의 표면이 부수어지고 소멸의 가장자리에 남아 있을 때"[3]에야 비로소 발견되는 것들이 있다.

침전 중인 시간의 앙금은 시선, 냄새, 감각의 마주침을 통해 휘저어진다. 강렬하지 않아도 앙금은 기분이 되어 피어오른다. 시인은 "벽지에서 기린을 발견"한다. 벽지에 남은 얼룩-기린의 발견은 익숙한 장소에 "균열"을 일으킨다. 기린은 "기린 모양에 가까워"진다. 동화(同化)와 무화(無化)는 동시에 이루어진다. 즉 '기린'이 되어 버리는 순간 '기린'에 가깝던 것이 만들던 의미작용은 끝이 난다. '기린'의 완성은 발견의 끝이다. 그러므로 시간은 투 트랙(two track)으로 작동한다. '기린'에 가까운 벽의 얼룩은 '기린'이라는 숨결을 불어넣으며 다른 세계를 열어젖혔다. 그 틈새에 나-무늬가 있다. 하지만 얼룩-기린이 얼룩과 기린 중 한쪽으로 치우쳐 완전해질 때, '나' 역시 "벽지 안에 웃고 있는 무늬"로 완성된다. 끝이지만 그것이 완전한 끝은 아니다.

---

3 그램 질로크, 『발터 벤야민과 메트로폴리스』, 노명우 역, 효형출판, 2005, 36쪽.

얼룩은 다시 발견될 것이다. 빈방이란 어쩌면 방의 기분일 테니까. 시인은 쓴다. "우리는 진화를 거듭하며 미끄러질 것입니다"(「기린이 아닌 부분」). 얼룩-시간의 윤곽선은 다른 곳-바깥을 열어젖힐 것이다.

4. 기어이

이름은 매듭점이다. "누군가 내 이름을 한 번만이라도 불러 주었더라면/생선이 되는 일 따위는 없었을"(「생선이라는 증거」) 것처럼, 호명은 무언가의 의미가 되는 일이며, 동시에 변화하고 사라지는 것들을 붙잡으려는 존재론적 분투이다. 이름은 사라짐을 잠시 막는다. 하지만 이름은 이름과 대상이 일치한다는 암묵적 착각에 기반하여 스스로를 재생산한다. 이름의 반복 속에서 의미 생성을 위한 공간은 점차 협소해진다. 매듭은 의미를 고정시키지만, 그것은 매듭 사이를 조이면서 가능해지는 것이다.

> 우리는 이제 그만 다른 것이 되고 싶었다
> 내가 피, 하고 발음하면 너는 망,
> 눈,이라고 발음하면 썹,이라고 대답했다
> 눈물이 되진 않았다
> 우리는 흘러내리지 않으려고 서로의 어깨를 부둥켜안았다
>
> —「피망」 부분

이름도 투 트랙이다. 이름은 의미 생성의 노드(node)이지만, 이름의 고정성은 의미의 소멸을 향한다. '피'와 '망'은 부둥켜안으며 이름-'피망'을 유지한다. "피망이 피망인 채로 서 있는 동안" '우리' 사이에 "냉장고 속 차가움"만 남는다. 이름의 고정으로 "피망은 새까맣

게 썩"는다. 마치 우리가 서로 익숙해져 서로의 존재가 벽지가 되고 (죽은) 사물이 된 것과 유사하다. 이름은 우리를 부둥켜안게 해 주지만, 이 포옹은 언제든 새롭게 환기될 필요가 있다. 새로운 환기가 없으면 의미는 바래지고 기호는 사라지기 시작한다. 그러므로 이름은 늘 실패를 향해 있는 임시의 매듭이다.

의미작용의 공간이 말소된 이름은 무엇을 얼마나 말할 수 있을까. 예컨대 소년은 누구인가라는 질문에 이름이 알려 주는 것은 아주 적다. 그에 반해 "뒤축이 까져 있거나/밑창이 닳아 없어진" 신발이라는, 소년의 가장자리 속성이 소년-됨에 더 가깝다. 변두리의 흔적이 소년의 이름보다 더 많은 걸 보여 준다. 신발 뒤축이 짐작게 하는 소년의 활동과 소년들의 공통성 속에서 그들의 이름은 "알 수 없게 뒤엉"킨다(「소년 주머니」). 중심의 정의가 아니라 주변부적 일면이, 소년의 경험이 만든 물질적 윤곽이 소년의 이름보다 더 소년에 가깝다. 예컨대, 어떤 사람의 빈방이 그 사람에 대해 더 많은 것을 알려 주듯이.

하지만 여전히 '같은' 모양의 '중심'이 의미의 동일성 안에 있다고 여겨지고, 같지 않은 것들은 버려진다.

> 함부로, 쉽게, 간단하게
> 지워 버려도 의미가 변하지 않는다는 이유로 부사를 사랑합니다
>
> —「간단합니다」 부분

"지워 버려도 의미가 변하지 않는다는 이유로" 부사는 가장 홀대받는 품사 중 하나이다. 부사는 의미의 본뜻에 가까워지기 위해 복무하지만, 역으로 부사의 존재 자체는 특정 의미에 대한 완벽히 도달할 수 없음에 대한 증빙이다. 뉘앙스의 차이는 종결되지 않는다. 그러므로

부사는 없어도 괜찮거나, 때로 없는 게 더 좋다고 취급받는다. 부사는 태생이 계륵이고 언저리다. 꼭 필요한 것, 완전한 맞춤이 아니라 언제든 버려질 수 있는 보풀의 존재(「아무것도 아닌 모든 것」)처럼 시인은 잔여로서 산다. 시인이 사랑하는 것은 시인과 가깝다. 예컨대 삶, "구태여" 살고, "일부러" "기어이" 존재하는 것이 삶이다(「구태여, 씨의 이사」). 실은 어쩌면 삶을 추동하는 것은 '내'가 누구인지에 달려 있다기보다, 나날의 "기어이"와 "일부러"와 "구태여"의 애씀일 테니.

5. 가장자리에서

빈방은 중심이 비어 있는 방이다. 사람이 부재한다는 의미다. 시간에 의해 무화된 것들이 가장자리로 밀려난다. 방의 가구들, 벽, 문 등이 가장자리에 있다. 그렇다면 사람은 어디까지 '벽'일까. '나'는 어디까지 '의자'일까. 시는 여러 가지 등치를 시도한다. 다만 그것은 중심에의 일치를 보이기 위함이 아니라 등치의 불능을 드러내기 위한 것이다. 불일치 속에서 결락된 것들의 뉘앙스가 피어오른다.

> 계단은 나를 뛰어넘은 물질이에요?
> 엄마는 하지 마와 그만해를 섞은 문장이에요?
>
> —「궁금 나무」 부분

질문은 어딘가 모자라거나 넘친다. 등식은 중심적인 것들을 모아 정의(定義)를 구축하려는 시도다. 하지만 정의는 늘 불충분하며, 질문은 불일치의 생산을 반복한다. 언어는 경험적 공간 전체와 한데 엉켜 있어 분리와 종합에 의해 등치되지 않는다. 질문은 등치의 실패, 즉 다양한 감각적 경험들의 총체가 가진 분리 불가능성에 복무한다. 보이지 않지만 해소되지 않는 과잉 혹은 결여가 상수로 존재한다. 이에 "서로 엉켜 있어 잘라 낼 수 없는 대답"만 남는다. 정의는 실패한다. 정황을 보여 주는 것은 질문 자체이며, 이때 질문은 완결이 아니라 질문의 계속성만을 지향한다. 대답을 헤매게 하는 모호함 속에서 불일치는 질문을 증식시킨다.

가끔 다르게 불러 주는 일이 필요합니다
망고, 알맹이, 씨앗,

(중략)

수많은 존재가
뜻밖으로 튀어 오르는 맛

—「존재 핥기」 부분

이름은 "그 뒤에서 일어나고 있는 특별한 일을 가리는 벽"[4]이지만, 동시에 이름 뒤편의 공간으로 가는 문이다. 이름은 그 자신 외의 것을 배제하지만, 모든 선택이 누락을 전제로 하듯, 이름은 부재도 함의하고 있다. 시인은 "가끔 다르게 불러 주는" 것으로 벽의 문을 연다. 그러면 "수많은 존재가/뜻밖으로 튀어 오"른다. 시인은 "굴러다니는 모든 것을 수박이라고" 부른다(「개와 수박」). 또는 개를 오후의 별인 것처럼(혹은 그 역처럼) 쓴다. 시에서 낯선 남자는 무서움, '나'는 기모, 문, 의자, 오래된 사물, 개미 등등이다. 이러한 다르게 부르기는 단어

---

4 존 버거, 『행운아』, 김현우 역, 눈빛, 2004, 82쪽.

사이의 틈을 없애는 등치를 목적으로 하지 않는다. 오히려 둘 사이의 틈을 벌리고 공간을 불어넣고, 방의 문을 연다. 사이를 오간다.

시인은 "발끝부터 새로워지려고" "이름을 지우고" 시를 쓴다(「꿈속에서도 시인입니다만」). 다르게 되는 것을 가능케 하는 여정에 기분과 생각과 언어가 있다. 기분은 '나'를 초과하고, 이전의 '나'와 차이 나는 초과된 '나'를 요구한다.[5] 생각은 다른 무엇으로 향하는 단초이나 실은 이미 기분과 엉켜 있고, 더불어 엉켜 있는 언어는 그러한 것들의 이음매다. 가라앉은 기분은 '나'를 생선으로 만들고(「생선이라는 증거」), 죽고 싶다는 생각은 '나'를 개미가 되게 한다(「개미 연습」). 기분과 생각과 언어의 작동 순서가 어찌되건 '나'는 다른 게 된다. 불일치는 감각과 정동을 비틀어 틈을 만들고 그 틈의 확장을 통해 닫힌 방의 문을 연다. 잔해는 초과의 부산물이다. '나'는 잔해 쪽에 가깝다. 물론 '조금씩 어긋난' '다름'들은 임시이고 금세 시간에 의해 다듬어져 매끄럽게 닫힐 것이다. 그러면 다시 오전에 "하다 만 우울"의 여분과 "슬픔"의 저녁이 반복될지도 모른다. 그래도 "한 번쯤은 멀리 가 보고 싶은 심정"으로(「오전반이 되었다」) 쓴다. 미래에는 다만 '내'가 남겨 놓은 손자국만 보게 될 뿐이더라도(「그럴 겁니다」), 우리는 가장자리에서 만난다.

6. 만나

시인은 "쌓고 쌓"으며 "쌓고 무너뜨리며" "무너뜨리고 토닥거"리며 "새로운 건축을 전개한다"(「건축 두부」). "새로운 건축"의 전개는 다시 무너지기 위함에 가깝다. 거기서 축조된 것이 (여전히 '나'라고 할 만한

---

5 Rei Terada, *Feeling in Theory: Emotion after the 'Death of the Subject'*, Cambridge, Mass: Harvard University Press, 2001, p.31.

것이 있다면) '나'라면 '나'와 '나 아닌 모든 것' 사이의 경계에는 "소보로"의 "부스러기" 같은 "사소함"만 남는다(「론리 푸드」). '나' 아닌 부분만이 '나'에 가깝다. 빈방에서 걸어 나간다. 방에는 내가 벗어 놓은 허물들만 남을 것이다. 밖에서 '나'는 아마도 시간을 배회하다 소멸할 것이고, '나'에 가까운 (하지만 같지 않은) 것은 허물 쪽일 것이다. 허물과 잔해는 '나'의 빈방이다. "빈방은 커다란 배낭이 되고" '나' 아닌 것이 또 어디론가 떠난다(「미래의 식탁」). 빈방은 미래에 대한 예감이다.

시인이 예감하는 미래란 서서히 혼자 사라짐이다. 이에 대해 시인은 "할 수 있는 게 아무것도 없"이 "무기력"하다(「#집에가고싶다」). 그러니 대부분의 시는 (이 글처럼) 잘못 써졌지만, "잘못은" "닦아도 흘러넘"쳐서(「건축 두부」) 여기까지 왔다. 미시적 일상에 버려진 파편들을 가지고 예감한다. 다만 이전으로부터 탈구될 수 있을까. 일상의 하찮고 사소하게 버려진 것들이, 그 사소함으로 조금은 다른 미래를 부를 수 있을까.

시인이 사용하는 언어는 말라붙은 잉크 자국 같은 평면의 것이 아니다. 그것은 분위기를 낳고 정동을 형성한다. 이들은 기분처럼 휘저어진 앙금마냥 입체적으로 피어오른다. "냉장고 + 인형 + 시체 = 심야 택시를 기다리는 기분"이라는 정의에서 '냉장고'나 '인형' 등은 그 자체로 사물이기만 한 것도 기호이기만 한 것도 아니다. 물질과 단어는 애초 분절된 것이 아니라 상호 내재적 관계 속에서 얽혀 있다.[6] '냉장고'나 '인형'은 단어-사물이면서 또한 그 자체로 기분을 환기시키는 분위기를 갖는다. 그러므로 부호의 항이기 이전에 각 단어는 이미 정

---

6 Karen Barad, "Posthumanist Performativity", *Journal of Women in Culture and Society* 28(3), 2003, p.822.

동의 환기점을 내재하고 있다. 그리고 그것은 등식이 가리키는 관계의 정향에 따라 상호 작동하며 불일치의 소요를 보인다. 언어는 정동으로 일어난다. 아니, 애초에 언어와 정동은 얽혀 있고 엉킨 채 발생한다. 언어-사물의 펼쳐짐은 활자를 넘어서 지금-여기의 정동에 잇닿는다. 물체나 신체에도 "정동적 얼룩"이 묻어 있고, 기호 역시 기호에 내재한 효과 속에서 정동과 불가분의 관계에 있다.[7] 예컨대 "리을을 발음하지 못하는 병에 걸"리면 "사랑을 하지 못"하는 것처럼(「함묵증」). 역으로 다른 걸 적으면 거기에서 다른 기분이 피어날 것이다. 그것이 여기-어디를, 지금-다른 미래를 희박하게나마 이을 것이다.

여전히 시간이 간다. 귤이 썩고 있다. 우리는 "조금씩 손상되어" 가고 있다(「존재 핥기」). 하지만 오늘날은 2010년대에 비해 손상의 기울기는 훨씬 가팔라졌다. 역설적으로, 이미 예고된 소멸과는 다른 어긋남이 좀 더 벌어졌다는 말이고, 시인이 열어 둔 불일치와 시간의 틈을 좀 더 단단히 붙잡을 수 있을지도 모른다는 이야기다. 시인은 '끝'을 '꽃'으로 잘못 썼다. 잘못 쓴 것은 열려 있다.

7 브라이언 마수미, 「정동적 현실의 미래적 탄생」, 멜리사 그레그·그레고리 시그워스 편저, 『정동 이론』, 최성희 외역, 갈무리, 2015, 119-120쪽.

노래하는가, 노래했나, 노래할 것인가

—허연, 『당신은 언제 노래가 되지』, 문학과지성사, 2020

뒤표지 글에서 시인은 "제외된 자[1]들의 눈부심을 알았다. 절창은 제외된 자들의 몫이라 생각했다."라고 쓰고 있다.

> 휠체어에 앉은 남자가 포유류가 낼 수 있는 가장 깊은 소리로 신음하고 있었다. (중략) 나는 완성이 아니었구나. 내게 절창은 없었다. 이제 내 삶을 뒤흔들지 않은 것들에게 붙여 줄 이름은 없다. 내게 와서 나를 흔들지 않은 것들은 모두 무명이다. 나를 흔들지 않은 것들을 위해선 노래하지 않겠다. 적어도 이 생엔.
>
> —「절창」 부분

---

1 시집의 여러 부분에서, '사회적 약자'라고 불릴 이들에 대한 시인의 정동적 투사가 나타난다. 시인이 목격한 '사회적 약자'들에 대한 장면들은, 그렇게 써진 시가 그러하듯 시인에게 흔들림을 야기한 절창(切創)이다. 이 정동이 '나'의 흔들림으로 환원된다는 측면에서 "제외된 자들"이라는 표현은 '그들'과 '나' 사이의 구별 및 거리(距離)를 내재하고 있으나, 허연 시인은 "제외된 자들"을 '하느님'(「새벽 1시」), '신'(「전철역 삽화」, 「무반주 3」 등)으로 여김으로써 거리보다 관계적 위치에 방점을 둔다.

절창(絕唱)은 뛰어나게 잘 지은 시나 노래(혹은 뛰어나게 잘 부름, 잘 부르는 사람 등)를 뜻한다. 시에서 '절창'이 뛰어나게 잘 지은 시나 노래를 의미한다면, 시인이 "경전 같은 소리", "태초의 소리"라고 묘사하는 "휠체어에 앉은 남자"의 깊은 신음은 무엇보다도 "내 삶을 뒤흔"드는 어떤 것이다. 절창은 어떤 존재의 깊은 곳에서 "삶을 관통"하면서 올라와 '내' 삶 역시 관통한다. 시인에게 이러한 마주침은 존재를 뒤흔드는 사건이다. 시인은 '나'의 존재를 뒤흔드는 것들만이 '내'게 의미를 지니며, 그런 것들을 위해서만 노래하겠다고 한다.

한편, 절창(切創)은 칼이나 유리 조각 따위의 예리한 날에 베인 상처를 의미한다. "삶을 관통"하는 상처에서야 존재를 뒤흔들 노래라고 할 만한 게 나온다. 존재의 깊은 곳에서 울리는 신음처럼, 그렇게 나온 노래만이 타인의 존재를 뒤흔들(균열을 낼 수 있는, 상처 입힐 수 있는) '창(創, 唱)'이 된다. 절창(絕唱)이 절창(切創)을 만들어 낸다. 절창(切創)으로 말미암아 절창(絕唱)이 가능해진다. 상처와 뛰어난 노래는 약간의 시차를 두고 서로를 파생한다.

존재가 그 근원에서부터 흔들렸던 때가 있었다. 허연 시인이 첫 시집 『불온한 검은 피』에 대해 언급했던 "세상의 옆구리를 한번 찌르는 심정"[2]이란, 시인 자신이 가진 절창(切創)에서 연유했을 것이다. 그런 것들이 노래(絕唱)가 되었을 것이다.

> 세상의 모든 느낌들이 둔탁해졌다. 입맞춤도 사죄도 없는 길을 걸었다. 동네에서 가장 싼 빵을 굽던 가게 앞을 지나면서 다가올 날들에 대해 생각했다. 방금 운 듯한 하늘이 나를 짓누르고 있었다.

---

2 박형준 발문 중 허연 시인의 인터뷰. 『당신은 언제 노래가 되지』, 151쪽.

—「시월」 부분

세상에 대한 감각의 예민함을 함께 앓던 '네'가 떠나며 "세상의 모든 느낌들이 둔탁"해진다. 날이 선 감정, 아주 예리한 통증은 '나'에게 모두 몰려 있고, '나'는 예민한 촉수로 '나'의 통증을 감각한다. 그런 만큼 나머지 부분, 즉 세계가 둔탁해졌던 어떤 날이 있었다. 상처로 남은 어떤 사건이고, 그런 것이 노래가 되었다. 하지만 문제는 그런 감각의 소요 사태에도 끝이 있다는 것이다. '내' 감각적 예민함은 세계의 둔탁함에 맞춰 하향적 평균에 이른다. 그것이 익숙함이고 무뎌짐이다. 이제 그 둔탁함이 '나'의 기본값이 된다. 그러면, 이제 *당신은 언제 노래가 되지*.

> 뜨겁게 달아오르지 않는 연습을 하자. 언제 커피 한잔하자는 말처럼 쉽고 편하게, 그리고 불타오르지 않기.
>
> (중략)
>
> 사랑해. 그렇지만
> 불타는 자동차에서는 내리기.
>
> 당신은 언제 노래가 되지.

—「당신은 언제 노래가 되지」 부분

"뜨겁게 달아오르지 않"고 "돌진하"지 않으며 "가슴 덜컹하지" 않는 정도의 사랑. 사랑하지만 함께 불타지는 않을 정도의 사랑. 시의 맥락 안에서 제목의 질문은, 제 몸 하나 불태우지 못할 겨우 그런 사랑으로 어떻게 '당신'이 노래(絶唱)가 될 수 있을까, 존재를 뒤흔들 가열함 없이 사랑이 어떻게 노래가 될까라는 것이다. 단순한 마찰이나 그로 인한 약간의 통증이 아니라, '당신'과 함께 온 존재를 뒤흔들겠다는 각오, 불타는 자동차에서 함께 탈 각오의 사랑은, '나'의 죽음[3] 마저 예감하는 통렬함을 통해 이루어지는 것이다. 그러한 강렬함에는 물론 고통, 통증, 상처가 뒤따른다. (혹은 존재를 뒤흔드는 강렬함이 고통과 통증, 상처 그 자체이다.) 그러므로 시의 질문은 고통과 통증을 회피하는 적당주의 세태에 대한, 더불어 시간의 흘러감 속의 '나'의 무뎌짐에 대한 한탄이다. 그런 한편 동시에, 그러한 통렬한 노래-상처에 대한 역설적 희구이다.

그리고 이 감각은 "당신은 언제 노래가 되지"라는 문장에 서브텍스트처럼 깔린 정반대의 물음을 가능하게 한다. '당신'은 언제 흔한 노랫말처럼 무뎌질 수 있을까. 이 경우의 노래란 한 세대가 지나 대중가요가 된 시처럼, 그 행간이 만들어 내는 시적 의미작용을 그치고, 대중적 멜로디 안에서 다분히 피상적 의미작용만을 남기는 무엇이다. '당신'이라는 강렬한 사건은 언제 그 강렬함을, 의미의 통증을 그치고 흔한 대중가요처럼 될 수 있을까. 아프지 않을 수 있을까 하는 또 다른 흐름이 그것이다. 이때의 물음은 실은 실제 무뎌짐을 바라는 것이 아니라 '당신'이라는 사건의 강렬함에 대한 현재적 반증일 것이다.

어떤 체념적인 일에 대해서도 온전히 체념하지 않음으로써 시는

---

3 물리적 죽음을 의미하는 것은 아니다. 예컨대 들뢰즈는, 사랑이 기관들 없는 신체를 형성하는 탈인격화(depersonalization)의 실행이라고 썼다. 사랑은 '이전의 나라고 하는 어떤 것들'에서 벗어나게 되는 사건이다. Gilles Deleuze & Felix Guattari, *A Thousand Plateaus*, trans. Brian Massumi, Univ. of Minnesota Press, 1987, p.35.

작성된다. "내가 식어 가기를 기다리"고 "식었으니 편안하다"(「이별은 선한 의식이다」)라고 할 때에도, 이런 시적 형상화는 고통 회피의 안온함에 대한 표피적 진심과 더불어 열렬한 통증의 감각적 복원에 대한 시적 반어를 구성한다. '당신' 없음에도 '당신'에 대한 정서가 통렬하게 남아 있음에 느끼는 슬픔과, 역으로 상실에 따른 슬픔과 절망이 예전 같지 않아 느끼는 쓸쓸함이 오가는 파도의 양방향의 힘처럼 동시적으로 현존한다. "구원이 오고 갔던 날들"이 "무뎌졌"다고 할 때에도(「환멸의 도서관」), 시인은 그날들 자체를 작성하며 그 무딤을 벼린다. 모순되는 것이 시적 순간의 동시성 안에서 병존한다.[4] 이중의 굴곡 속에서 시인의 반어는 그 역 이상을 바란다.

> 사랑이 끓어넘치던 어느 시절을 이제는 복원하지 못하지. 그 어떤 불편과 불안도 견디게 하던 육체의 날들을 되살리지 못하지. 적도 잊어버리게 하고, 보물도 버리게 하고, 행운도 걷어차던 나날을 복원하지 못하지.
>
> (중략)
>
> 재회는 슬플 일도 기쁜 일도 아니었음을.
> 오래전 노래가 여전히 반복되고 있음을.
>
> ―「우리의 생애가 발각되지 않기를」 부분

"사랑이 끓어넘치던 어느 시절"은 물론 '내'가 사랑과 함께 불탈 수 있던 시절이다. '나'의 존재는 중요하지 않던, 사랑과 '당신'의 나날이

4 가스통 바슐라르, 『순간의 미학』, 이가림 역, 영언문화사, 2002, 148쪽.

다. '당신'이 노래가 되던 시절이다. 화자는 그것이 "복원"되지 않는다고 말한다. 감각 및 감정의 무뎌짐의 한도 너머, 한때 생생했던 것들이 "수챗구멍으로 빨려 들어가" 버린 시간의 공동(空洞)에서 느끼는 무상함의 쓸쓸함. 불태워 봐야, 목숨 걸고 사랑해 봐야, 그 결과는 뻔히 알고 있지 않나, 더불어 그런 열렬한 한때의 감정들도 이미 무뎌지지 않았나 하는 것. 사랑은 이제 더는 노래가 되지 못하는가. 하지만 화자는 "오래전 노래가 여전히 반복되고 있음을" 고백한다.

시적 순간의 반복은 "오래전"을 지금 현전하게 한다. '당신'은 상처-절창(絶唱)이 될 수 있을까. 시간의 풍화에도 좀체 부식되지 않은 채 "뼈로 지탱해 준 기억들"이 있다(「이장」). "망했다고 생각했던 날들", 그날의 "진경"이 그러하고(「그해 대설주의보」), "짓이겨진 채로 살았고" "단세포의 절실함으로" "우리의 피로" 그렸던 "진경"이 그러하다(「추억」). 노래의 반복은 시적 기억이 늘 사건의 현전을 구성한다는 것이다. 시적 기억은 기억의 환기도 재구성도 아니다. 쓸쓸함과 무뎌짐에 대한 저항은 기억 자체라기보다, 그 기억이 현재가 되는 사건을 통해 이루어진다. 통렬함은 그 자체로 현재의 것이다.

존재의 뒤흔듦을 만드는 진경들이 있다. 살아 있는 한 흔들림은 그치지 않는다. 지금의 뒤흔듦을, 다시금 상처를 만드는 것은 기억이 아니라 반복되는 노래의 현전이다. 기억이 매개가 되더라도, 그것은 과거의 일이 아니라 현재적으로 겪는 것이다. 상처-노래는 시간을 관통한다. "당신은 언제 노래가 되지". 질문은 다시 작동한다. "노래하는가, 노래했나, 노래할 것인가."[5] 함축된 현재 속에 사건은 연대기적 시간을 따르지 않는다. 이러한 현재를 만드는 존재의 통렬함이 시

5 질 들뢰즈, 『시네마 2—시간 이미지』, 이정하 역, 시각과언어, 2005, 206쪽.

적 현전 속에 있다. 어떤 사건을 기억하는 일과, 기억 속 어떤 사건을 지금으로서 겪는 일은 유사하지만 전혀 다른 현장이 된다. 이는 비단 지나간 시간과 현재에 대한 문제에 국한되지 않는다. 무엇보다 이 상처-노래의 현전은 '너'와 '나'를 관통한다. "너의 상처로 나를 살게 하라."(「무명」) 다시 쓰자면, 시인의 반어는 그 역 이상을 바란다. 그러니 *나의 상처로 너를 살게 하리라*.

느낌의 곤란함에 대한 몇 가지 명제
—김상혁과 황혜경의 시를 중심으로

1. 느낌은 어떻게 작동하는가

언어를 통해 전달하기에 가장 곤란한 대상 중 하나가 느낌(感)이다. 느낌을 전달하기 위해선 여러 난제가 해결되어야 한다. 먼저 전달하는 쪽에서 어떠한 느낌인지 특정할 수 있어야 하고, 그것을 정확한 언어로 표현할 수 있어야 한다. 하지만 어떤 느낌이건 대개 복합적이거나 미묘한 부분이 있어 하나의 대상으로 선명하게 분리하기 어렵고, 우리가 알고 있는 몇 단어로 특정하기도 어렵다. 또 하나의 느낌으로 특정되더라도 그것은 온전히 그 단어 안에 갇히지 않는다. 이런 과정을 통과한다 하더라도 수신자가 그 언어를 발신자와 동일한 것으로 경험하기란 거의 불가능하다. 어떠한 공통성에 기반한 언어라도 발신자와 수신자의 언어적 경험 사이에는 넘기 힘든 심연이 존재하기 때문이다. 특히 그 언어의 목적이 의미 전달이 아니라 느낌의 경험을 전달하고자 한다면 심연은 더욱 깊어진다. 불가능은 곳곳에 산재해 있다. 이 곤란함 앞에서 언어는 자꾸 뭉뚱그려진다.

이러한 측면에서 느낌은 언제나 '비(非)'와 '불(不)'이라는 곤란함의 수사를 동반한다. 느낌은 '무엇'이라고 한정할 수 있는 대상을 가지지 않으므로 비대상적이고 비정형적이고 비확정적이며, 시간의 지속성 측면에서 불연속적이며, 고정되어 있지 않으므로 스스로 불일치하고, 또 언제나 비가시적이다. 느낌은 어떤 식으로 표현되더라도 언어로서는 완전한 표현이 불가능한 무엇이다. 그것은 느낌으로 충만한 잠시의 순간일 때라도 마찬가지이다. 오히려 '뭐라 표현할 수 없어'서 느낌이라 부르고 마는 것이기도 하다. 느낌이 가진 비적(非的) 속성은 늘 언어의 불능(不能)과 함께한다.

느낌이 언어의 테두리에서뿐만 아니라 주체와 관련해서도 불일치한다. 느낌은 경험하는 주체의 바깥으로 삐져나온다. 주체가 하나의 괄호라면 느낌은 괄호의 안팎을 채우는 면(面)이다. 그것은 강도에 따라 괄호의 안팎을 넘나든다. 언어적·주체적 경계를 갖지 않으면서 느낌은 그것들의 경계를 넘고 또 흐트러뜨린다.

2000년대 초중반 이후 한국시에는 시적 주체를 다루는 하나의 경향이 생겼다. 분열로 인해 복수화(複數化)되거나 비인칭적인 성격을 띠거나 유령적인 겹쳐짐으로 나타나거나 혹은 그저 텅 빈 자리로만 형상화되거나 등등. 구체적인 표현은 달라도, 이는 주체의 해체·분열·분리를 넘어 (사회적 관계 속 '자리'의 상실이라는 신자유주의적 전망과 맞물려) 주체의 소멸에 가까운 축소로 이어지는 흐름이었다. 이를 주체의 미분화(未分化)라고 한다면, 황혜경과 김상혁의 시는 일종의 느낌의 적분이 미분된 주체들을 감싼다. 특히 시집 『느낌 氏가 오고 있다』와 『다만 이야기가 남았네』[1]에서는 더 이상 주체가 문제되기보

1 본문에서 인용하는 시의 출처는 다음의 두 권이다. 황혜경의 『느낌 氏가 오고 있다』(문학

다는 주체의 관점에서 주변적이었던 (실은 애초부터 주변이 아니었던) 느낌들이 의인화·인칭화되어 전면에 나선다. 관계와 맥락에 따라 다변하거나 무화되기도 하는 미분된 주체의 시편들이 주체에 대한 문제 제기였다면, 황혜경과 김상혁의 경우 느낌을 통해 관계와 맥락의 서브텍스트적 위치를 재조정한다. 황혜경과 김상혁의 시편들은 언어의 심연을 넘는 소통의 경로이면서도 경로 안에서 유실되어 온 느낌을 전경화하면서, 느낌의 적분 속에서 주체의 미분을 붙잡는 특수한 케이스라고 할 수 있다. 주체와 언어의 돋을새김이 바탕의 느낌과 역전되거나 혹은 기존과 다른 관계를 구성한다.

'비(非)'와 '불(不)'로밖에 표현되지 않던 느낌을 인칭·형상화하는 것은 느낌이 지닌 규정 불가능에 형태를 씌우는 것이다. 하지만 이것은 '비'와 '불'의 속성과 다퉈 그것을 규정하려는 것이 목적이 아니다. 이는 다만 인지적 이해의 어려움에 따라 쉽게 외면당하고 주변부화되었던 '비'와 '불'의 속성과 화해하기 위한 방법론, 즉 불가능과 비규정을 끌어안고 그것이 가진 곤란함과 함께하기 위한 것이다. 그러니 느낌의 '비'와 '불'의 속성에 대해서는 느낌이 무엇인지 규정하기보다, 그것이 구체화되어 있는 두 사람의 시편들을 통해 느낌이 어떻게 작동하는지 볼 수 있을 것이다. 느낌은 그것을 둘러싸고 있는 '비'와 '불'의 곤란함과 어떻게 함께하는가.

2. 느낌에 관해 언어는 불충분하다

언어는 분류와 분리의 과정을 통해서 구성된다. 이것과 저것이 구분되고, 구획된 틀 안에서 의미 역시 분리되어 자리 잡는다. 하지만

과지성사, 2013), 김상혁의 『다만 이야기가 남았네』(문학동네, 2016).

언어의 구획 안에 나뉘어 안착하기에 느낌은 그보다 크거나 복잡하다. 느낌을 가두기에 언어는 불충분하다.

충격의 날들이 이어지고 말기를 살고 있는 것 같을 때 비극적 상상만으로 종일 울 수도 있고 모르는 사이에 슬픔이 아늑한 곳에 자리를 깔고 나면 알게 모르게 섞이고 자고 나면 섞이고 오가는 발들에 대해 생각하면 또 얽히고 점점 집을 나서기 힘들어지고

(중략)

지금 나는 이 복잡한 것을 그저 착잡하다, 라고
말해 버려도 괜찮을까

—황혜경, 「착잡하다」 부분

시는 정의와 해석의 언어가 아니라 정황의 언어, 사이와 맥락의 언어이다. '착잡함'이라는 느낌을 전달하기 위해 황혜경에겐 5개의 연과 그보다 더 많은 단어들이 필요했다. 이 안에는 "비극적 상상"과 '울음'과 "아늑한 곳에 자리를" 깐 슬픔과 오가는 발에 대한 생각 등등이 뒤섞여 있다. 그리고 전달의 여정에는 각각의 느낌들뿐 아니라 다음의 세 변주가 함께한다. 우선 시는 ① '착잡함'이라는 하나의 느낌을 전달하기 위한 것이다. 하지만 ② 보다 엄밀하게는 "이 복잡한 것을 그저 착잡하다, 라고/말해 버려도 괜찮을까"라고 묻는 끝맺음에서 보듯 언어의 불충분성에 대한 메시지를 외적으로 드러낸다. 즉 그러한 때의 느낌이 '착잡하다'라는 하나의 단어 안에 들어가지 않는다는 것이다. ③ 그리고 실제로는 명시된 언어의 불충분성으로 인해 '착

잡하다'라는 단어의 주변을 흘러넘치는 복잡 다변한 느낌이 '착잡함' 이라는 뉘앙스와 함께 전달되는 것이다. 하지만 이러한 분석적인 구분이 의미에 접근하는 데 도움이 될지라도, 각각의 파편이 시편 전체의 맥락에서 어떤 느낌을 구성하고 전달하고 있는가는 다른 문제로 남는다. '착잡함'이라는 단어를 둘러싼 맥락과 시 속에서 구축되고 있는 사건, 각 대상 간의 배치의 조합은 이 시가 전달하는 느낌이 '착잡함'의 언저리에 있는 어떤 것이 아닐 가능성을 내포한다. 혹여 그것이 '착잡함'이라는 느낌으로 귀결될 때라도 그것의 경로에 있던 규정 불가능한 느낌들은 해소되지 않는 것이다. 시가 지적하듯 "더 이상 밀고 나갈 힘이 없는 未知" 앞이더라도 그러하다. 이때 시는 이미 아는 느낌의 증폭자이면서, 아직 없는 느낌의 발명자가 된다.

그러니 언어의 불충분함이 언어의 무력함을 의미하지는 않는다. 언어는 불충분함에 기대어 충분을 지향하는 도중에 있다. '착잡함' 이라는 느낌의 비규정성이 「착잡하다」라는 시가 태어나는 '찢겨진 틈'[2]이 된다. '비'와 '불'과 다투고 또 함께하면서 '다른' 언어가 나타난다. '비'와 '불' 사이에 시가 있다.

3. 느낌은 그러므로 늘 관계적이다

느낌은 전(前)언어적인 것이며 그것이 언어로 표현될 때라도 언어의 비(非)언어적인 잉여가 오히려 느낌의 대부분을 차지한다. 이러한 느낌의 흘러넘침 혹은 주체 이전의 존재감을 언어 안으로 포획하려는 것이 언어화 및 주체화, 즉 분리와 구분의 질서이다. 황혜경의 시에서 주체 역시 이러한 분리와 구분의 질서에 잘려 나가는 존재이다. 그러므로

2 니꼴라 부리요, 『관계의 미학』, 현지연 역, 미진사, 2011, 79쪽.

시인은 "명확한 구분의 결과로 한 모"씩 잘려진 분리의 질서 앞에서 차라리 "부드럽게 무너질 수 있다는 것은 얼마나 매혹적인가"라고 말하며(「두부의 규모」), "모양의 질서가 사라"질 때에도 "함부로 칠하지 않기로" 하자고 말하는 것이다(「채색의 저편」). 그리고 그 이전에 느낌은 스스로의 분리 불가능성을 통해 그러한 구획을 흘러넘치고 있었다.

주체나 대상이나 그것이 의미를 가지게 되는 것은 그것과 연결된 외적 요소와의 관계 속에서다. 존재는 명사적으로 완결되지 않는 동사적인 생성이며, 이 생성은 관계 내에서만 작동한다. 느낌의 영향도 관계적이다. 느낌은 늘 "나로 인한 너의 감정"이고(「다음의 감정」), "한 사람 앞에 앉아 같은 표정을 짓는다면/알게 모르게 어떤 작용이 있었던 게 분명"한 것이다(「영향을 미치는 사람」). 관계의 면(面)을 채우는 느낌은 단절된 것을 넘어 흘러넘침으로써 관계한다. 느낌이 충만해지면 단일한 주체는 물러지며 물러난다. 느낌이 주체를 흐트러뜨리고 바깥으로 내몬다. 바깥에서 관계의 대상과 함께하는 것, 그러므로 느낌은 늘 '함께같이'의 지대이다.

> 두 사람이 네 사람의 장례를 함께 치르고
> 나눠 갖고 난 후에 두 사람은
> 정말 내가 당신 같고 당신이 나 같다, 라고 했대
>
> (중략)
>
> 나는 함께같이 슬픈 것들과 같이
> 나는 생각이 없는 사람보다
> 슬픔을 모르는 사람을 나는 더 모르고 싶고

—황혜경, 「슬픔을 모르는 사람」 부분

'나'와 '당신'이 느낌을 공유하는 곳이 '함께같이'의 지대이다. 그러므로 "내가 당신 같고 당신이 나 같다"라는 것은 '나'라는 주체와 '당신'이라는 타자가 어느 한쪽의 동일성으로 치우치지 않는다는 의미이다. 슬픔으로 차오른 공간 속에선 '나'의 경계와 '당신'의 경계가 지워지는 것이다. 비유하자면, 슬픔이라는 호수에 잠긴 뚜껑 열린 두 개의 빈 병이 되는 것이다. 이 빈 병은 주체적 동일성 이전의 존재로서 느낌으로 차오른 (누구 아닌) 누군가이다. '함께같이'의 지대, '나'와 '당신'의 공동구역 안에서 '나'나 '당신'은 물러선다. 느낌의 차오름은 주체를 비인칭적이고 전(前)개체적으로 만든다. 김상혁의 시를 예로 들자면, 모욕을 당해 분노로 차오른 '그'가 "백인인지 흑인인지 얼마나 좋은 직업을 가졌는지/아침으로 무얼 먹었는지도" 모를뿐더러 그러한 정체성은 무의미해지는 것이다(「조와 점원」). 느낌의 경험은 '그'가 누구인지 알려 주지 않는다. 작동하는 느낌 속에서 인칭은 사라진다.

하지만 여전히 '슬픔을 모르는 사람', 타인과의 슬픔의 공유 지대를 거부하는 무감(無感)의 사회가 있다. 시인은 그것이 유감(有感)이다. 다른 시에서 일컬은 것처럼 "괄호 속에 웅크리고 있는" 감정과 주체를 고집하는 것은 '병'을 유발할 뿐이다(「다음의 감정」). 그러한 병증을 함께 앓으면서도 무감한 사람을 '모르고 싶'다는 것은 무감에 대한 또 다른 벽을 만드는 것이 아니다. 시 전체의 질감으로 표현하는 유감은 '그'의 벽과 괄호를 두드린다. 그러니 장벽이 너무 두터워 침투가 어려워 보일 때라도 그것을 향해 있는 것, 벽을 감싸고 있는 느낌이 존재한다. 에두아르 글리상트가 쓴 것처럼 "태양의 가장자리에 나무줄기가 생겨나듯”[3] 관계는 아무것도 포기하지 않는다.

4. 느낌은 언어(주체) 이전이며 이후이다

황혜경(그리고 뒤에 보겠지만 김상혁)은 의인화·인칭화를 통해 느낌을 표현한다. 이때 느낌은 어떤 인물 형상을 가지지만, 이것이 느낌을 주체나 대상으로 구현하기 위한 것은 아니다. 의인화 형상은 실물 감각을 구성하는 과정이지, 특정의 누군가로 규정되는 것을 지향하지 않는다. 즉 느낌을 어떠한 주체로 환수하고 환원시키기 위함이 아닌 것이다. 오히려 이는 특정 형상의 규정을 거부하기 위하여, 경계의 넘나듦을 실감하기 위한 방법적 차용이다. 이러한 형상들은 보이지 않고 흔적도 남기지 않는 흔적들, 흔적의 경로들에 대한 적시이다. 형상화된 느낌은 느낌의 정황을 표현하고 언어의 경계를 넘고 다시 차오른다.

> 의성어와 의태어 사이에서 머뭇거리는 소리의 몸짓, 몸짓의 소리로 존재하게 되는 순간이 있다 남겨지는 것과는 다른 이야기로 버림받는 느낌이 노련하게 한층 더 가혹할 때 결국 고독한 종들은 말이 과다하다는 것을 깨닫게 된다는 것을 분명히 느끼고 어떤 면을 맹신하며 밀착을 시도하게 된다 소모적으로

> 안시리움이라는 식물에서 함께 온도를 느끼던 무렵이었다 시리지 않은 느낌으로 몸의 발성을 설득하면서 내가 아니면 안 된다고 네가 울고 절대 너는 안 된다고 내가 울었다 완성하고자 했던 관계는 포함하려는 문장 쪽

---

3 Édouard Glissant, *Poetics of Relation*, trans. Besty Wing, The University of Michigan Press, 1997, p.209.

에서 늘 발을 빼곤 했으므로 지금 나는 느낌 氏를 믿기로 결심한다 더 늙고 가망 없어질 때까지 추억에 관한 이야기는 하지 않을 것이므로 몸의 부위로 말고 허공의 부위로의 나는 느낌 氏만 절대적으로 믿기로 하고

(중략)

아기를 낳은 사람과 아기를 낳지 않은 사람으로 여자가 구분될 때 아직 모르는 느낌에 대하여 침묵할 때 순서를 잃은 날짜들이 저마다 탯줄을 목에 감을 때 구름의 가장자리가 붉은 십자가에 잠깐 찔릴 때 느닷없이 손톱이 부러져 살이 드러날 때도 아픈 나도 느낌 氏를 만나는 것을 좋아한다 잎맥을 바라보다가 간결하거나 간절하다는 것을 알아차리던 그 느낌은 어떻게 표현될 수 있을까 그리하여 시간의 관다발은 기꺼이 내게도 양분의 통로가 되어 주고 있음을 느끼기 위해 나는 느낌 氏를 만나러 가려고 길을 나서는데 느낌 氏가 더 일찍 먼저 이쪽으로 출발했다고 한다

—황혜경, 「느낌 씨가 오고 있다」 부분

일견, 시의 외형은 버린 사람과 남겨진 사람에 대한 에피소드로 직조되어 있는 듯하다. 하지만 시의 내부를 채우고 있는 것은 언어 이전에 존재하는 소리(또는 실물)와 언어와의 관계, 그리고 느낌에 대한 것이다. 의성어와 의태어는 '소리와 몸짓'에 가장 가까운, 그래서 언어 이전의 것을 가장 많이 간직한 언어이다. 의성어는 소리와, 의태어는 몸짓과 한순간 일치하는 듯하지만, 그것들 사이에는 넘을 수 없는 간극이 있다. 그러므로 이 사이에서의 '머뭇거림'은 소리/몸짓과 넘을 수 없는 틈을 둔 언어의 불충분함 때문에 발생한다. 혹은 어떠한 언어도 이미 과언(過言)이기 때문에 발생하는 틈이다. 그 틈을 메우는 것이

면(面)으로서의 느낌이다.

마찬가지로 "안시리움이라는 식물"에는 '안시리움'이라는 이름(언어)과 안시리움의 실물이 있고, 그 둘이 온전히 합치되는 것은 가끔의 기적 같은 일이다. 그런 때에 "함께 온도를 느끼"는 것이 가능하다. 아니, 느낌 안에서는 그것이 가능하다. 하지만 이내 언어와 몸짓의 소리가 완성하고자 했던 관계는 "문장 쪽에서 늘 발을 빼곤 했으므로" 실패한다. 구분의 선들이 존재의 목을 조르고, 존재를 점(點) 안에 가두고, 그러한 점이 붉은 십자가의 침(針)이 되어 구름의 면을 찌르고, 구분의 껍질 같은 손톱이 부러져 살이 드러난다. 불일치 속에서 느낌은 대개 상처이지만, 이러한 감각이 다시 느낌을 조성한다. 느낌은 관계에서의 면이고, 언어와 관계하여 불충분한 느낌은 다시 언어를 요청한다. 다만 새로운 느낌씨의 도래를 기다리는 것이다.

느낌씨는 단일한 주체의 구성이나 고정된 언어 같은 분리와 고립에 대한 반(反)언어, 실은 언어의 이전이며 언어 이후에 도래하는 느낌의 구체화이다. 느낌에 대한 인칭화는 반(反)인칭화를 지향하고 동일한 의미로 느낌에 대한 언어화는 언제나 반(反)언어화를 지향한다. 개체적·주체적 인간화에 대한 반동은 전(前)개체적인 것으로써 느낌의 면(面)적 속성, 그러므로 주체 이전의 공동 영역을 구성한다. '나'의 몸의 부위가 아닌 허공의 부위, 그러니까 어떤 사이들을 점유하는 느낌씨에게 자리를 내주는 것은 언어 이전이자 분리 이전, 주체로서의 몸 이전의 경로인 느낌과 만나는 것이다. 그러므로 위 시는 '내'가 그 관계 속에서 느낌에게 자리를 내주기 직전의 시다. 느낌씨는 이전부터 있어 왔지만 "더 일찍 먼저 이쪽으로 출발"한, 즉 이미 도래하고 있던 것이다.

"나의 1초 밖의 영원한 느낌 氏"처럼, 언어든 주체든 특정의 대상

a가 아니라 a 바깥의 것을 회복하는 것이 관건이다. 그러므로 “느낌氏가 오고 있”는 시는 느낌의 충만함을 회복할 것을 지향한다. 이때 함께 오는 대항 언어의 도래를 기다릴 뿐이다. 이러한 측면에서, 다시 언급하자면, 언어의 불충분함이 언어의 무력함을 의미하지 않는다. “느낌 氏”의 회복은 언어 그 자체를 가두고 있는 언어적 회복을 의미하기도 한다. 불충분하지만 불충분한 언어의 틈을 안고 쓰는 것이 시-언어이고, 그 불충분함 바깥의 것을 회복하는 계기가 그 결핍과 틈에 있는 것이다. 언어의 불충분함에도 불구하고 “아직 모르는 느낌에 대”해서 침묵하지 않은 증거가 이 시의 전체인 것이다.

5. 주체의 물러남이 느낌의 충만함을 회복한다

‘비(非)’와 ‘불(不)’의 속성이 수식으로 붙는 느낌은 그것 자체의 해결곤란함 때문에 지속적으로 소외되기도 했지만, 느낌을 무언가의 ‘하위’에 놓으면서 ‘비’와 ‘불’의 곤란함을 가리기도 했다. 느낌은 우선 언어와 의미에 속박되어 있었다. 느낌이 언어적으로 구성되면서 ‘비’와 ‘불’로밖에 얘기될 수 없는 대개의 것은 버려졌던 것이다. 또한 느낌은 주체에게 종속된 것이었다. 즉 느낌이란, 늘 ‘누군가’의 느낌이었고 ‘누군가’의 배경에서 느낌은 ‘누군가’의 한때의 변화 상태에 대한 수식일 뿐이었다. 누군가에 기인한, 누군가에게 속한 하위의 것이라는 종속성은 특히 느낌의 전달에 있어 난맥의 이유가 된다.

만일 기쁨을 말한다면 그건 사람의 기쁨이겠지. 기쁜 사람이 매일 찾아가 두 팔로 나무를 안아 주었다. 나무는 자라 숲이 되고, 숲은 끝없이 퍼져 해안까지 닿았다. 그렇대도 그것이 나무의 기쁨, 숲의, 바다의 기쁨은 아닌 것이다.

먹는 기쁨, 보는 기쁨, 생각하는 기쁨.
영혼의 기쁨 같은 건 없다.
그렇대도 기쁜 영혼 같은 건 있었으면 좋겠다.

(중략)

그렇대도 기쁜 영혼이 돌아올 수 있는 기쁜 생활 같은 건 있었으면 좋겠다. 부모가 가방에 챙겨 준 물건들이 하나둘 망가지는 동안 기쁜 아이는 자라 많은 아이들이 되었다. 그들이 끝없이 퍼져 바다 건너까지 닿았다. 거기서는 기쁜 나무를 심었으면 좋겠다.

—김상혁, 「기쁨의 왕」 부분

먹을 때, 볼 때, 생각할 때 등등에 있어 느낌의 종류는 수천이 아니라 수만으로도 부족하다. 느낌에 대한 명명이 특정의 단어로 국한될 경우 경험의 전달은 거의 요원하다. 언어의 불가능성 속에서 느낌의 전달은 정황과 맥락, 시퀀스에 기대어진다. 이러저러할 때의 기쁨, 이러저러할 때의 슬픔 등. '하나의 이미지를 위해서는 둘이어야만 한다'고 고다르가 말했듯, 그것이 '기쁨'이나 '슬픔'이라는 단어로 환원될 때라도 정황은 느낌의 최소한이다. 관계 정황은 느낌의 시발점이되 완성이 될 수 없다.

하지만 사유의 습성은 이러한 정황을 주체의 시각이 세계에 투사된 것으로 환원하려 한다. 그러나 느낌을 주체의 본래적인 것으로 상정한다면, 주체에게서 발현된 느낌의 일방향적 투사만 남게 된다. 주체에게 예속된 기쁨은 기쁨과 같은 긍정적으로 여겨지는 느낌일 때라도 타자성을 손상하는 방식이 될 수 있다. '나'의 느낌이 어떠어떠하다라는 식이 가진 배제와 폭력의 뉘앙스가 그것이다. 이러한 접근에서, "사람의 기쁨이겠지"라고 하는 진술은 특정의 누군가를 지칭한 진단이거나 바람이 아니다. 느낌은 한 개체의 내부가 아니라 그것들 사이에서 발생하는 것이다. 그것이 주체와 연결될 때라도 정황 속에서 관계의 한 끄트머리를 주체가 잡고 있는 것일 뿐이다. 주체가 먼저가 아니라 관계적 주체가 사후의 흔적으로 생성되는 것이다.

주체가 물러나 있을 경우, 이전과 다른 결과를 예견할 수 있다. 주체가 자리를 비우고 그 자리를 주체도 타자도 아닌 것으로써 '나무', '생활', '바다' 등등과 느낌을 공유하는 것이 기쁨이라는 사태이다. 어떤 주체/타자/대상의 것이 아닌 어떠어떠한 정황의 기쁨이다. 그 맥락 안에서 어떤 주체/타자의 것도 아닌, 단지 관계 내에서 함께 차오르는 어떤 느낌이 가능해진다. 즉 동일성이 물러날 경우에만 가능해지는 '함께같이'의 전유이다. 이는 자연을 위시한 세계와의 관계에서는 세계에 대한 인식적 투사가 물러난 자리를 느낌이 채울 때에 가능해지는 것이다. 주체가 스스로를 제 바깥에게 양도할 때, 한 개체의 내부가 아니라 사이에서 발생하는 느낌인 것이다.

이러한 측면에서 황혜경의 느낌씨가 인격화된 주체가 아닌 이유와 유사하게, 김상혁의 "기쁨의 왕"은 인칭이 아니라 하나의 사태이다. "사람의 기쁨"이 아니라 기쁨의 사태와 연결된 세계의 기쁨이 편재한다. 왕은 수직적 위계의 최상층에 있는 권력자를 뜻하지 않는다. 왕의 기쁨이 아니다. "기쁨의 왕"은 기쁨이 전면적으로 채색된, 가진 게 그것뿐이라 왕이 된 것으로서의 편재성이다. 그 편재성이 왕의 본질일 따름이며 왕좌는 기쁨이 충만하여 주체가 사라지는 자리이다. 관계들이 만드는 사태에게 주체가 양보하는 것, 혹은 카프카의 표현으로 "너와 세계의 싸움에서는 세계에 지지를 표하"는 것이다.[4] 주체가 물러나고 관계가 나선다. 거기서 언어와 주체가 만든 구획을 넘고 그때에야 "나무의 기쁨, 숲의, 바다의 기쁨"과 또 그러한 기쁨과 연결된 세계의 편재하는 기쁨이 이어진다.

6. 느낌의 전체는 부분의 합과 다르다

느낌은 어떤 '느낌'이 한 단어로 지칭되는 하나의 항(項)일 때에도 그 바깥의 것과 관계하면서 그 사이를 메우는 사태이며 정황, 지대로서의 느낌이다. 닫힌 주체와 고정된 언어의 항에 균열을 일으키고 관계 속으로 열어젖히는 것이 느낌이 가진 곤란함('비'와 '불'의 속성)이다. 이것이 항들의 종합인 전체를 열린 회로로 만든다.

> 얼음산에서 발굴된 여왕님은 한때는 자신을 지키던 창에 기대어 졸고 있었습죠. 드레스 위로 벗어난 탐스러운 가슴을 몇 번씩 주무르고 나서야 우리는 삐걱거리는 옥좌에 늘어져 있던 그분을 바닥에 눕혔더랍니다.
>
> ……너희는 아는가, 후회하는 자가 아니라,
> 영영 후회하는 상태에 사로잡힌 삶에 대해.
> 나는 언제부턴가 나의 슬픔과 정원을 기계에 맡기었다.
> 매일 밤 머릿속을 구르는 바퀴의 소음이
> 성 밖으로 또 한 수레 셀비어를 실어 나른다.
>
> —김상혁, 「여왕님의 애인은 누구인가」 부분

---

4 프란츠 카프카, 『꿈 같은 삶의 기록』, 이주동 역, 솔출판사, 2017, 439쪽.

위 시는 어조에 있어서 크게 두 가지 항으로 구성되어 있다. 여왕의 목소리로 구성된 항과 남자들의 표현으로 구성된 항이 그것인데 이 둘은 전혀 다른 어조의 충돌 속에서 다른 느낌의 창출을 기다린다. 먼저 여왕의 느낌이 아닌, 느낌의 여왕의 목소리는 주체 이전, 언어 이전의 느낌을 가능하게 하는 주체의 물러남을 보인다. 즉 여왕은 "후회하는 자가 아니라,/영영 후회하는 상태에 사로잡힌 삶" 속에 있다. 이러한 사태는 '여왕'의 주체적 고정성을 흩뜨리며 오래된 얼음산에 있던 여왕의 존재를 과거의 것이 아니라 현재와 미래적인 것으로 만든다. 여왕이 "후회하는 자"였다면, 그러한 정체성을 만들게 된 인과나 후회의 이유 같은 것이 중요해졌을 것이다. 하지만 느낌의 상태는 과거의 유산이 아닌 시간 속에서 현전하는 사태이다. 그리고 이 '후회하는 상태', '이별하는 상태'는 시간의 마모성, 혹은 덧없음과 같은 느낌의 보편성을 만들어 낸다.

이는 특정 대상, 상황, 인물, 사건을 구축하기 위한 서사가 아니라, 각각의 사이에 있는 느낌의 (보이지 않지만 분명히 실존하는) 현존을 전시하기 때문에 가능해지는 것이다. 이는 주체와 언어, 무엇보다 그것에 의한 대상화에 가려진 느낌의 공동성, 편재성을 향한 지향이지 각각의 것들을 새롭게 범주화하기 위한 것이 아니다. 모두에게 공유될 수 있고, 그럼으로써 각각이 그 느낌에 동화되기를 기다리는 뼈대의 한 부분이다.

하지만 이러한 부분은 시의 구성의 한 항일 따름이며 이 부분의 구성 역시 전체의 맥락과 관련된 한에서 의미를 지닌다. 즉 그러한 여왕의 사태에 무심한 남자들의 어조로 구성된 항과의 관계 속에서 사태는 다른 전체를 향해 열려진다. 시는 부분들의 집합이 아니라, 부분의 합을 넘어선 전체로서 전달된다. 모든 관계는 그 항들에 외재적이고,[5] 전체 역시 언제라도 하나의 항이 될 수 있다. 시의 전체 혹은 느낌의 전체란 완결되지 않는 한에서의 전체이며, 그런 한에서 늘 전체주의에 반대하는 전체이다. 뼈대는 열려 있고, 뼈대-이야기의 전달은 그 사이를 작가의 목적이나 의지로 채우지 않고 고정시키지 않는다. 그것은 열려 있는 만큼, 다른 느낌의 자리를 마련하는 것으로서의 전체다.

정황에는 여지가 있지만, 그 여지에 확고함이란 없다. 여지는 다만 만연할 뿐이다. 시편의 전체란 하나의 단어나 하나의 행, 연이 아니라, 시를 구성하는 배치와 행간을 포함한다. 이야기는 마르고 닳아서 뼈대 같은 이야기만 남더라도 다음의 느낌, 혹은 다음의 이야기를 위한 부식토로 남겨진다. 느낌은 정황 안에서 재창조로 번지고 그것의 표기로는 불충분한 다른 느낌이 발명되길 기다리는 것이 시의 행보이다. 그러므로 이야기의 전달을 믿지만 이전의 것과 동일하기를 믿을 수는 없는 것이 시가 고투하는 지점이다. 전체로서의 하나의 항은 내부적 항과 마찬가지로 열려 있다. 이야기에 내재한 외재의 영역은 늘 남아 있다. 그러므로 닫힌 주체나 고정된 언어라기보다 열려 있는 단서이자 정황으로서의 이야기만 남을 경우, 어떤 발신자-주체의 의도 전달에 목적을 두지 않는 한에서 이야기는 실패하지 않는다. 선제 조건이 없으므로, 그리고 완결을 상정하지 않으므로 실패는 없다. 이야기는 (느낌의 곤란함을 안은 채 열린) 이야기를 통해 (닫힌) 이야기에 저항한다. 이야기는 관계를 구성하는 최소한의 경로로써, 그 지대를 채우는 느낌이 무엇이 될지는 아직 알지 못한다. 혹은 황혜경의 표현에 따라, 이미 어떤 느낌씨가 도래하고 있는 것인지도 모른다.

---

5 질 들뢰즈, 『경험주의와 주체성』, 한정헌·정유경 역, 난장, 2012, 197쪽.

7. 느낌의 곤란함과 함께하기

느낌은 보이지 않지만 분명히 경험되는 것이다. 또 느낌은 특정한 언어로 완전히 포획하기 불가능하지만 불가능을 통해 존재한다. 느낌은 관계를 채우는 적분으로 구성되지만, 언어와 관련해서 이는 분리 불가능한 것으로부터 삐져나옴으로써 제 존재를 드러낸다. 비규정적이고 불충분한 그것을 상상하게 하는 힘은 역설적으로 불가능성으로부터 비롯된다. 그러니 여전히 언어는 불충분함에도 불구하고, 분리와 구분으로 "조각난 팔과 다리, 터지고 일그러진 얼굴에 대한 말이 꼭 필요"한 것처럼(김상혁, 「어떤」). 언어가 '비'와 '불'의 곤란함 끝내 놓지 않는 것이 필요하다. "즐겁다, 라고 말해 버리고 나면 즐겁지 않을 것 같"아서(황혜경, 「두려움의 근거」), '즐겁다'라는 단어와 그렇지 않을 것 같음 사이의 미묘함을, "삶과 유령 사이에 있"는(김상혁, 「나의 여름 속을 걷는 사람에게」) 불가능성을 상상하게 하는 것도 언어를 경유해서 가능해지는 지점이다. 이는 제 스스로의 가능 세계를 위해 불가능의 세계를 지워 온 언어와 주체의 습관적 지향과 상식을 위반하고 바깥에서 느낌의 불가능한 공동 구역을 환기함으로써 가능해진다. 혹은 이러한 불일치의 장소로부터 느낌과 언어와 주체의 새로운 영역이 확장된다.

2000년대 이후 한국시의 시적 흐름에서 주체의 미분화는 타자와 함께하기 위한 지향이면서, 사회체제 내에서 위태로워진 존재들의 사회적 자리의 소실에 대한 진단이었다. 또한 역설적으로 이전 세대 동안 비대해진 주체의 자의식으로 인해 오히려 고립된 개인들에 대한 독해이기도 했다. 황혜경과 김상혁의 '느낌'의 전면화는 이러한 지향 및 진단과 함께하면서도 주체의 위치를 중점화하는 것이 아니라, 바깥들을 사유함으로써 각각의 관련성을 문제시하며 다른 각도의 시적 접근을 한다. '느낌'을 인칭으로 대상화시킬 수밖에 없었지만, 그것은 대상과 대상을 만든 경계를 넘어서기 위한 것이다. 직접적인 터치(touch, 마음을 울리다 라는 의미를 포함하여)가 부재한 고립된 개인들의 세계에서, 주체의 물러남은 느낌이 보유하고 있던 모든 것을 느낌에게 되돌려주려는 표기이다. 즉 주체에 부역하는 사자(使者)로서의 느낌씨가 아니라, 느낌이 가진 '비'와 '불'과 다투지 않고 그것의 곤란함과 함께하기인 것이다. 그러므로 이런 말을 할 수 있을 것이다. *느낌의 왕이시여, 나의 바깥이 나의 전부입니다.*

epilogue

비평, 난해하거나 불편하거나 쓸모없거나

1. 굳이

지난 2023년 5월, 한 독립문예지의 편집자는 원고를 공모하며, 비평 부문과 관련해 이런 글을 남겼다.

> 〈비평〉은 잘 읽지 않는다고 알려져 있지요. (중략) 온라인 서점의 판매지수를 보게 되는데 정말로 비평서는 안 팔리는 것 같습니다. (중략) 사 보면 도움될 점이 많은 책들이라도 독자의 기대 자체가 형성되어 있지 않기 때문에 역시 주목받지 못하는 듯해요.[1]

인용 글은 비평의 현재에 대한 단면을 날것으로 보여 주고 있다. 비평을 읽는 사람들은 드물다. 독자의 기대는 거의 존재하지 않는다.

---

1 이 독립문예지는 공모를 남기고 얼마 후, 재정상의 이유로 종이책 휴간을 알리며 공모를 취소하며 글을 삭제하였다. 이에 출처를 남기지 않기로 한다.

여남은 소수의 독자는 시인·소설가·평론가·편집자 정도일 것이다. 2023년 6월 발간된 출판 저널 『기획회의』의 주제는 '비평, 그게 돈이 됩니까'이고, 기획은 상기 인용과 비슷한 인식에서 출발해서 비평의 효용·쓸모를 묻고 있다. 해당 호의 필진으로 참여한 평론가 장은정은 비평을 쓰는 이들에게조차 "비평 독자의 자리"가 상상되지 못하는 사례를 이야기한다.[2] 민음사 인문사회 팀장 신새벽은 정말 좋은 비평의 경우 오히려 '비평'이라는 '이름'을 떼고 내놓는다고 하며, 그 이유로 "비평 독자가 적기 때문에, 관심이 없거나 싫어하는 독자들"과의 접점을 위해서라고 밝힌다.[3] 그러니까 때로 '비평'이라는 라벨은 그 자체로 회피의 대상이 되기도 하는 것이다. 『기획회의』에 참여한 필진들은 비평의 암울한 현재를 적시하는 한편, 플랫폼 변화를 통한 가능성을 타진하기도 한다. 플랫폼의 다양화를 통한 접점 및 접근성의 증가가 쇠락에 대한 저항선이 될 수 있을까.

사실, 비평은 읽히지 않는다라는 이야기는 무척 새삼스럽다. 너무 오래된 이야기라, 관련 주제들이 최근 다루어지는 것이 다소 뜬금없다고 여겨질 정도다. 비평 독자 감소의 하향곡선은 오래되었고, 곡선은 애저녁에 바닥에 닿지 않았나. 그래서, 비평 독자의 수 감소 보다, 불편함, 난해함을 거부하는 사회 흐름과 연관 짓는 것으로 문제에 접근하고자 한다.[4] 왜냐하면 독자 수 감소가 정말 문제인가라고 물으

2 장은정, 「너에게나 중요한 것」, 『기획회의』 585호, 2023, 30쪽.

3 신새벽, 「상품으로서의 비평」, 『기획회의』 585호, 2023, 42쪽.

4 물론 그 이유의 대부분은 비평가들의 몫일 것이다. 그러므로 지금 이야기하고자 하는 바는, 비평 독자의 감소(혹은 비평이 독자 일반에게서 유리된 것)에 대해 변명하거나 면책하고자 하는 의도가 아님을 밝힌다. 그것은 비평의 내적 책임에 더해, 불편함을 피하고자 하는 사회적 흐름의 한 증상일 것이며, 덧붙여 비평이 제 역할을 하지 못한 것 역시 이런 흐름의 하나의 이유가 될 수 있을 것이다.

면 (비평가의 입장을 제외하면) 조금 답을 유보하게 되지만, 그것이 불편에 대한 회피의 결과라면 문제적으로 볼 만하다. 이에 우선, 비평은 난해하거나 불편하며, 그런 난해·불편을 감수할 이유가 없다라는 한 문장으로 갈음하도록 해 보자. 그리고 불편함의 대상을 비평과 같은 글은 물론이거니와, 타인 및 세계와 부딪히면서 생기는 곤란함을 포함해 확장해 보자. 이 글에서 이야기하는 비평이란 한마디로 타자 혹은 세계(혹은 문학)에 대한 '다른' 의견이다.

2. 난해하거나 불편하거나

1980년대 질 들뢰즈·펠릭스 가타리의 철학서 『천 개의 고원』(1980)은 당대 프랑스 사회에 센세이션을 일으켰는데, 센세이션의 주축이 된 것은 십대 독자였다고 한다. 『천 개의 고원』이 가진 내용의 난해함과 별개로, 기성세대들은 『천 개의 고원』이 함의한 '다른' 사유가 기성의 관념과 충돌을 일으켰기 때문에 그것을 어렵게 느꼈고, 이에 반해 사고가 부드러웠던 십대들은 그 다름을 쉽게 받아들이며 열광했다는 것이다.

이미 알던 것과 유사한 정보는 인지 구조에 쉽게 정착한다. "앎이란 원래 내가 평정하여 품에 넣은 것과의 관계"이고, "내 척도와 기준에 따라 생긴 것"으로, 이러한 "동화작용"으로서의 앎에는 "타자성"이 없다.[5] 하지만 기존 인식 내에 없는 낯선 것을 받아들이기 위해서는 이질적 대상과 다투는 과정을 거쳐야 한다. 이때 타자성을 제거하여 기존의 방식대로 이해하면 어렵지 않게 익숙한 '나'를 유지하게 될 것이지만, '나'를 깨고 확장하기 위해선 사유의 충돌이, 타자 및 세

5 엠마누엘 레비나스, 『윤리와 무한』, 양명수 역, 다산글방, 2005, 74-75쪽.

계와의 불편한 관계가 필연적이다. 이는 비단 앎과 지식의 문제에 국한되지 않는다. "도덕적 성찰"의 경우에도 "자신이 이미 갖고 있는 기준에 맞추어 자신을 반성하는 행위는 반성할 수 있는 것만을 반성"하는 "동어반복"의 한계에 빠지는 것이다.[6]

의미의 난해함과 구분 지어, 새롭고 낯선 것을 받아들일 때의 감각을 '다름의 난해함'이라 하자. 잘못 써져 난삽한 글은 물론 재고의 여지가 없다. 하지만 때로 의미의 난해함이 글의 필요에 따른 문제라면, 다름의 난해함은 비평의 역할, 혹은 덕목이기까지 할 것이다. 즉 비평의 역할 중 일부는 "습관적으로 행하는 일들에 대해 불편한 질문을 제기"하는 것이 있다. 비평은 때로 "습관적인 추정과 실천이 어떤 이유에서든 무너지기 시작하는 지점"을 지향하기 때문이다.[7] 핵심은 난해함 자체가 아니라 다름이 야기하는 사유의 충돌이다. 하지만 앞서 언급했다시피, 다름의 난해함이건 뭐건, 괜한 불편함을 감수할 이유가 있는가.

월터 벤 마이클스는 1990년대 이후를 '의견 불일치'가 사라진 시대라고 한다. 마이클스는 두 명의 독자가 하나의 시를 읽고 서로 다른 해석을 하는 것을 예로 인용한다. 두 사람이 한 편의 시를 읽을 때 저마다 자신의 독해로 지은 시를 읽는 것이고, 이는 곧 각기 "다른 시"를 읽는 것과 같다. 전혀 다른 시를 읽은 것이 되므로, 시에 대한 두 사람 사이에 갈등은 존재하지 않는다. 즉, "하나의 시가 지닌 의미에 대한 너의 견해"가 있고, 그것과 전혀 다르게 구성된 "나의 견해는 완전히 서로 양립 가능"하게 된다. 이처럼 "의견 불일치가 없는 차이"는

6 김홍중, 「인류세의 사회이론 1: 파국과 페이션시」, 『과학기술학연구』 40호, 한국과학기술학회, 2019, 39쪽.

7 테리 이글턴, 『비평가의 임무』, 문형준 역, 민음사, 2015, 322쪽.

각자가 점한 "주체 위치를 본질적인 것"으로 만든다.[8] 두 독자는 갈등하거나 충돌하는 일 없이 자신이 생산한 의미 속에서 안전하게 머문다. 이는 일견 서로의 차이를 인정하는 예로 보일 수도 있지만, 실은 자신의 입장만 남기고 차이, 즉 상대는 제거되는 것이다. 이러한 주체 위치의 본질화, '의견 불일치'의 소멸은 차이의 정치학이 쉽게 빠져드는 맹점이다. 차이 인정이 실은 차이 제거로 향하는 것이다. 차이를 배제한 채, 애초 문제될 건 아무것도 없었다는 듯이 세계는 있는 그대로 긍정된다. (무차별적) 상대주의가 보수주의가 직결되는 지점이다.

"어긋남은 타자의 가능성 자체"이고, "함께 어울릴 수 없는 것"을 "함께 유지"할 때 발생하는 것이 사유이다.[9] '의견 불일치'가 사라진다는 건, '내'가 '내' 속에 안전하게 머무르는 동안 타자와 세계도 함께 증발한다는 것이다. 더불어, 사유를 촉발시키는 의견의 불일치는 타자와의 관계에서 비롯될 뿐만 아니라, "자기 자신과도 뜻이 맞지 않을 때"[10]에도 발생된다. '내' 안의 갈등과 불일치를 다루며 이전의 '나'에게서 벗어나는 것이 '나'의 존재론적 투쟁이다. 하지만 불편과 불일치가 없는 '나-세계' 속에서 '내'게 모순되는 '내'가 제거될 때, '나-세계'가 가진 다발성과 창발성도 함께 사라진다. '내'가 가진 모든 가능성과 종언이다. '나'는 잠재적 부피를 잃고 점차 점적인 존재가 되어 간다. 그것의 귀결은 생존경쟁의 포식적(捕食的) 욕구, 또는 생존 안전의 피식적(被食的) 열망만 남는 단세포 엔딩이다. 경쟁 우위에 서기 위해 타자를 잡아먹는 욕구만 남거나, 그런 폭력과 피로에서 멀

---

8 월터 벤 마이클스, 『기표의 형태』, 차동호 역, 엘피, 2017, 67-68쪽, 218-219쪽.

9 자크 데리다, 『마르크스의 유령들』, 진태원 역, 그린비, 2007, 59쪽, 73쪽.

10 에릭 호퍼, 『영혼의 연금술』, 정지호 역, 이다미디어, 2014, 304쪽.

어져 타자와 어떤 관계도 맺지 않으려 회피하는 (다른 가능성을 점차 상실한 작디작은) '나'만 남거나.

'나'의 세계 속에서 안온한 게 있으면서 타자의 이질성과 불화하지 않고, 세계와의 불일치를 다투지 않는다는 것, 이와 관련하여 코로나 팬데믹 이후 떠오른 키워드는 '무해함'이다. 무해함은 스스로 타인과 세계(의 생태 환경)에 해를 끼치지 않겠다는 의지이지만, 한편으론 '내'가 타인에게 피해를 주지 않을 테니 타인 역시 '나'를 침범하지 말라는 무(無)관여의 바람이기도 하다. 즉 "유해한 관계로부터 입을 수 있는 부수적인 피해(감정적 자원의 소모)를 피하기 위해 누구와도 관계하지 않기를 '자발적으로' 선택하는 것"[11]이다. 이는 엄기호가 "서로의 경험을 참조하며 나누는 배움과 성장은 불가능해진 '사회', 곁을 만드는 언어는 소멸해 버리고 편만 강요하는 '사회'"라고 부른 현상의 파생이기도 하다. 이런 사회는 "고통의 원인은 관계의 단절이 아닌 '관계가 짐'이라는 데서 기인"[12]한다. 이 사회 속 개인은 자아 벙커 속에 머무르며 타인의 세계에 진입하지 않고, 갈등을 겪으려 하지 않는다. 의견 불일치의 장은 진즉에 회피된다.

과거 황정은이 소설에서 묘사했듯 "이웃의 소음과 취향으로부터 차단"되기 위해선 "더 많은 돈을 지불"해서 "더 좋은 집에"[13] 살아야 한다. 타자 및 세계와의 '거리(distance)'가 현 사회에서 가장 값비싼 만큼(단적으로, 비행기 '퍼스트 클래스'가 그러하고), 비싼 값을 치르기 어려운 '우리' 대부분은 타자 및 세계와 관계 맺는 시간 대신 각자의 벙커 속에서 머물기를 택한다. 싼값으로 치를 수 있는 여러 방면의 거리두기

---

11 이연숙(리타), 「'무해함'으로부터 '귀여움' 구출하기」, 『릿터』 38호, 2022.10/11, 30쪽.

12 엄기호, 『단속사회』, 창비, 2014, 9쪽, 17쪽.

13 황정은, 「누가」, 『아무도 아닌』, 문학동네, 2016, 123쪽.

와 회피를 위한 방식에 빠져든다. 예컨대, 각종 플랫폼 사이트의 AI 알고리즘이 제공하는 '내' 취향의 '필터 버블(filter bubble)', '나'에 의한 '나'만 메아리치는 '에코 챔버(echo chamber)'가 그것이다. "생각하기"가 "전혀 다른 무언가를 세계 안에 놓는" 사건이라면, "인공지능은 궁극적으로 같음을 이어 간다."[14] 같음 속에 머무르면서 '우리'는 사유하는 대신 서치(search)한다. '인간'이 AI의 그것을 모방한다. 급기야 서치되기만을 기다린다.

무해함이 타자, 세계의 폭력에서 피난을 위한 갈망이라면, 피난한 버블-벙커 안에는 오로지 '나'만 있다. 필터 버블이 다른 의견의 침범에서 벗어나 '자기'만을 반복하는 인식적 죽음이라면, 쇼츠·릴스 등의 숏폼으로 제공되는 영상의 무한 루프에 머무르는 것은 순간의 자극 속에서 자기 시간과 현실 세계를 동시에 휘발시키는 물리적 파괴 행위이다. 이는 불편함에 대한, 외부의 고통에 대한 역치가 무척 낮아졌기 때문일 텐데, 역설적으로 숏폼에 머무르는 시간은 '자해'라고 표현되기도 한다. 각자의 버블 속에서 끝없이 휘발되는 '나'의 시간을 투자하여('나'를 죽이며), 타자와 세계에 대한 거리('타자와 세계'의 삭제)를 구매하는 것이다.

3. 쓸모없거나

앞서, 『기획회의』의 주제가 '비평, 그게 돈이 됩니까'이고, 꼭지 중 하나가 「상품으로서의 비평」이었다는 것을 환기해 보자. 물론 비평과 '돈', '상품' 등을 접붙인 것은 돈·상품에 대한 지향이라기보다, 쓸모의 가치 기준에 대한 풍자, 더불어 비평의 냉엄한 현실적 생존에 대한

---

14 한병철, 『사물의 소멸』, 전대호 역, 김영사, 2022, 67쪽.

우려에서 나온 표현일 것이다. 하지만 한편으론 이 사회의 언어가 경제에 내재적인 것이 되었다는 반증이기도 하다. '언어의 경제성'을 문장 단위에서의 간략화나 상품경제를 산출할 수 있는 소비 가능한 언어의 지향 등의 측면으로 볼 수도 있겠지만, 보다 근본적인 것은 모든 언어를 '경제 언어'로 변환하는 현실일 것이다. 단순히, 재테크, 주식, 가성비 등의 경제적 용어 사용의 일반화를 넘어, 언어에 기반한 인식적 틀이 자본주의에 맞춤 설정되어 온 것이다. 범박한 예로, 타인과의 관계는 이해득실로 판단되고, 수치로 매겨질 수 있는 것들만이 가치를 가지며(수치화될 수 없는 것들은 실종되며), 가성비/가심비처럼 가격이 판단의 중심축이 되고, 입장과 의견에 대한 갈등 조율은 거래로 바뀐다. 위 문단의 마지막 문장, "시간을 투자하여 (중략) '거리'를 구매"한다는 것도 이 예를 위해 작성되었다.

이왕의 사태를 경제 언어로 표현해 보면, 모든 '읽기'에 시간과 에너지와 노력이 들어가고, 가독성과 재미의 측면에서 소설은 투자 대비 효율이 괜찮은 편이며(물론, 장르영화나 넷플릭스 드라마에 비할 바 아니고), 시는 어쨌든 짧아서 투자 접근성이 좋다(물론, 쇼츠와 릴스에 비할 바는 아니다). 반해, 비평 읽기는 노고와 불편함을 투자하는 데 비해 성과에 대한 기대가 거의 없다(라고 오래도록 판단되어 왔다). 즉, 이런 사회에서 비평의 (경제적) 쓸모, 혹은 가치는 자명하다. 더 물을 것도 없이, 비평은 (상품 가치로써) 쓸모없다. 그러니까 경제 언어가 지배하는 사회에서는 그렇다. 의견 불일치와 불편함이라니, 그것이야말로 일순위의 제거 대상 아닌가.

비평은 거의, 혹은 이미 죽어 있다. 그렇다면, 앞서 말한 바와 같이 타자 혹은 세계(혹은 문학)에 대한 '다른' 의견은 어떠한가. '나'에 대한 모든 저항과 부정들은 성공리에 제거되었는가.

에어팟을 낀 사람들이 흩어져 있다. 이들은 '지금-여기'에 살고 있는 것이 아니다. 현재의 삶의 풍경에서 비껴난 채, 소리로 만든 작은 버블 속에서 제각각의 공간을 유영한다. 같은 거리에 있지만 모두 자신만의 버블 속에서 다른 차원의 공간을 이동하고 있는 것이다.[15] 거리는 더 이상 공동의 공간이 아니다. 우리가 한때 '세계'라 불렀던 곳은 동결되고 관계는 유실되며 '우리'는 무한히 유보된다.

에어팟은 소리로 구성한 자기 세계이자, 타인에게 내보이는 귀 막음의 가시적 물질이다. 이것 역시 타인과 사회의 피로에서 자신을 보호하는 바리케이트이자 스스로를 가두는 벙커이다. 세계에 유리(遊離)되기, 타자와 무관하게 존재하기, 다른 우주를 떠돌기. 그러면서도 우주의 어느 지점에서 서로 '만나기'를 바라는 연약한 인간들. '무관한-함께'이기를 원하는 모순적 존재들.

혹여 벙커를 만들어 '나'의 '나' 속에 머물면서도 "여전히 우리가 걱정을 하고, 방향감각을 잃고, 괴로워하고" 있다면, "그것은 우리가 다른 모든 가능성을 배제하고 지금-여기에만 익숙해졌기 때문"이 아닐까?[16] 타자의, 다름의, 불일치의, 불편함의 배제에 결국 실패할 수밖에 없다면, 그것은 우리가 여전히 시간의 저항으로 남아 있기 때문일 것이다. 다른 것으로부터 후퇴, 은둔하는 시간 속에서 우리는 이미 쓸쓸하다.

---

15 데이먼 크루코프스키, 『다른 방식으로 듣기』, 정은주 역, 마티, 2023, 31쪽.

16 Jean Luc Nancy, *The Fragile Skin of the World*, trans. Cory Stockwell, Polity Press, 2021, p.x.

발표 지면

*일부를 제외하고는 수정, 보완을 거쳤다.

연약과 희박의 최저낙원에서 소멸을 성취하기: 『엄브렐라』, 2022.가을·겨울.

시(詩)-공간 형성 실패의 사례들: 『시로 여는 세상』, 2022.겨울.

우리가 꽃잎처럼 포개져 차가운 땅속을 떠돌 동안: 웹진 『엄브렐라』, 2024.가을.

오직 사랑하는 이들만이 '잠시' 살아남는다: 이성진, 『미래의 연인』, 실천문학사, 2019의 해설.

방치된 것들이 넘쳐 우리의 전부가 되는 것, 그것이 우리의 미래이고: 『포지션』, 2020.여름.

함께 있기 불가능했던 것들이 함께 있을 수 있는 것이 미래다: 『포지션』, 2020.봄.

재와 사랑의 고고연대학: 『릿터』 30호, 2021.6/7.

세상은 이렇게 끝나네, 쾅 하고가 아니라 울먹이며: 『문학과 사회』, 2023.봄.

우리가 서로의 어깨를 붙들고 사소하게 붕괴되는 동안: 『문학과 사회』, 2019.여름.

엉망이라는 비질서와 진창이라는 바닥에서 우리 함께: 이진희, 『페이크』, 걷는사람, 2020의 해설.

꽃의 뒤, 여남은 분홍들의 시간: 권순, 『벌의 별행본』, 상상인, 2023의 해설.

애도와 태도: 죽어 가는 이들과 함께 지금-여기: 『포지션』, 2023.봄.

재실패화를 향한 헛스윙, 헛스윙: 『현대시학』, 2023.7-8.

어긋난 늑골과 함께 견디는 것: 『엄브렐라』, 2023.봄·여름.

어둠이 백 개의 꺼먼 눈알로 내다보는 곳에서: 『문학과 사회』, 2023.봄.

기억의 기원 그리고 다른 소문들: 『현대시학』, 2019.1-2.

보이저호에 대해 잘 알려진 사실과 덜 알려진 사실: 『자음과 모음』, 2019.가을.

가장자리에서 만난 우리가 서로의 이름을 바꿔 부를 때: 『문학과 사회』, 2021.봄.

노래하는가, 노래했나, 노래할 것인가: 『포지션』, 2020.가을.

느낌의 곤란함에 대한 몇 가지 명제: 『중앙일보』 2018년 중앙신인문학상 수상작.

난해하거나 불편하거나 쓸모없거나: 『상상인』, 2023.7.